狄仁杰之完璧有梅

轩胖儿 著

辽宁人民出版社

© 轩胖儿 2022

图书在版编目（CIP）数据

狄仁杰之亢龙有悔 / 轩胖儿著 . —沈阳：辽宁人
民出版社，2022.5
（狄仁杰地支传奇系列）
ISBN 978-7-205-10419-1

Ⅰ . ①狄… Ⅱ . ①轩… Ⅲ . ①推理小说—中国—当代
Ⅳ . ① I247.5

中国版本图书馆 CIP 数据核字（2022）第 031070 号

出版发行：辽宁人民出版社
　　　　　地址：沈阳市和平区十一纬路 25 号　邮编：110003
　　　　　电话：024-23284191（发行部）　024-23284304（办公室）
　　　　　http：//www.lnpph.com.cn
印　　　刷：北京长宁印刷有限公司天津分公司
幅面尺寸：170mm×240mm
印　　张：16
字　　数：245 千字
出版时间：2022 年 5 月第 1 版
印刷时间：2022 年 5 月第 1 次印刷
责任编辑：赵维宁
封面设计：乐　翁
版式设计：一诺设计
责任校对：吴艳杰
书　　号：ISBN 978-7-205-10419-1

定　　价：49.80 元

目录

第一章　龙神显圣

公元 697 年，武周王朝熬过了动荡的七个年头，在皇帝武则天的强权之下，政令顺畅，天下太平，百姓安居乐业。但稳定的表面之下，却是暗涌纷呈。为了彰显政绩，武则天命工部聚青铜万斤铸造九鼎，计划置于明堂。神都鼎名为永昌，高一丈八，容一千八百石，置于中央，余下八鼎分别名为武兴、长安、日观、少阳、东原、江都、江陵、成都，高一丈四，容一千二百石，以八卦方位分置永昌四周。

同年四月，九鼎铸成，司天监正兼水部郎中王巍禾上奏武则天，建议举行祭鼎大典后，方可入明堂，武则天准奏，命王巍禾在洛水河畔建造一座祭台，名曰祭龙台，与明堂遥相呼应，于八月十五日率文武百官及神都百姓举行祭鼎大典。

武周建立之后，周边的游牧国家不断犯境骚扰、掠夺，武周军队屡次将其驱赶，却因为粮草不足，无法支撑大军长期在外作战，以至于始终无法彻底解决。

因此，在武则天即位后，便开始重视农业生产，欲把洛水流域变成大周的粮仓，便积极建造水利设施，正在建造的洛水大坝正是其中之一。为了配合祭鼎大典，原定十月份完工的洛水大坝需在祭鼎大典前完工。朝廷肯出钱，加上是皇帝武则天钦点的项目，没有官员敢在其中克扣经费，眼见着大坝合龙在即，一桩奇案却由此而生。

赵安西是科举出仕，但苦于没背景，也没有大量金钱的支持，在官场上混得并不好。不过他头脑聪明，学了一手溜须拍马的本事，熬了多年后，终于混上了水部主事，虽然只是从九品上的一个小官儿，油水却不少。

而此时正值佞臣当道，稍微有些小动作都会被人举报，轻则剥官入狱，重则丢了性命，甚至可能被满门抄斩。赵安西为人小心谨慎，不敢越雷池半步，从来不打工程款的主意。但他知道，要想在仕途上有所突破，钱是基础。

他索性让弟弟赵安东张罗了一些劳工，专门做他所管辖的水利工程，哥俩互相配合赚了不少钱。有了钱，他便上下打点，水部各级官员亦对他另眼相看，眼见着仕途之路越发平坦。

空气中飘着一层薄薄的雾气，太阳半遮半露，不急不慌地散发着热量，炙烤着大地。洛水周边的气候又湿又热，要是穿着衣袍，定会粘在身上，令人行动不便。

洛水大坝工地上人来人往，劳工们光着膀子，有的杀鸡宰羊，有的在大坝上摆放着炮仗，不时地议论一番，言语间充满了兴奋。大坝完工在即，意味着可以拿到剩下的工钱，对于这些平时靠着维护水坝为生的水工们来说，这次建造大坝所得到的收入，可以过上两三年的好日子。

赵安东悠闲地坐在河边的一块大石头上看着忙碌的人们。

"东子，今晚王大人要给咱们庆功，你让兄弟们准备一下！"赵安西从大坝上走下来，抹了抹额头上的汗，笑意堆砌在他的脸上，也令他眼角的鱼尾纹更深了一些。

王巍禾是赵安西的顶头上司，因精通天文地理而被封为司天监正兼水部郎中，正五品下的官职，官职虽然不高，但因经常和皇帝武则天接触，颇受恩宠，平日里官威很大，王公贵族都要让他三分。幸运的是，赵安西颇得王巍禾的赏识，若这项工程顺利完成，定会得到晋升的机会。

"哥，这次咱们赚够了钱，我想出去住……"赵安东走上前扶着赵安西。

赵安西白了他一眼，无奈地摇摇头："你还没成家，出去住谁照顾你！再说，洛阳的房价一天比一天高，你赚的这点钱哪够！要是靠攒钱，这辈子你都别想买上宅子。等你成家了，哥帮你凑凑，保证你能住上如愿的宅子！"

赵安西看着赵安东晒得黝黑的脸有些心疼，轻轻地拍了拍他的肩膀。

赵安东本身就少言寡语，听了哥哥的话也只是挠着脑袋憨憨一笑。

自打父母相继去世之后，赵安西便成了家族的掌舵人，对于弟弟赵安东，他既是哥哥，又是父母，什么事儿都操碎了心，他担心赵安东赚了钱乱花，除了给他一些零花钱之外，全部帮他存了起来，以便日后成家立业所用。

两人正聊着，就听见劳工们发出一阵阵欢呼声，随后巨大的水流声、炮仗声随之传来。

"大坝合龙了！"

洛水大坝完成合龙，截流坝开闸放水，巨大的水流与之前的沉积水汇合，不断地冲击着大坝，发出海浪般的声音，水库的水位不断上涨着，逐渐地吞噬着原本的农田和乡间小道。

劳工们欢呼雀跃，有的人还光着膀子跳进水里，不停地向其他人撩起水花。

赵安西看着雄伟的大坝心生感叹。洛水大坝的建成，意味着洛阳即将成为全国最大的粮仓，有了粮食做根基，预示了今后的国富民强，而军备粮草的充足，也预示着再也不用惧怕外围的游牧民族的侵扰。

"大坝工期紧任务重，咱们都立了军令状，要是不能如期建成，就是违抗皇命，是欺君之罪，也多亏了这帮兄弟拼死拼活。咱营地平时的伙食不好，庆功宴得吃点好的，晚上多备些肉，王大人说能从良酿署弄来一些好酒，让兄弟们解解馋！"赵安西说话时两眼放光。

良酿署是官方的酿酒部门，洛阳的良酿署主要是为皇宫和王公贵族、品级高的大臣们酿酒，品质不需多说。别说普通的劳工，就连赵安西这等官儿也是很难喝到的。

两人正说着，就听见一声惊呼从人群中传来。

"快看天上！"

两人看了看人群，又顺着人们指的方向看去。

薄薄的雾气中竟然隐约出现了一座宫殿，宫殿极为恢弘，通体透明，仿佛水晶宫一般，琉璃造型、长梁雕龙、飞檐画凤，一条黑龙绕着宫殿游荡着，龙鳞的黑色与宫殿形成极为鲜明的对比。

人们看呆了，有的人不由自主地跪了下来，甚至忘了燃放着的炮仗和隆隆的水声，甚至忘了随时可能将他们淹没的大水。

一阵风吹来，薄薄的雾气随之动荡着，太阳趁机露出了脸庞，耀眼的阳光将人们的眼睛晃得立刻眯了起来，等人们再次睁开眼睛时，空中的奇相早已消失不见。

"刚才是什么？"人们互相问着。

人们纷纷摇头，眼前的景象已经超出了认知范围，但心中都有了一个答案：龙神宫殿。

"是吉兆！龙神现身，意味着今年会风调雨顺。"一名老年劳工喊着。

"对，对，龙神显圣，风调雨顺！"人们纷纷附和着。

人们都愿意听好话，但现实往往都是残酷的。

"可那是条黑龙！"一名年轻男子说出了不同意见，却被人们的欢呼声淹没。

年轻男子的意思是说黑龙代表的凶兆，金龙才吉祥，但此刻没人会在乎是金龙还是黑龙，龙便是龙。众人纷纷跪了下来，朝着发生神迹的方向跪拜磕头，有的还喃喃自语地许愿。

"这些人！"赵安东露出不屑的表情。他和赵安西都看到了神迹，却并不相信。自打父母去世之后，哥俩有一段时间是相信神明存在的，可无论怎么诚心，吃、喝、穿以及一切生活所需都要靠哥哥打拼，赵安西能够考取功名亦是自身努力换来的。神明并未展现神迹，也从未眷顾过苦命的哥俩。

赵安东正要上前阻止众人，却被赵安西一把拉住："算了，让他们去吧，就剩些收尾的活儿，能在傍晚庆功宴之前干完就好！咱不信，却不能强求别人也不信。"

赵安东点点头，瞥了瞥有些神色不宁的哥哥："哥，那我先去准备晚上的事儿了！"

"嗯！"赵安西心不在焉地答道，眉头也皱起了一个大疙瘩，望着碧蓝的天空发呆。

龙神显圣是吉兆，赵安西却有种不祥的预感，但他不敢说，也不能说，若在大坝合龙之日说不吉利的话，一旦被皇帝武则天或是那帮佞臣听见，怕是会有灭顶之灾。

赵安东明白这个道理，王公大臣们自然也明白。位列明堂的大臣们纷纷站出来，争先恐后地向皇帝禀报着，生怕晚了一步，被其他臣子抢先讨了皇帝的欢心。

"陛下，大坝合龙之际发生神迹，乃是吉兆，寓意在大周治下，风调雨顺、国泰民安啊！"

"陛下，此事正应了祭鼎大典，陛下威仪天下，大周万朝至尊……"

"陛下……"

"好啦，众卿！"武则天面带微笑地看着众大臣，见众大臣安静后，才缓缓说道，"神迹虽至，还需众卿同心协力，令朝政畅通才是，此事无需多议，以后更不用提。否则，定严惩不贷。退朝吧！"

众大臣面面相觑。

武则天登基之后，无论是谁，只要在上朝时说些吉兆之类的话，她都会兴致勃勃地把话听完，随后会给予此人不同程度的赏赐。

正如宰相娄师德曾经说过的那样，官做得好，却不如马屁拍得好！

但看今天的架势，武则天虽面带微笑，态度却异常冷淡，令众大臣丈二和尚摸不着头脑。众大臣不敢再说，只得纷纷告退。王巍禾也想跟着群臣一并退去，却瞄见武则天的目光一直盯着他，他移动了一小步之后又老老实实地站在原位。

当大殿中只剩下武则天、女官上官婉儿、王巍禾三人后，他的脚才又动了动，向前挪出一小步，同时偷着瞄向武则天。

武则天一直盯着王巍禾，脸上的寒意却越来越重："算你识相，还知道留下来！"

王巍禾感到了来自武则天的杀气，吓得浑身一哆嗦，立刻跪倒在地："陛下，臣……"

武则天大袖子一挥，冷哼一声："祭鼎大典之前，你还有很多事要做。否则，单凭这一件事，朕就不会轻饶了你。"

王巍禾惶恐地磕着头，好半天不敢抬起头来："臣保证，绝不会有任何意外。"

"朕留你下来，不是想听你的保证。"武则天站起身，一股无可匹敌的气势从她的身上发出，令远在十丈之外的王巍禾浑身颤抖。

女官上官婉儿在一旁的书案上写着字，丝毫未受到武则天的影响，写好了字后，她把纸张卷了起来，慢慢地走到王巍禾身前，将他轻轻地扶了起来，冲他莞尔一笑，把字条双手奉上："王大人，这是陛下送你的锦囊妙计，相信它可以帮你渡过难关！"

王巍禾没敢接字条，看了看武则天，见她没有任何反对，这才小心翼翼地接过字条，冲着武则天说道："微臣定会鞠躬尽瘁……"

"好啦，少说些客套话，多学学娄师德和狄仁杰。"武则天说道。

公元696年5月，契丹李尽忠率众叛乱，娄师德作为清边道副大总管，率大军讨伐，在狄仁杰、王孝杰等人的配合下，将李尽忠、孙万荣等人逐一击溃，最终平定叛乱，班师回朝后，再次拜相，迁纳言，出任陇右诸军节度大使，乃朝中大臣的楷模。

"嗯……"王巍禾正要张口表态，想了想武则天刚才的话，最终还是把话咽了下去。

武则天把脸微微转了过去，不再看王巍禾。上官婉儿立刻会意，冲着王巍禾微微挥了挥手，脸上露出若隐若现的笑意。武则天看着王巍禾离去的背影冷哼一声，又颇有意味地看了看上官婉儿。

上官婉儿何等聪明，立刻说道："婉儿明白。"

武则天看向上官婉儿的眼神逐渐变得慈祥起来："朕还没说，你明白什么？"

上官婉儿笑而不语，用手比画着自己的眼睛，又比画着王巍禾离去的方向。

武则天哼了一声，嗔怒道："你这丫头，去做事吧。记住，不可滥用权力，不可触犯众怒。"

上官婉儿冲着武则天的方向微笑着施礼，额头那朵梅花随着她的笑意而绽放。

第二章　窒息

自打唐朝建立以来，法纪严明，社会治安极好，除了较大的天灾和战祸之外，死伤数百人的案件几乎很少发生。

劳工营地中的篝火已被刚刚停息的小雨浇灭，只剩下白色灰烬和一些带着犬齿印的羊骨头，喝酒用的酒碗和酒坛大部分已经破碎，劳工的尸体横七竖八地分布在营地各个位置，死者死状诡异且一致，每名死者都是张大了嘴巴，眼睛瞪得很大，却失去了应有的光泽。

随着大坝的合龙，劳工们即将带着大量的工钱回归家庭。想不到的是，一次庆功宴之后，等待家人们的是一具具冰凉的尸体。

京兆府的捕快和衙役极尽所能拦截着苦主们，府尹刘守正站在大门旁盯着乔老五的尸体皱眉头，自言自语着："一下子死了这么多人，要是破不了案，我这京兆府尹怕是当到头儿了。"

"大理寺的狄仁杰来了！"

不知是谁喊了一嗓子，刘守正的眉头立刻化开，顾不得土路湿滑，三步两滑地向营地大门迎了过去，见到狄仁杰后，立刻抱拳施礼，满脸笑意地说道："哎呀呀，狄大人，您怎么才来呀，快急死本官了！"

刘守正是京兆府的府尹，从四品下的官职，狄仁杰是从六品下的大理寺丞，两者虽说没有隶属关系，在官职上差距却很大，好在刘守正一向平易近人，官架子不大，再加上京兆府捕快的能力比较弱，洛阳发生的大部分案件都要依仗大理寺来侦破，因此对狄仁杰敬重有加。

狄仁杰并未过多讲究礼数，抱拳施礼后，蹲在大门处察看着乔老五的尸体，一名仵作急忙来到尸体前。

与狄仁杰同来的还有大理寺捕头乔忠良，捕快乔灵儿、周喜、张小六等人，这几人都在狄仁杰麾下效力，是他的左膀右臂。

乔忠良是大理寺的老捕头，自打从业开始就一直在大理寺，最擅长追踪。乔灵儿是大理寺新晋捕快，为了进入大理寺，她向大理寺八大捕头挑战，打败了八人之后，大理寺卿宗华才破格将其收为捕快，成为大理寺唯一的女捕快，但传说她是靠着父亲的帮忙才进入大理寺的。

周喜和张小六是乔忠良的老部下，两人自打进入大理寺以来就一直跟着乔忠良，成为他的得力干将。他们都是穷苦家庭出身，都渴望着能成为乔忠良一样的人物，甚至拿到大理寺金牌捕快的称号。

乔忠良和乔灵儿走进大门后立刻看到了乔老五的尸体，两人几乎同时身体一震，随后慢慢地蹲在乔老五的尸体前。乔忠良满脸悲戚，眼圈含泪，嘴唇有些发抖，显然是在极力克制着情绪。乔灵儿双眼通红，眼泪噼里啪啦地落下来。

周喜和张小六却径直进入一间劳工茅草屋，过了一阵才出来，冲着狄仁杰摇了摇头，小声说道："头儿，我们搜了乔老五的房间，什么都没有。"

狄仁杰沉默了好一阵，才转向刘守正，问道："刘大人，验尸了吗？"

刘守正急忙向一名仵作招了招手："哎，那个谁，你说一下！"

仵作在这个年代属于极为低贱的职业，如果不是因为案情需要，像刘守正这种级别的官儿甚至都不会正眼看他。

仵作并未在意刘守正的态度，冲着狄仁杰拜了拜，一脸认真地介绍道："回禀狄大人，小人已经带人验了六具尸体，死者口中多为粥状白色泡沫，身体胸腹和脖颈处有抓伤的痕迹，头部无明显外伤，喉部完整无骨折碎裂，口唇、眼睑、指甲根部呈紫绀现象，指甲缝内有血迹和皮肤状物。"他又用手轻轻摁尸体的胸部和肋部，又把死者的四肢展示给狄仁杰后，说道，"胸、肋骨未见骨折，未见淤肿，四肢未见骨折，以银针探其喉咙、胃部、腹部等处，银针并未变黑。"

"所有人都是这样吗？"刘守正问道。

"至少目前六具尸体是！"仵作毫不犹豫地答道。

"死因是什么？"刘守正有些不耐烦。

狄仁杰之
冗龙有悔

"这……初步验尸，死者并无中毒现象，喉部完整无损伤，又非勒颈而死，胸腹无塌陷、无外伤，基本可以排除被高手打伤内脏而死，但观其面部，口唇和眼睑出现紫绀，脸部有点出血状……这……"仵作有些为难，求助的目光投向狄仁杰。

"这什么这，你是仵作，有啥说啥嘛，看狄大人干啥！"刘守正咂了一下嘴，对仵作的表现非常不满意。

"是窒息而死！"狄仁杰轻轻地拍了拍乔忠良的肩膀，随后站起身，向刘守正抱拳说道，"府尹大人，可否告知出事的两个营地的基本情况。"

刘守正冲着京兆府的一名捕头扬了扬下颌。

捕头叫祝光兵，三十来岁的年纪，看起来孔武有力，双眼却满是血丝，整个人略显疲惫，一张口便是一口贵州话："洛水大坝劳工营地共十二个，出事的两个工地人数最少，咱们脚下的这个营地一百四十人，隔壁的营地一百七十人，营地内发现尸体两百四十五具，还有六十五人不知去向。"

"那些人应该在水里。"狄仁杰指了指不远处的大坝水库。

"水里？"刘守正有些纳闷。

"下官来时，看到了营地通往水库的小路上有一些脚印和血迹，想必是人光着脚跑时被石头刮伤的，血迹一直通往水库，下官沿着血迹来到水库边，在河边湿润的泥土上发现了大量带血的脚印。"狄仁杰说道。

"如果是昨夜淹死的，有些尸体应该会漂起来才对！"祝捕头叹了一口气，口中满是酒味儿，令周围的人感到有些窒息。

捕快和仵作一样，在这个时代属于低贱的职业，一旦成为捕快，他的子孙后代便无法参加科举考试，等于是自断了当官的路。若非被生活所迫，绝不会有人从事这两个行业。祝光兵虽为捕头，但社会地位、薪酬依然不高，只能靠着吃拿卡要来满足生存需求，辛苦了一天，晚上到哪家小酒馆吃点白食、蹭些酒喝实属正常，既然是白来的，哪有不多喝的道理。

狄仁杰微微皱了皱眉头，未理会祝捕头，转向仵作问道："酒坛和肉查过了吗？"

仵作站起身，向狄仁杰拱手施礼："禀狄大人，昨晚下了一些雨水，那些打开的酒坛里满是雨水，已无据可查，完整的酒坛都查过了，酒中无毒，肉也无毒。"

狄仁杰看向营地内角落里趴着的一些流浪狗，狗儿警惕地看向众人的方向，不时地啃着面前的一块羊骨头。狄仁杰又搬起一个打开封的坛子，用手在里面沾了一些酒，放在鼻子下闻了闻："良酿署的官酒！"

狄仁杰又从地面上捡起封酒坛的泥封，细看之下，泥封有些年头了，若有人打开泥封在酒坛里下毒，怕是不太可能。

"狄仁杰，你说说，平白无故的，这些人怎么会窒息而死？"刘守正终于反应过来问题所在。

狄仁杰看了一眼乔老五的尸体，叹了一口气："刘大人，下官也搞不清楚究竟是怎么回事，但刚才仵作大哥所说的那些症状的确是窒息而死的特征。"

刘守正听后心中异常苦闷。京兆府是皇帝眼皮子底下的州府衙门，做好了会加官晋爵，一旦出了小纰漏，都是针大的眼斗大的风。祭鼎大典前死了这么多人，要是无法破案，不但无法和苦主们交代，皇帝那更是过不去，还有那些专门为仕途诬陷大臣的佞臣们，巴不得官员们犯一些错误，好成为他们加官晋爵的垫脚石。

幸运的是，大理寺出了一个断了无数案件却无冤假错案的狄仁杰。狄仁杰在神都是一个神话，他曾经做到丞相的位置，又因来俊臣的诬陷被贬，再到魏州任刺史，经历契丹李尽忠等人的叛乱、瘟疫等考验，最终再次回到神都洛阳，虽说暂时屈居于大理寺，但看其势头，再次拜相是极有可能的事儿。

"两百四十五人窒息而死，六十五人离奇失踪，这宗案子让本官如何向皇帝交代呀！"刘守正苦着脸看向狄仁杰，他内心虽打着鼓，却知道狄仁杰绝不可能不管此案。

"刘大人，先安排苦主认尸吧，无主尸体先寄存在义庄。"狄仁杰转头看向乔老五的尸体，说道，"他是大理寺捕快乔忠良的弟弟乔老五，尸体我们就带回大理寺了。"

"没问题。"刘守正立刻答应下来，随后又是一脸苦相，"那个……狄大人，案子的事儿……"

狄仁杰正要答话，却见一名捕快突然跌跌撞撞地跑进营地，气都来不及喘匀，便说道："刘大人，在……在水库边的一处洼地里发现一个人，还活着！"

狄仁杰和刘守正对视一眼，立刻来了精神："快，前面带路！"

……

赵安东脸色惨白、双目紧闭、呼吸微弱，若不是看到还在微微起伏的胸口，没人会相信他还活着。他手上抱着一只人的断臂，任凭其他人如何用力，也无法把这只胳膊从他的手上拿出来。

手臂断处露出了很长一段骨头，上面的肉干干净净。

狄仁杰给赵安东把了把脉，随后向刘守正说道："刘大人，此人脉搏极为虚弱，只是凭借一口气吊着，需要马上医治，否则……"

"此人是唯一幸存者，只有从他口中，才能知道昨晚发生了什么。"大理寺捕头乔忠良说话间有些急躁。

捕头祝光兵白了乔忠良一眼，表情里尽是不屑。同样都是捕头，大理寺的捕头无论从见识还是能力，都要比京兆府的捕头高上一头。乔忠良为人沉默寡言，平时几乎很少说话，也疏于和他人交流，给人的印象是能力有些偏弱。

刘守正在神都为官多年，自然知道乔忠良的办案能力绝不逊于狄仁杰，只是碍于身份，此生也只能做到捕头的位置，无法成为朝廷命官。

刘守正冲着乔忠良点了点头："来人……"

狄仁杰打断了刘守正的话："刘大人，还是由大理寺安排医疗吧，一旦他醒来，也好及时讯问。"

"这……"刘守正沉吟了一阵，才说道，"好吧，那就劳烦狄大人了……不过，移交手续得补上！"

狄仁杰脸色一正，抱了抱拳："下官回去后立刻呈禀大理寺卿宗大人，和京兆府办理交接手续。"

刘守正听后立刻松了一口气，连续冲着狄仁杰和乔忠良抱拳施礼。

武则天称帝之后，佞臣周兴、来俊臣之流依仗着皇帝的信任，成为权倾朝野的人物，栽赃陷害、凭空虚构等成为他们陷害大臣的常规手段，他们的爪牙遍布全国，一刻不停地收集官员们的信息，要是官员在办事程序上有了一丝漏洞，立刻就会被来俊臣等人抓住，放大一万倍后写在奏章上，呈给皇帝武则天，轻则降职罢官，重则诛九族。

尤其是神都洛阳的官员们，办事更是小心翼翼，生怕出了错被来俊臣等人抓住把柄。

眼前的案子涉及的人数多，受害者死法非常离奇，凭借刘守正和京兆府捕快们的能力很难破案，要是能将案子移交给大理寺，就算破不了案，也与京兆府无关。

"等等！"阴骘的声音从不远处传来。

刚刚松了一口气的刘守正的心一下子提到了嗓子眼，脸上肌肉抖了抖，立刻变出一副笑脸来，冲着来人的方向急忙迎了上去，奔跑的速度竟然比迎接狄仁杰还要快上三分。

来人正是来俊臣！

武则天登基之初，为了清除异己，遂在洛阳各处设置谏箱，以供人们进谏之用，以周兴、来俊臣为首的市井流氓凭借诬陷大臣发迹，灭了同行周兴之后，来俊臣官至太仆卿，又兼御史中丞。太仆卿掌管皇帝出行马车和马匹的，经常能直接面见皇帝。御史中丞是专门弹劾大臣的官儿，这两样结合在一起，便成了极其恐怖的存在。

一个官员的生与死，升迁和降职，就是来俊臣一句话的事儿。当年狄仁杰就是栽在他的手里，好在狄仁杰凭借智慧化险为夷，最终仍然落得被贬彭泽，由一名正三品的宰相成为七品县令。

虽说和来俊臣有恩怨，狄仁杰却不愿意在这个时候树敌，他瞥了一眼来俊臣，暗自叹了一口气，极不情愿地冲着他抱拳施礼。

来俊臣带着不可一世的架势走到刘守正身边，斜着眼睛看他："刘大人，陛下对这件案子非常关注，特意派本官调查此案。"说到这儿，他环顾现场后又瞥了一眼昏迷中的赵安东，"死了这么多人，只有他一个人活下来，有重大作案嫌疑，得严加审问才是。来人，把嫌疑犯带走。"

案子刚刚发生，洛阳府和大理寺也才刚刚接手，皇帝怎么可能知道？

狄仁杰脸色一变，正要上前，却被刘守正拦在身后，只见他向来俊臣恭恭敬敬地一抱拳，脸上露出笑容："来大人，下官已将此案移交给大理寺，您看，这事儿是不是和大理寺卿宗华大人说说……"

来俊臣的太仆卿位列九卿之一，单凭狄仁杰和京兆府尹刘守正的官职无法压制，只得把同为九卿的宗华抬出来。

"本官是奉旨查案，和宗华有什么好说的？你要是不信，可以直接去问陛下！"来俊臣压根儿没把宗华放在眼里，他白了刘守正一眼，脸上显出煞气。

宗华是大理寺卿，主管案件审理和刑狱等事，位列九卿之一。来俊臣极尽所能诬陷大臣，以此上位，有些被冤枉的大臣甚至无需经大理寺审讯便直接被定为死刑，就算无法定罪的，也会死于来俊臣的酷刑之下。

一身正气的宗华看不过，经常会对来俊臣等人的行为提出质疑，但他知道，武则天是在利用来俊臣清除异己，最终也只得睁一只眼闭一只眼。来俊臣亦明白，宗华是他升迁路上的绊脚石，他恨不得将宗华千刀万剐，但宗华家族世代为朝中重臣，加上和武则天本家有姻亲关系，他再如何能罗织罪名，也不敢在宗华头上动土。

两人的关系十分微妙，彼此相互忌惮，但又不屑一顾。

乔忠良身为大理寺捕头，连官都算不上，哪敢在来俊臣面前说话，只得闷哼一声，把目光投向狄仁杰。

狄仁杰犹豫一下，还是上前两步拦住了来俊臣的人，拱手抱拳道："来大人，此案涉及两个劳工营地三百多条人命，下官斗胆请来大人将此人交给大理寺！"

"狄仁杰，你不知道你是什么身份吗？一个小小的大理寺丞，竟敢这样和本官说话，信不信本官顷刻之间就能让你粉身碎骨！"来俊臣看都不看狄仁杰一眼，态度嚣张至极。

来俊臣的嚣张把狄仁杰骨子里的倔强彻底激发起来，他冷哼一声："来大人说是奉旨查案，那请问圣旨在哪儿？"

"奉的是口谕！"来俊臣反应非常快，几乎不假思索地说道。

"那这件事怕是下官不能答应，需禀报宗大人定夺。"狄仁杰说道。

来俊臣哼了一声，正要说话，却见京兆府的捕快说道："刘大人，这人快不行了！”

狄仁杰急忙上前查看，发现那人的呼吸和心跳极其微弱，嘴唇和眼睑部分变成了青紫色，浑身如同着火一般滚烫，若判断不错，最终也要和那些劳工一样——窒息而死。

来俊臣冷笑一声，故作轻松地说道：“你要报宗大人就赶紧去报吧，估计等那老头儿有了定夺，这人也没了！”

“狄大人，救人要紧，与其在这儿纠缠不清，不如先让来大人将人带走，本官相信来大人定然不会让此人死去！”刘守正和着稀泥，有意无意地瞥向来俊臣。

“本官要靠他破案，怎么会让他死掉！”来俊臣白了刘守正一眼。

刘守正的意图非常明显，看似是在为来俊臣说话，实则是在用语言挤兑来俊臣。要是来俊臣让这人死了，以后也可以在皇帝面前参他一本。

狄仁杰犹豫片刻，眼见着赵安东的情况越来越糟，也只好妥协，说道：“来大人如何保证能救活此人？”

来俊臣鼻子微微一皱，满脸不屑：“本官能让人痛不欲生，能让人骨化形销，也能让人起死回生，还需要什么保证？”

狄仁杰犹豫片刻，眼见那人的气息越来越弱，叹了一口气，让开一条路。

来俊臣的随从立刻抬起赵安东上了马车。临走时，来俊臣终于看了一眼狄仁杰，眼神却带着杀意：“狄仁杰，不要以为你破了几个小案子，平息了一些小叛乱，得了陛下的一点小赞赏就沾沾自喜，告诉你，这是神都洛阳，能人多的是，要论功行赏，一万个狄仁杰也不够格！”

破案是大理寺的基本职责，眼前的这桩奇案涉及几百条人命，还涉及乔忠良的弟弟乔老五。乔老五的身份实际上是新晋的大理寺捕快，因有人举报水部郎中王巍禾涉嫌贪污一事，被大理寺派到劳工营地卧底，目的是为了取得王巍禾贪污的线索，眼见大坝合龙，乔老五也要带着搜集到的证据回到大理寺，却在这个关头，乔老五等人无缘无故窒息而亡，所搜集的证据也不见踪影。

赵安东作为唯一的幸存者，定然知道很多细节，是破案的关键，重要性自不必多说。

送走来俊臣等人后，刘守正满脸苦相地对狄仁杰说道："狄仁杰呀狄仁杰，你又不是没吃过他的亏，这把年纪了，怎么还这么幼稚！"

狄仁杰任丞相时，刘守正还只是京兆府的一个小官儿，来俊臣只是一个靠诬陷为生的市井流氓。世事变迁，来俊臣成了太仆卿，刘守正成了京兆府尹，而狄仁杰却变成了官阶六品的大理寺丞，只有站着被教训的份儿。

狄仁杰不敢多言，无奈地冲着刘守正抱了抱拳。

刘守正白了狄仁杰一眼，一边嘀咕着一边离开："这里交给你们大理寺了，别忘了移交手续！"

大理寺的一名捕快赶来一辆马车，六子和喜子等人把乔老五的尸体抬上车，向洛阳城方向驶去。

乔忠良脸上的悲愤已经去了大半，恢复了理智，向狄仁杰问道："狄大人，怎么办？"

狄仁杰捋了捋胡子说道："那人暂时不会有性命之忧，时间长了就不好说了，咱们得想办法把人要回来。"

来俊臣一向以酷刑为审讯手段，无论犯人招供还是不招供，最终都不免一死，只是死法和过程有所不同罢了，至于口供，大多数都是他胡编乱造出来的，由书吏提前写好，再按上受审者的手印而已。

"去找宗大人！"乔灵儿在一旁建议道。

狄仁杰点点头："目前也只能如此了。"

第三章　避水丹

"这绝不可能！"宗华的回答斩钉截铁，甚至都没容狄仁杰解释。

宗华府的客厅很大，声音在客厅中不停地回荡着，几根蜡烛如同火豆一般，照亮着有限的区域。宗华不停地在大厅中来回踱步，眉头皱得很紧，不时地叹出一口气。

狄仁杰站在下首位置默不作声。

"狄仁杰，我的狄大人！您睁眼看看神都洛阳的这些官们，原本人人以当官为荣，花钱的花钱，托关系的托关系，总要弄个一官半职，再想法子向上爬。你再看看现在，官场上人人自危，今天还在谈笑风生，明天就可能冤死在来俊臣的大牢里！当年您可是高高在上的宰相，还不是一样栽在来俊臣手里，这些道理用不着我教你吧！"宗华背着手边踱步边说着。

自打来俊臣得势以来，大理寺狱几乎成了他的地盘，关押或提审犯人甚至不用大理寺卿的批准，所以宗华便用了"来俊臣的大牢"这个词来自嘲。

"宗大人，下官明白！"狄仁杰冲着宗华拱了拱手。

宗华叹了一口气，说道："这儿没外人，您就别下官了。当年我只是一个大理寺正，很多事都仰仗您，可现在时局不同了，周兴死后又来了一个更狠的来俊臣，佞臣不死，朝政不宁啊！"

"下官再想其他办法查案吧！"狄仁杰依然坚持自称下官，并未因曾经的辉煌忘了现在的身份。

宗华无奈地看了狄仁杰一眼："随你吧！捕快乔老五是怎么回事？"

"有人匿名举报水部郎中王巍禾贪污大坝工程款，为了彻查此案，下官便派了新晋的大理寺捕快乔老五乔装成劳工，潜伏在劳工营地搜集证据，为了保密起见，我们约定在潜伏期间绝不联系，没想到……"狄仁杰解释道。

"这件事为什么我不知道？"宗华质问道。

"事关机密，所以……唉，是下官错了。"狄仁杰有气无力地解释着。无论如何，乔老五的潜伏以失败告终，丢了一条命。

宗华见狄仁杰服软，心中有些不忍，略加思索后说道："此案应该不是乔老五潜伏引起的，王巍禾要是有所发觉，最多杀乔老五灭口，没必要杀那么多人引火烧身！"

"大人所言极是。"狄仁杰赞同道。

宗华挥了挥手："水部郎中是个肥差，王巍禾能在这个位子坐这么稳，说明他背后一定还有推手，也许是重臣，也许是皇亲国戚、诸王诸侯，甚至可能是……总之，查案时一定要小心谨慎，万不可行险棋，一旦被来俊臣等人抓住把柄，我这个大理寺卿可是保不住你的！"

见狄仁杰没说话，宗华又语重心长地说道："你在彭泽破了'铁尸迷案'，又在魏州破了'绝地旱魃'案，平息了李尽忠叛乱，按说回神都洛阳之后，应该让你官复原职再次拜相才是，可如今陛下却让你来再次大理寺做六品的大理寺丞，这其中的用意……唉……圣意难测，圣意难测。不过，重用你是早晚的事儿，眼下来俊臣正是如日中天，你得罪了他，怕是要断送了你的大好前程啊！"

狄仁杰知道宗华这番话是为他好，于是点了点头，抱拳施礼："下官明白！"

宗华见狄仁杰依然以下官自称，心中暗怪他有些不识趣，遂白了狄仁杰一眼，朝他甩了甩大袖子以示不满。

宗华虽说贵为大理寺卿，又和武家有联姻作为背景，但依然忌惮来俊臣，表面上两人水火不容，实际上他们都是各自后退一步，绝不肯触碰对方的底线，以免对方破釜沉舟。

狄仁杰在官场上三起三落，早就明白此中的道理，因此他并未怪罪宗华。他慢慢地退出大厅，在院子中站了好一阵，稳定情绪长叹一口气后，这才出了宗华府邸，看到在大门口焦急等待的乔忠良和乔灵儿父女，他的心一沉。他还依稀记得乔忠良带着刚刚入职的乔老五来到大理寺的情景，那时候的乔老五皮肤很白，整个人很阳光，笑的时候会露出一口整齐的白牙，眼神中没有任何复杂市侩。

乔忠良把弟弟乔老五领进大理寺，原本指望着他能够出人头地，现在面对的却是一具不明死因的尸体，悲痛之情无以言表。

"狄大人，怎么样？"乔忠良急忙上前问道。

"宗大人不肯出面要人，咱们只能另想办法了！"狄仁杰说道。

"这个宗大人，平日里看起来正气十足，却被一个小小的来俊臣吓成这样！"乔灵儿有些气愤。

乔忠良急忙喝止："灵儿，你胡说什么！"

"我说的是事实！"乔灵儿心中不服。

乔忠良看了看周围，大街上空无一人，只有两只流浪狗在远处望着，这才暗自叹了一口气，脸上勉强挤出一个笑容，冲着狄仁杰说道："无妨，破案之道千万条，还有其他办法。"

"老乔，你和灵儿先回去休息，我去大理寺看看验尸结果，咱们明早在案发现场会合。"狄仁杰说道。

乔忠良摇摇头："我哪睡得着，我和你一起回大理寺。"

乔忠良和狄仁杰看向乔灵儿，乔灵儿歪着头说道："我也去！"

"你一个女孩儿，就不要去了。"乔忠良挥了挥手。

乔灵儿并未示弱，紧跟上两步，说道："我是捕快，破案是天职，不去看验尸结果，怎么破案？"

乔忠良拿不出话来反驳乔灵儿，只得闷哼一声，快走了两步，在前面引路。

……

仵作老杨常年和尸体打交道，身上隐隐地带着一股尸臭味儿，他脸色惨白，眼珠里白的部分要远大于黑色部分。此刻，他手上戴着的布手套满是血迹，用工具撑开死者的肋骨，举着油灯看向死者内脏。

"老杨，怎么样了？"狄仁杰的声音从门附近传来。

老杨吓得一哆嗦，手上的工具差点掉进死者的胸膛里，定了定神，回头看到狄仁杰三人走进来后，吁出一口气："狄大人，您这一嗓子差点没吓死我，这大半夜的……"

狄仁杰连忙拱手抱拳，脸上露出歉意。

"死者头颅与常人一致，未发现异常，内脏部分，除了肺部之外，其他部分完好。"仵作老杨缓了缓神说道。

狄仁杰立刻走上前："肺部有什么问题？"

老杨把切开的肺打开，里面满是沫状物，用手指触碰，发现沫状物非常黏稠。乔灵儿凑上前看，却被眼前的景象惊得脸色惨白，立刻转身向外走去，跑到门外干呕起来。

乔忠良白了一眼乔灵儿离去的方向，随后说道："这些黏液很奇怪，人要是有痰，肯定会咳出来的。"

狄仁杰点点头："是这些黏液阻碍了死者呼吸，导致窒息而死。"

"死者的胃里有很多未消化的羊肉，还有酒，在这儿。"仵作指了指解剖床旁的一个盘子。

盘子里的胃容物很多，黏糊糊的聚成一团，加上酒的味道，闻起来极度不适，再加上尸臭味和剖开胸腹的血淋淋的场面，乔灵儿毕竟是一个女孩儿，反应剧烈也在情理之中。

"死者胸腹部和脖颈处大面积伤痕是自己挠的，这些是从死者的指甲中获取的人体组织。"仵作说道。

狄仁杰用木质镊子夹起一些人体组织，放在油灯前仔细看着："为何有些皮肤是青色的，而且比正常皮肤要硬一些？好像手上的老茧一般。"

"是挺奇怪的，不知道其他受害者是不是也这样？"仵作疑惑地说道。

"还有其他异常吗？"狄仁杰问道。

"没了，死者喉骨完整，气管通畅，从理论来说不太可能窒息，但从其口唇和下眼睑的紫绀现象来说，又符合窒息死亡的特征，加上肺部出现的黏液，和狄大人所分析的一致，感觉像……"仵作说到此处有些犹豫。

"老杨，你就说嘛。"乔忠良有些着急。

"就像上了岸的鱼！"仵作老杨说完看向两人，吧唧吧唧嘴，又小声嘀咕着，"你看，就知道说了你们也不信！"

"老杨，你明天去一趟京兆府，看看其他受害者的验尸结果。"狄仁杰吩咐道。

"没问题！"

……

初升起的太阳给大地带来一丝暖意，白云映衬着蓝天，洛水大坝把洛水河拦腰截断，在上游形成了一个巨大的水库。

原本离洛水河很远的劳工营地已经接近水库边缘，所有劳工早已撤离，只留下残破的茅草屋和生活垃圾，几只野狗不停地在垃圾堆里翻着，还有几只不知名的小动物在茅草屋里进出。

两个劳工模样的人从一间茅草屋中出来，又进入另一间茅草屋，再出来时，拎着很多被褥，放在马车上。

年长的劳工咳嗽两声，对年轻劳工说道："这些人得了大钱，回家置办新行李，咱们不嫌弃，拿回去把里面的棉花掏出来，收拾收拾，找村头赵老赶把棉花拿出来弹弹，能做不少床被子。"

"赵老赶那人……就知道占便宜，表面看起来答应人很爽快，其实根本不办事。估计咱这些棉花，得被他贪污一半儿。"年轻劳工埋怨着。

年长劳工无奈地摇摇头，说道："乡里乡亲的，咱也不能绕过他找其他的弹棉花的，是吧？"

年轻劳工耸了耸肩，指了指出事的营地："叔，那两个营地的东西基本都没动，要不，咱过去看看……"

年长劳工连忙摆手："哎……那可不敢，那帮人死得不明不白，头七还没过，动他们的东西，不吉利！"

两人正说着，见狄仁杰、乔忠良、乔灵儿走进营地，冲着他们招手，年长劳工立刻摆出一副笑脸，急忙迎了过去，抱拳施礼道："各位大人，我们只是捡些破烂，都是人家不要的。"

年长劳工见狄仁杰三人穿的是官服，腰间挎着刀，知道他们肯定是捕快之类的人，误以为是来抓贼的，这才拼命解释着。

狄仁杰微微摆了摆手，说道："大叔别误会，我们是大理寺的，来查案。"

年长劳工舒出一口气，嘿嘿一笑："出事的营地在那边，这几座营地都没事儿。"

"您在这儿做过工吗？"狄仁杰上下打量着年长劳工。

年长劳工呵呵一笑，举起双手给狄仁杰看，他的手上满是老茧，指甲看起来又厚又硬，再看他露在外面的粗壮小臂，就知道此人必定经常干体力活儿。

"别看我叔年纪有点大，干活儿可比很多年轻人利索呢！"年轻劳工在一旁说着。

狄仁杰点了点头，问道："大叔，那两个营地在出事前有什么异常吗？"

年长劳工摇摇头："大坝合龙了，发了工钱，大伙就可以回家，晚上按照惯例是要庆祝一下的，大约就这样，没啥异常。"

"那些人是不是吃了避水……"

年轻劳工还未说完，便被年长劳工喝止："小孩子别乱说话！"

年轻劳工被训得脸上一红，抿了抿嘴，低下头去。

"大叔，这案子涉及几百个家庭，如果不能结案，苦主就拿不到赔偿款，多少家庭会流浪街头，多少孩子会——"

没等狄仁杰说完，年长劳工咂了一下嘴，皱着眉头说道："大人，不是草民不想说，而是不敢说，因为这事儿涉及你们一个大官儿。"

乔忠良立刻接道："大叔，这位是大理寺狄仁杰大人，专门办案的，别管多大的官儿，都能办。"

年长劳工一听，立刻望向狄仁杰，打量了一阵后，才上前握住他的手，眼神中满是仰慕之色："您就是断案无数的狄仁杰大人？"

狄仁杰郑重其事地点点头。年长劳工点点头，松开手后突然跪在地上，正要磕头，却被狄仁杰一把扶起。

"都说您被来俊臣害死了，没想到……您还能回来！"年长劳工说话间有些哭意，眼睛中含满泪水。

狄仁杰早年做大理寺丞，破案万起，无一错假冤案。后狄仁杰拜相，他胸怀百姓，处处为百姓着想，令朝政畅通、百姓安居乐业，更是受百姓爱戴。年长劳工当年涉足一桩冤案，做了三年牢，家人花了不少银子打点，依然没个结果，要不是狄仁杰查明冤案，怕是他早就死在牢里了！

"草民虽说没见过您，但知道当年草民的冤案是您破的，恩人，请受草民一拜！"年长劳工眼泪掉了下来，又要跪下磕头。

"大叔，那都是我应该做的，为官一任造福一方，您不用太在意。"狄仁杰劝阻道。

乔灵儿在一旁有意无意地望向狄仁杰，眼神中带着一丝仰慕。

年长劳工抹了抹眼泪，长喘了一口气："既然是恩人，那就没什么不可说的了。"

……

自李唐王朝建立以来，周边游牧民族骚扰不断。大唐军队数次讨伐，均以失败告终，原因之一是唐朝军队步兵强大，善守城，但骑兵力量薄弱，速度和力量均不如游牧民族，在平原作战非常被动。原因之二是大唐军队讨伐要长途跋涉，需要大量的粮草支撑，粮草不足成了致命弱点。

为了满足粮草需求，同时大量豢养马匹，皇帝武则天提出建立以神都洛阳为核心的粮产地，利用洛阳周边的平原优势，建立灌溉系统，大量种植粮食，为抵御外敌做好充分的后勤准备。

洛水大坝的建造是由水部负责，水部郎中王巍禾命水部主事赵安西全权负责大坝的建造，大坝建造的速度很慢，但按照进度，应该能如期完成。

令人意想不到的是，皇帝下旨要在洛水大坝和洛阳城之间建造一座祭龙台，八月十五日会率领文武大臣和洛阳百姓祭鼎，因此大坝的完工时间由原本的十月份提前到了八月十五日之前。

此时，距离八月十五日已经不足半年，水部给赵安西下了死命令，无论如何都要按期完成大坝合龙，否则，以欺君之罪论处。

工程量浩大，任凭赵安西如何催促，工程进度依然很慢。

正当赵安西为难之际，劳工营地突然兴起一种丹药，叫避水丹，人吃了之后会变得力气很大，而且可以长时间在水下做工。

开始时，因为不熟悉丹药有无害处，众劳工都不愿意服用丹药，但看到服用丹药后的劳工力气大增，干活儿速度飞快，拿到了大量工钱后，众工头儿和劳工纷纷购买服用，大坝的建造速度快了不少，果然在七月十四日大坝合龙。

避水丹好处多多，但也有害处，初期服用时并无显现，服用久了就会上瘾，一天不吃就会浑身难受，两天不吃，人就会变得极其萎靡，浑身上下像是被千万只蚂蚁咬噬一样，甚至有自杀的倾向，若三天不服用……没人能熬得过三天。服用后人会非常兴奋，浑身燥热无比，要是不参与劳作，就会变得异常狂躁，头脑变得不好用，有时还会攻击其他人。

服用少量的避水丹后，会从胸口部位长类似于鳞片类的东西，药性过后，鳞片会褪去，但随着药量的增加，部分鳞片就不再褪去，固化在长出来的位置，还会逐渐向脖子和腹部上下两个方向扩张。

如果一次性服用一整颗避水丹，整个人就会龙化，肌肉膨胀，力量暴增，浑身极为燥热，必须要下水做工才行，待在陆地上就会出现呼吸困难等症状。

为了按时完工，赵安西决定不过问避水丹的事儿。

……

在年长劳工眼里，水部主事赵安西已经是很大的官儿了。

"也就是说，两个劳工营地的人，是因为服用的大量避水丹，浑身燥热无比，却来不及下水，这才导致窒息而死？"乔灵儿有些惊讶。

"应该是这样的吧！"年轻劳工点头说道，随后他扒开衣领，露出胸部，他的胸部长了一些类似于鳞片的东西，胸口几乎长满，已经蔓延到脖颈下部。

看到年轻劳工胸口的鳞片后，狄仁杰立刻想起了乔老五尸体上的鳞片状物，小声嘀咕着："原来是这样！"

"我每次只吃十分之一，身体便燥得不得了，需要饮用大量的水来降温，人也极其兴奋，要是不找点事做，怕是能憋死！"年长劳工说道。

"一些跳进河水中的人为什么会失踪？"乔灵儿问道。

年长劳工略加思考，摇了摇头："这件事儿就不知道了，听说合龙当天，很多人在天上看到了龙，不知道那些人是不是被龙王请去了龙宫。"

在大江大河失踪的人不计其数，说成被龙王请去了龙宫，至少还给亲属留了一些念想。

对于龙宫的说法，狄仁杰自然不屑一顾，但也不好驳了年长劳工的话，只好转移话题："大叔，营地中有多少人服用过避水丹？"

年长劳工想了想："除了部分工头儿之外，所有劳工都服用过，得有一万多人吧。要干活赚钱嘛，看人家一天赚几钱银子，哪能不着急。不过大部分人服用的量比较小，一般都是用酒把避水丹化开，一次大约服用十分之一就足够一天干活儿用了。"

年轻劳工接着说道："下水干活儿的那帮人一次要吃一整颗，吃完之后力气大得很，在水下游动的速度快赶上鱼了！"

"这件事为何外面的人不知道？"乔灵儿问道。

年长劳工看了看周围，见没有其他人，这才小声说道："说是避水丹改良自五石散，五石散是朝廷三令五申的禁药，无论买、卖，轻则有牢狱之灾，重则掉脑袋，吃避水丹这事儿，大家心照不宣，谁敢向外人讲。"

"按你所说，一旦断了避水丹，这些人岂不是要死掉？"乔忠良说道。

年长劳工叹了一口气："卖药的那些混混们还有些存货，但没有后续的丹药供上，现在避水丹的价格已经炒到十两银子一颗了，大伙赚的那点工钱哪买得起，最终只能落个身死的下场。"

年长劳工说罢，看向站在一旁的年轻劳工，眼神里满是怜悯。

"十两银子！"乔忠良心中一惊。他在大理寺算是老资格的捕快了，一个月的工钱也就二两半银子。

年长劳工从怀里掏出一个小瓷瓶，从其中倒出避水丹，避水丹黄豆般大小，在阳光下呈现出妖艳的紫红色。年轻劳工立刻上前，眼睛散射着精光，盯着避水丹不放，同时不断地咽下口水。

"我就剩下这么多，是给我侄子续命用的，能不能挨到买下一颗丹药，就看他的造化了。"年长劳工心疼地看向年轻劳工。

"我出十两银子，能分给我一半吗？"狄仁杰从怀里掏出一些散碎银两。

年长劳工点点头，掰开药丸，递给狄仁杰，却不拿银子。狄仁杰硬生生地把银子塞给年长劳工："收下吧！"

年长劳工千恩万谢地收下银子。

"大叔，卖避水丹的混混一般都在哪儿贩售？"狄仁杰问道。

年长劳工摇摇头："大坝未完工之前，他们都是上门兜售的，现在只能去地下赌场、花柳巷这些地方才能找到他们，有个叫崔大炮的卖的货最多。"

"也就是说，要解避水丹的毒瘾，只能继续吃避水丹？"乔灵儿问道。

"差不多是这个意思！"年轻劳工盯着叔叔手里的避水丹咽了一口口水，却对貌美如花的乔灵儿看都不看一眼。

"那不是饮鸩止渴吗！"乔灵儿感叹道。

年长劳工叹了一口气，看了一眼年轻的侄子，低下头去不再说话，气氛突然凝重起来。

"大人，崔大炮是黑豹帮外围弟子，和帮主洪豹关系很密切。"乔忠良打破沉默说道。

狄仁杰之所以能顺利地破诸多案件，除了依靠独特的验尸手段和严密的推理之外，还要依托乔忠良对洛阳城的熟悉。

乔忠良继续说道："洪豹是神都洛阳黑市里最大的帮派——黑豹帮的帮主，做的都是偏门儿买卖，拐卖人口、买卖私盐、私卖盔甲、做假货、放高利贷、贩卖五石散等，至于买凶杀人、栽赃陷害等事，只要给足够的利益，他也会涉足。大理寺通缉他好多年了，可这人狡猾得很，直到现在也没摸到他的影子！要是崔大炮涉及避水丹，那洪豹一定是幕后推手！"

"对了，恩人。那天你们带走的那个人叫赵安东，是水部主事赵安西的弟弟，负责整个工地劳工的管理，是最大的工头儿，他要是不点头，崔大炮再厉害，避水丹也绝不可能送进营地。"年长劳工提醒道。

"狄大人，此案现在涉及的不仅是两个营地劳工死亡这么简单了，要是不能找到避水丹的来源，怕是工地这一万劳工兄弟的性命难保啊。"乔忠良说道。

"可现在赵安东在来俊臣手里，怎么办才好呢……"乔灵儿有些着急。

"要解避水丹的毒，也许他会有办法，就是不知道他肯不肯出手，姑且一试吧！"狄仁杰望向神都洛阳方向。

第四章　毒郎中

人怕出名猪怕壮。

自打"铁尸迷案"一案后，毒郎中徐莫愁的名声响彻整个江湖，各门各派的用毒高手纷纷找上门，要么索求解毒技能，要么要求比试高下。徐莫愁再厉害也是人，总会有失手的时候，最终的结局要么是被人毒死，要么是毒死别人，这已背离了他的初衷。

无奈之下，徐莫愁只得向皇帝武则天求助，将宅子搬到上林苑中。上林苑是皇家园林，负责守卫的是金吾卫，守卫等级丝毫不逊于皇宫，帮助徐莫愁挡住了大部分骚扰。

为了清净一些，他挑选了一间最偏远的宅子住下。但一般人还未到近前，一股浓浓的药香味道就能飘入鼻孔。

"这里准是那老毒虫子的住所了。"狄仁杰指了指一间宅子。只见那间宅子烟囱不停地冒出青烟，药香味道和烧柴发出的味道迎面飘来。

"哎，你们几个，是怎么进来的？"一名官吏模样的人走了过来，冲着狄仁杰指指点点。

狄仁杰出示了大理寺的腰牌，并指了指徐莫愁的宅子。来人看了看狄仁杰的腰牌，不情愿地嘟囔几句，转身离去。

乔灵儿正要走上前敲门环，被狄仁杰一把拉住，说道："为了防止不速之客，老毒虫子所在之处都会下毒，如果贸然摸了门环，弄不好就会中了他的毒，虽无大碍，却要遭一番罪的。"

乔灵儿吓得立刻缩回手，吐了吐舌头。

狄仁杰看到地面上有几块石头，嘻嘻一笑，捡起来投向大门，大门发出咚咚的响声。

"是哪个活得不耐烦的！"大门突然打开，徐莫愁看向来人，一见到狄仁杰，脸上的怒气立刻转变成愁容，"狄仁杰，怎么是你！"

"无事不登三宝殿！"狄仁杰并未客气。

徐莫愁无奈地摇摇头："狄仁杰上门，哪能有什么好事儿？进来吧！"

徐莫愁递给狄仁杰一颗药丸，狄仁杰一愣，随后接过吞下，问道："他们不用吃吗？"

徐莫愁哼了一声，说道："谁都知道徐莫愁的门敲不得，都会想到用石头砸，我特意留了几块石头，不大不小，在上面下了一些毒药，没想到连大名鼎鼎的狄仁杰都上当了，哈哈！"

乔灵儿一听，立刻关切地看向狄仁杰，见他并没有异常，这才放下心来。

"放心吧，我已经给了他解药，他吃得还算及时，不然，他现在要屎尿一裤裆喽！"徐莫愁笑起来像足了一个恶作剧的小孩子，说话间，他还瞄了瞄狄仁杰的裤子。

徐莫愁下的毒不致命，但无论是普通人还是武林高手，中了这种下流的毒，哪还有还手之力。

狄仁杰听后下意识地摸向腹部，果然感到腹部有些隐隐作痛，轻咳了两声，提醒徐莫愁说话要注意分寸，毕竟乔灵儿是一名未出阁的大姑娘。

乔灵儿也不在意，反而问道："那如果是武林高手直接飞过墙头呢？"

狄仁杰摇了摇头，指着墙头上的蜘蛛网："那些蜘蛛网绝不是蜘蛛织的，要是粘上了，绝对不会好过。"

徐莫愁并未回答，但表情上尽是得意，嘻嘻哈哈地走进房间，安排众人落座后，直接问道："啥事？"

狄仁杰并未着急，反而环顾房间，房间中应有尽有，靠墙角有一张巨大的木桌子，上面摆满了瓶瓶罐罐，显然是徐莫愁用来配制药物所用。

狄仁杰不急不缓地从怀里掏出包着避水丹的丝帕，打开后递给徐莫愁。

徐莫愁接过来闻了闻，又用小手指指甲挑了一些药丸，用舌头舔了舔，吧唧几下嘴后，说道："五石散……不，是避水丹！"

乔灵儿瞪大了眼睛看着徐莫愁，惊讶的表情久久不能散去。徐莫愁拿到避水丹后一闻一尝，便道出了药丸的名字，这等能力绝非凡人所有。

徐莫愁眨巴着眼睛看向狄仁杰："对不对？"

狄仁杰笑了笑，拍着马屁："徐御医什么时候出过错呀！"

徐莫愁捋了捋山羊胡子，得意地笑着："要我做啥？"

狄仁杰立刻说道："解药！"

徐莫愁又用手指挑下一点丹药，放在嘴里尝了尝，随后摇摇头："解药即毒药，毒药即解药，避水丹是由五石散改良而来，要是能解，朝廷还能把五石散当做禁药吗！"

"到底是能解还是不能解？"乔灵儿听得有些迷糊。

徐莫愁看了看乔灵儿，他是第一次见到大理寺还有女捕快，单从面相来看，乔灵儿很耐看，给人的感觉更像是一名心智未成熟的小女孩儿，他无奈一笑，说道："不能解！"

狄仁杰并未搭话，只是在一旁笑着。

"那一万劳工可怎么办？"乔灵儿急得直跺脚。

"什么一万劳工？不是你中毒了吗？"徐莫愁看向狄仁杰。

狄仁杰清了清嗓子，把洛水大坝发生的案子陈述了一遍。

一向老顽童的徐莫愁听罢，脸上的表情逐渐凝固了，说道："这件案子可不简单，能制造如此多的避水丹，还能在朝廷眼皮子底下贩售，绝非一般人，你真的要介入此案吗？"

狄仁杰办大案要案无数，很多案件涉及朝中权贵，这句话很多人都曾问过他。

"老毒虫子，你认识我多少年了，什么时候见我开过玩笑！"狄仁杰收起笑脸，很严肃地说道。

"避水丹也不是完全无解……"徐莫愁说话时一副神秘莫测的模样。

狄仁杰咂了一下嘴："有啥话就说嘛。"

"要是你一个人中毒，我用我的七彩药丸便可帮你解毒，但七彩药丸非常珍贵，炼制不易，绝不可能供一万人解毒。"徐莫愁说道。

徐莫愁的解毒术号称阎王愁，主要手段便是他的独门解药七彩药丸，世上毒药千万种，他通过七彩药丸不同的组合和分量，可解绝大部分的毒。七彩药丸需要很多稀罕药材加上引子，经过非常复杂的手法炼制，炼制的成功概率亦很小，自然珍贵无比。

狄仁杰点了点头，说道："若只是我一人，自然好办。"

徐莫愁摆了摆手："不能解是因为我不了解避水丹的成分和炼制手法，要破解此毒，需要大量的避水丹样本，反复调试解药才行。"

"也就是说，炼制避水丹的人可能知道解药配方？"狄仁杰问道。

徐莫愁点点头："有可能，但不绝对。也许那人只会炼制避水丹，比如我那位师兄。"

徐莫愁师从毒手药王任国娣，学的是解毒术，擅长解毒，制毒方面却略逊一筹。他的师兄十二地支杀手毒蛇任天翔是任国娣的儿子，学的却是制毒术，解毒方面差了一些。

炼制避水丹的人是贪图避水丹所带来的利益，几乎不会在乎解避水丹毒的事儿。

"要破解避水丹之毒，需要多少颗药丸才行？"狄仁杰问道。

"至少五十颗，越多越好！"

"那么多，咱们去哪儿弄啊？"乔灵儿几乎喊了出来。

从目前的情况来看，得到避水丹最简单的办法就是用银子买，但市价已经卖到十两银子一颗，单五百两银子就足以难倒狄仁杰了，更何况他们只能通过民间的闲散渠道购买，价格可能会更高。

"你们要弄的可能不止这么一点，因为那一万多人，在我没研制出解药之前，还要靠它来续命！"徐莫愁嘿嘿地笑着。

乔灵儿有些看不惯，小声嘀咕着："情况如此危急，还能笑得出来！"

乔忠良急忙用胳膊肘捅了捅乔灵儿，随后冲着徐莫愁拱手赔笑。徐莫愁年纪和乔忠良相仿，哪会和一个后辈计较，只是笑了笑。

"如果能给你五十颗避水丹，多久能制出解毒丸？"狄仁杰问道。

徐莫愁捋了捋山羊胡子，沉吟了好一阵后才说道："少则半月，多则一月。"

"能不能再快点？"乔灵儿心直口快，可不管对方是什么身份。

徐莫愁被乔灵儿的鲁莽惹得心火正旺，正要发飙，却见狄仁杰站起身一拍桌子："老毒虫子，这事儿就这么定了！"

"哎哎，狄仁杰，我的报酬还没说呢！"徐莫愁翻了翻白眼。

乔灵儿立刻说道："这关乎一万多人的性命，你一个大内御医，拿着几十两的月俸，还要什么报酬。"

徐莫愁也看出来乔灵儿心直口快，不愿再和她计较，摊了摊手，看向狄仁杰。

"可以，条件你开！"狄仁杰说道。

"我想要陛下凤冠上的那颗珍珠。"徐莫愁恢复了嘻嘻哈哈的状态。

说起武则天凤冠上的珍珠，可是大有来历。上元元年，即公元 674 年，唐高宗李治封武则天为"天后"，至此开始了二圣临朝的时代，李治为了表达对武则天的信任和爱慕，特意从月氏国请来金银工匠，花重金打造了一顶凤冠，其顶上的明珠是一颗几乎接近完美圆形的巨大珍珠，珍珠通体呈现暗金色，若是放在强光下观察，隐约可以看到其中盘踞着一条龙和一只凤。

这颗珍珠的价值是无法用金钱来衡量的。

狄仁杰作为两朝的老臣子，又如何不知道这颗珍珠！而这颗珍珠无论价值多少，在徐莫愁眼里，它就是一味药材，千年难遇的药材，可以用它炼制很多罕世药物。

"成交！"狄仁杰使劲吁出一口气，盯着徐莫愁。

徐莫愁逐渐收起笑容："你不会在敷衍我吧！"

从武则天的凤冠上取下最宝贵的珍珠，整个朝廷只有徐莫愁敢想，也只有狄仁杰才敢去做。

"当然不会。"狄仁杰的胆子也绝对不小。

……

离开徐莫愁的住所后，三人一直没说话，先别说武则天凤冠上的那颗珍珠，巨大数量的避水丹已经是无法完成的任务了。

"狄大人，下一步该怎么办？"乔忠良终于打破了沉默。

"老乔，你找人打听一下崔大炮和那些卖避水丹的混混们，看看市面上还有多少避水丹。"狄仁杰说道。

"这个没问题。"乔忠良说道。

"另外，我得去一趟天牢，找赵安东！"狄仁杰眼神坚定。

"明白，等我把避水丹的事儿吩咐下去，我陪您一起去天牢。"乔忠良说道。

还没等狄仁杰答话，乔灵儿立刻接道："我也去！"

狄仁杰和乔忠良对视一眼，无奈地摇摇头。

……

天牢是大理寺狱的通俗叫法，主要是关押神都洛阳范围内诸司犯罪官吏和重要案犯的大牢，有些罪犯是皇帝亲自批准下狱的，便有了天牢的说法。天牢由守卫皇城的金吾卫看守，牢不可破，自建立以来，从未发生过劫狱或者逃狱的事儿。

狄仁杰作为大理寺丞，负责审理各种案件，可以凭借腰牌正常进出天牢。

经历一番复杂的手续后，狄仁杰三人来到了关押重刑犯的牢区。想要见到赵安东，狄仁杰动用了一些私人关系，因为来俊臣交代过，除了他之外，不允许任何人审问赵安东。

狱卒曾经受过狄仁杰的恩惠，所以才冒着生命危险帮他做这件事。

狱卒一边在前面领路一边嘱咐着："狄大人，此事万不可外传，否则，小人全家都会遭殃！另外，我只能让你隔着门看一眼，不能让您进去。"

狄仁杰知道狱卒的苦处，连连称谢："放心吧兄弟，狄某绝不会让你为难。赵安东现在状况怎么样？"

狱卒松了一口气，说道："来大人找来大内御医，算是把他给救了过来。但他好像脑袋受了损伤，无论受多少刑都一句话不说，不过，他也挺不了多久了，您也知道来大人的手段，下手没轻没重的。"

狄仁杰当年被来俊臣栽赃陷害曾经坐过天牢，见识过来俊臣的手段，寻常人几乎连一轮酷刑都熬不下来。

等快走到重刑犯的牢区时，狱卒停下脚步，向乔忠良和乔灵儿抱拳，脸上露出为难之色："乔头儿，灵儿姑娘，抱歉了，你们二位只能在此等候。"

乔忠良是老捕快，自然明白规矩，遂点了点头，抱拳回礼。

关押赵安东的是一个独立的牢房，除了一扇非常厚重的大铁门之外，再无其他出口。狱卒打开大铁门上送饭的窗口后，立刻闪到一旁警戒着。

狄仁杰凑近窗口向里面看去，一股血腥味儿从里面冒出来，令人不寒而栗。

大牢里面非常昏暗，只有两盏油灯在墙上亮着。牢房中央竖着一个刑架，赵安东光着膀子被绑在上面，身上伤痕累累，用血肉模糊来形容他的状态一点不为过。

赵安东听到动静后，缓缓地抬起头看向窗口，眼神中充满了绝望之色。

"我是大理寺狄仁杰，现在有一个问题要问你……"

赵安东突然嘿嘿笑了起来，他声音有些沙哑，显然是在熬刑时喊破了嗓子："狄仁杰，我知道你，不过，无论你想要什么，都必须先救我出去才行，否则，我一个字都不会说！"

"涉及一万多人的生死你也不肯说？"狄仁杰再次问道。

牢房里安静下来，赵安东思索了好一阵才说道："你得先救我出去，否则，无论我说还是不说，那一万人都必死无疑，请你相信我！"

"这儿是天牢，我没能力救你出去。"狄仁杰有气无力地说道。

"那是你的事儿了。"赵安东把铁链抖得哗啦一声响，随后低下头再没了动静。

"你知道避水丹吗？"狄仁杰尝试着问道。

过了好久，赵安东才开口："洪豹手里剩下的避水丹应该不多了，他只是一个二道贩子，靠卖避水丹发点小财，那些劳工撑不了多久。避水丹是龙神炼制出来的，龙神和我是单线联系，要是我死了，龙神知道出了事，就会彻底消失！"

"能不能告诉我如何联系龙神，也许……我能让你少受一些罪。"狄仁杰说话时底气不足，用这种条件和犯人交换信息，几乎是不可能的。

狄仁杰的意思很明显，进了天牢就别想活着出来，只是在通往死亡的过程中受罪多少的问题。

"死就是死，挺一挺就过去了，慢点死和快点死有啥区别？时间会抹平一切痕迹，不是吗？"赵安东并未回答狄仁杰的问题，反而给他上了一课。

狄仁杰正要再问话，就听见一阵猫叫声从远处传过来。这是乔灵儿和他提前约定好的暗号，一旦有突发情况，就会以猫叫声为信号。

"狄大人，咱们得走了，牢头儿查房的时间到了！"狱卒催促着。

狄仁杰只好关上门上的小窗户，跟着狱卒向外走去，刚走出几步，就见牢头儿带着几名狱卒迎面走了过来。

"狄大人，来提审犯人啊？我看到乔头儿和灵儿姑娘了。"牢头儿向狄仁杰拱手抱拳。

狄仁杰连忙抱拳回礼："宗大人非常关心去年那起连环杀人案，嫌疑人不是还关在里面呢吗！"

牢头儿看向狱卒，狱卒急忙低下头，不敢与其正视。等狄仁杰等人离开后，他走到关押赵安东的牢房门口，打开门上的小窗户，向里面看去："嘿！"

牢头儿几乎用了最大声音喊着，要是赵安东清醒着定会吓一跳。声音在牢房里不停地回荡着，赵安东却一动未动。

牢头儿把大门上的小窗关上，冲着狱卒说道："这间牢房是来大人特意嘱咐过的，不允许其他人进入，包括大理寺的任何官员，明白吗？"

牢头儿把"任何"两个字说得很重，不但包括狄仁杰，甚至包括大理寺最大官儿大理寺卿宗华。

狱卒急忙点头："明白，小的明白。"

"要是让来大人知道了有人违反规矩，那可是要诛灭九族的！"牢头儿离开前有意无意地拍了拍狱卒的肩膀。

狱卒吓得浑身一哆嗦，脸色煞白，看着离去的牢头儿久久不能说出话来。

……

大理寺议事厅空无一人，狄仁杰、乔忠良、乔灵儿迅速走入，捕快喜子和小六子也跟了进来，把门关上后，众人围坐在一张桌子旁，点燃蜡烛后，把一张纸铺在桌案上，狄仁杰提笔在上面画了起来。

"大人，兄弟们去地下赌坊和花柳巷调查过了，现在崔大炮手上的避水丹绝不超过三十颗，而且他不肯一次性卖出，估计后面还得提高出售价格，想从他这儿买到五十颗丹药给徐莫愁，怕是不可能了。"乔忠良说道。

见狄仁杰并未应声，小六子接着说道："大人，仵作老杨去了洛阳府，那边的验尸结果和咱们的一样，都是窒息而死。"

狄仁杰只是点了点头，继续画着，片刻后，一张地形图便画了出来。

"这是天牢的地形图啊，狄大人，这是何意？"乔忠良问道，但心里已明白了七八分。

"劫天牢！"

"啊！"众人皆是一惊。

劫天牢是重罪，一旦被抓到必死无疑，更何况天牢守卫森严，就算正规军攻城，怕是也很难攻进去。

狄仁杰把毛笔放好，把见赵安东的全过程说了一遍，随后说道："现在唯一的办法就是劫天牢，把赵安东救出来，否则，按照来俊臣的刑讯节奏，不到明天晚上，赵安东必死在他手上。按他的说法，要是他死了，没人能联系避水丹的制造者龙神，龙神也绝不会再出现，不但破不了此案，而且所有吃了避水丹的人都得死！"

"大人相信他的话？"小六子问道。

"我信与不信还有的选吗？"

"我陪你去！"乔灵儿一马当先地说道，随后看向乔忠良。

"此事极为凶险，勉强不得，如果众位不去，就当不知道这件事，一切后果由狄某自行负责。"狄仁杰极为郑重地冲着大伙抱了抱拳。

"此案不但涉及老五和两个劳工营地几百条人命，还有一万多人等着救命，已经不是咱们想去和不想去的问题了。"乔忠良说完便看向小六子和喜子两人。

"天牢可是金吾卫把守的，别说咱们几个人，就算来一支军队也攻不进去呀！"小六子有些着急。

狄仁杰说道："强攻肯定不行，只能智取，计划是这样的……"

第五章　嚣张跋扈

金吾卫是皇家禁卫军，个个都是军中健儿，负责天牢外围的防卫。从防御角度来看，可以用固若金汤来形容天牢的守卫。再加上犯人进来后会受到诸多的酷刑，人早已被打得血肉模糊，有的甚至被打断腿或者挑断脚筋，别说逃走，连生活都难以自理。

由于天牢的性质比较特殊，所在的整条街道非常冷清，偶尔过往的一个行人或者一辆马车，也会遭受守卫们质疑的眼光，只得匆匆而过。

天刚蒙蒙亮，第一轮鸡鸣声还未落下，一辆极为奢华的马车便出现在街道尽头，慢慢悠悠地驶向天牢大门，马车的车顶棚四周镶着鎏金，车棚周边雕刻着精美的图案。一名护卫端坐在车辕上，手上拿着带玉石坠儿的马鞭，不时地轻打在马屁股上。马儿高大而神俊，通体枣红色，油亮油亮的马毛十分柔顺地抖动着，显然是一匹品相极佳的宝马。在马车旁还有一名护卫跟随着，警惕地望着四周，不时地用手拨开经过的人们。

马车稳稳地停在天牢大门前，赶车的护卫急忙跳下车，跪倒在车辕前，以后背做轿凳。过了好一阵，车帘才慢慢地掀开，一人从车中慢慢悠悠地钻出来，只见他穿着紫色官服，腰间配金鱼袋，脸上露出不可一世的表情，站在马车辕上环顾四周，打了两个哈欠之后，这才踩着护卫的身体慢慢地下了车。

天牢大门值守的校尉一见到马车，便立刻跑上前，见来俊臣下了车，立刻抱拳施礼，满脸堆笑地说道："来大人，今天您起得可够早的！"

来俊臣官至太仆卿兼御史中丞，从三品的官职，位列人臣之极，享尽荣华富贵。他撇了撇嘴："还不是为了那个重犯，陛下重视得很，作为臣子，要多为陛下分忧才是，不起早哪行！"

"是是是，来大人劳苦功高，堪称群臣楷模！"校尉急忙恭维着。

来俊臣白了校尉一眼："少拍马屁，赶紧开门，耽误了本官审犯人，小心你的脑袋！"

校尉嘿嘿地赔笑着，看向来俊臣的腰间，脚步却丝毫未动。

来俊臣翻着白眼叹了一口气，从腰间掏出腰牌，一巴掌糊在校尉的脸上，随后不顾校尉径直走向天牢大门。

校尉被这一巴掌打在鼻子上，霎时间涕泪横流，却只能强忍着心中怒火，连忙捂住腰牌，拿起来看了一下，随后疾跑几步，把腰牌在身上蹭干净，追着来俊臣把腰牌双手奉上。

来俊臣连看都不看他一眼，腰牌也不拿，径直朝着大门走去，一副你不开门我就撞在门上的架势。

校尉赶紧吩咐守卫把门打开，随后把腰牌递给紧跟而来的一名护卫手里。护卫一声不哼地接过腰牌，跟着来俊臣向里面走去。

校尉看着护卫的背影感觉有些不对劲儿，却说不上来，皱着眉头思索着，突然他眼睛一亮，使劲抽了抽鼻子，又闻了闻手，目光逐渐望向来俊臣和两名护卫。

"来大人，您等等！"校尉壮着胆子追了上去。

来俊臣转头看向校尉，眼神中冒出杀气："刘老三，本官看你是活腻歪了吧，刚才没听清楚吗？"

校尉立刻赔笑着，眼睛却有意无意地看向其中一名护卫，说道："来大人，这位大哥看起来有些眼生啊……"

只见一名护卫星眉剑目，人长得相当俊俏，却露出一丝阴柔之气，此人之前从未出现在来俊臣身边。

来俊臣是市井流氓出身，随性得很，只要不高兴肯定会动手。只见他一瞪眼睛，从怀里掏出官凭，用力地打在校尉的脸上，打得啪啪直响。

"哎……来大人息怒，末将只是那么一问。"校尉急忙躲闪，却又不敢完全避开，不能让来俊臣的手落空惹怒了他。

来俊臣指了指腰间的金鱼袋，又拿着官凭晃了晃："我带什么人来审犯人，好像不需要经过你同意吧？"

校尉又看了看阴柔护卫，眨巴着眼睛说道："那是自然。"

"那你废什么话！"来俊臣又要伸手打人。

校尉急忙向后退了一步，苦着脸说道："最近听说有匪盗经常劫持官员，我这是担心来大人被人……"

"你脑子有问题了吧，要是有匪盗挟持本官，他还敢把本官带到天牢里吗？糊涂蛋！滚开！"来俊臣朝校尉踢了一脚，校尉稍微一闪，他踢了个空，差点没摔倒在地，气得他又飞腿踢了校尉屁股五六脚，这才冷哼着向里面走去。

来俊臣的另一名护卫推了校尉一把。校尉只感觉到一股巨大的力量传来，不由自主地坐在地上。

都说来俊臣的护卫武功了得，这一推之下，哪还容得校尉不信。

校尉站起身，拍了拍身上的土，叹了一口气。

自打得势后，来俊臣府上的门客无数，换一个跟随的护卫再正常不过。

当他看到周围的几名守卫都看着他笑时，顿时怒火一下子冲了上来："笑笑笑，看老子出丑，你们笑得开心是吧！晚上罚你们多站一班岗！"

众守卫不敢与他对视，只好把脸撇过去。

来俊臣迈着不可一世的步伐向天牢深处走去，目标是关押赵安东的牢房。巡逻的狱卒们纷纷向来俊臣行礼，同时也知道赵安东即将面对的是极为严厉的酷刑，从来俊臣的架势来看，今天势必会从赵安东处拿到口供，并且会把他刑讯至死。

关在大牢里面的犯人听到来俊臣的声音后，立刻蜷缩在所在牢房的一角，生怕被他看到遭了殃。

一名狱卒在前面小跑着，手上的钥匙相互碰撞得叮叮当当直响，他快速来到关押赵安东的牢房门前，动作麻利地打开牢门，随后站到一旁，毕恭毕敬地给来俊臣施礼。

来俊臣径直走到赵安东面前，伸手捏住他的下颌，微微一用力。赵安东吃不住疼痛，缓缓睁开眼睛，看到来俊臣的脸后，他叹了一口气。

他原本把生的希望寄托在狄仁杰身上，等来的却是一脸杀气的来俊臣，他知道自己完了，按照昨天来俊臣用刑的频率和力度，无论如何，他都熬不过今天。

"把这厮给我卸下来，手铐脚镣都戴上，本官要将他带走！"来俊臣的语气不容置疑。

狱卒听后一愣，随后走到来俊臣面前，颤抖着声音问道："来大人，带走犯人需要大理寺的批文！"

"啊？你说什么？"来俊臣大声吼着，随后把耳朵凑近狱卒的嘴，把手放在耳朵上，做仔细听的姿势。

狱卒被来俊臣的气势吓得眼珠乱转，哪还敢乱说话，他咽下一口唾沫，后退了一步，苦着脸说道："来大人……"

来俊臣飞起一脚把狱卒踹倒在地，挥起拳头打向他的脸，几拳下去，狱卒的脸开了花，倒在地上呼哧呼哧地喘气。值守的牢头儿和其他狱卒听到声音赶了过来，站在门口愣愣地向里面看着，却没人敢上前阻止。

来俊臣听到声音，慢慢地站起身，喘着粗气，满是鲜血的手向众人招了招："你们，进来。"

众狱卒看向牢头儿，牢头儿清了清嗓子，冲着被打的狱卒吼着："你怎么搞的，万一来大人的手受了伤怎么办，你这不识抬举的家伙。来人，把他拖到外面狠狠地打。"

众狱卒面面相觑，却没人敢向里面迈进一步。

牢头儿向众人使了个眼色，假装踢了被打狱卒一脚，又骂道："早就说过你了，不管好自己的嘴，早晚要挨揍！"

众狱卒这才明白过来，牢头儿表面是让人打他一顿，实则是在保护他，万一来俊臣再次发飙，当场把人打死也是有可能的。于是众人冲进牢房，七手八脚地把人拖了出去。

来俊臣冲着护卫一伸手。

阴柔护卫立刻递过一个丝帕，来俊臣挥手把丝帕打掉，又指了指另一名护卫把腰间挂着的酒葫芦。护卫眼疾手快，急忙把酒葫芦递了过去，来俊臣用嘴咬开葫芦塞，咕嘟咕嘟喝了一口酒，又把满是血的手伸在牢头儿的脑袋上，把酒倒在手上。

鲜血混合着酒流到牢头儿的头上，牢头儿却一动不敢动，任由血水流在脸上、身上，直到酒葫芦倒空了，这才眨巴了一下眼睛。

来俊臣把酒葫芦扔在地上，用力一踩，酒葫芦应声而碎，又从怀里掏出一张纸，抖开后，是盖着大理寺大印的批文，他冷冷地盯着牢头儿："要本官念给你听吗？"

牢头儿赔笑着，双手伸向批文："不用，不用，小人看看就好！"

来俊臣突然把批文按在牢头儿的脸上，伸手把他推开："把人放下来！"

两名护卫立刻上前把赵安东的铁链打开，扶着赵安东下来，缓缓地向外走去。来俊臣却并未跟着，反而看向牢头儿。

牢头儿脸上的肌肉抖了又抖，收起批文，暧昧地说道："有来大人的话就足够了，还要什么大理寺批文！"

来俊臣冷哼一声："啊……这是本官今天听到的最好听的一句话，你再说一遍给本官听听。"

牢头儿又重复了一遍，声音有些发抖。

"拍马屁！你就是在拍马屁！"来俊臣歪着头盯向牢头儿。

"这……来大人，下官……"牢头儿已经不知如何应对来俊臣的喜怒无常，苦着脸不知所措。

来俊臣嘿嘿一笑，摸着牢头儿的头顶："不过本官喜欢，以后大理寺宗华来的时候，你也要把这句话说给他，听到了吗？"

"这个自然，自然！"牢头儿急忙附和着。

来俊臣说完这话便向外走去。

"有来大人的话，还要什么大理寺批文！"牢头儿使劲地喊着，见来俊臣消失在视线中，这才狠狠地扇了自己一个嘴巴。

无论是来俊臣还是大理寺卿宗华，都不是他能得罪得起的，一个从九品下的狱丞，在官大一级压死人的年代，只有被人欺辱、碾压的份儿，别说是抗争，甚至顺着说话，都有可能被辱骂。

如果位卑言轻，可能连呼吸都是错的！

……

奇怪的事情每天都在发生，但都发生在同一个人身上，同一个地点，概率怕是非常小。

　　校尉苦着脸，揉着发酸的鼻子，正琢磨着来俊臣再出来时，应该如何讨好他，却听见车轮吱扭吱扭的声音再次传来，他顺着声音望去，瞬间呆住了，又揉了揉眼睛，苦着脸看着又一辆华丽的马车慢慢地靠近天牢大门。

　　令人惊讶的是，这辆车居然和来俊臣的马车一模一样。

　　在神都洛阳，哪怕是李氏皇族或是武氏的王侯大臣，也没人敢如此高调，只有来俊臣才敢做出僭越之举，乘坐这样华丽的马车招摇过市，可今天一下子出现了两辆同样的马车，又同样出现在天牢大门前。

　　赶车的护卫停稳车，随后跳下车辕，以后背做轿凳。轿帘掀开，一人慢慢走了出来，只见他穿着紫色官服，腰间配金鱼袋，脸上露出不可一世的表情，站在马车辕上环顾四周后，打了两个哈欠，这才踩着护卫的后背下了车，冲着校尉招了招手："那个谁，你傻愣愣地看什么呢，不认识本官吗？还不赶快遛遛你那狗腿，前来迎接本大人！"

　　校尉和众天牢守卫又是一愣。

　　马车已经令人震惊了，眼前的人更是令校尉和所有的守卫惊掉下巴，来者竟然也是来俊臣，动作、神态、说话腔调居然和之前进入那位来大人一模一样。

　　眼前的这个人是谁？又或说之前进去的那个人是谁？

第六章　鱼目混珠

对于校尉来说，今天绝对不是个好日子。

面对又一个来俊臣，无论对方是真是假，他都不敢做出不敬的举动，因为单从相貌、穿着、举止、声音等根本无法判断。另外，判断真与假对校尉来说就是一场赌博，赢了没有任何好处，输了会丢性命。

"来……来大人，您……"校尉结结巴巴地说不出话。

来俊臣眼中冒出煞气，恶狠狠地说道："刘老三，本官看你是活腻歪了吧！"

校尉突然想起之前进入的来俊臣说的也是这句话，两人说话的语气和声音竟然完全一致！校尉震惊之下看向来俊臣的官袍和腰间金鱼袋，不由自主地把手伸向金鱼袋，却被来俊臣一掌打在手背上，霎时间手背红肿起来。

校尉顾不得手疼，苦着脸向来俊臣说道："来大人，能否出示官凭给末将看看？"

来俊臣眨了几下眼睛，随后走到校尉面前，两人几乎鼻尖快贴到一起了："我出示个屁！你是哪根脑筋不对？本官这张脸还不够你看的吗？要什么官凭，本官来天牢需要带官凭吗？狗东西！"

来俊臣发起飙来连大臣都敢打，别说一个小小的校尉了。

校尉气势一弱，赔笑了两声，向后退了一步："来大人，事情是这样的……"

来俊臣怒气冲冠，又要伸手打人，校尉连忙指向之前来的那辆马车。来俊臣看向马车，满脸疑惑地走向马车，看了又看，摸了又摸。

"所以才请您出示官凭！"校尉走到来俊臣身前，讨好地说着。

"咋回事？"来俊臣转向校尉问道。

"之前有个和您一模一样的来大人进去了！"校尉小心翼翼地说着。

"把门打开，本官进去看看，是哪个龟孙竟敢冒充本官，看本官不将他大卸八块，剁碎了喂狗！"来俊臣几乎是咆哮着说的这句话。

校尉仿佛明白了什么，脸色一变，立刻退到天牢大门前，挥了挥手。天牢城墙上的弓箭手立刻弯弓搭箭，大门下的数名守卫拔出腰刀、拿起盾牌，警惕地盯着来俊臣和两名护卫。

来俊臣气得脸色发白，说道："你们真是吃了豹子胆了！"

校尉拔出腰刀，脸色渐渐寒了下来："你要是拿不出官凭，那就不是来大人，别怪我不客气。也不看看这儿是什么地方，容得你冒充来大人，真当我是傻子不成？"

"刘老三，我告诉你，我就是来俊臣，还让我怎么证明？"来俊臣气得嘴唇发抖，连一贯说的"本官"都改成了"我"。

"如何证明你是你？之前进去的来大人可是有官凭的！"校尉丝毫不为所动，执意要对方拿出官凭。

证明"我是我"这是一个一直困扰人类的难题，如今发生在来俊臣身上，哪怕他巧舌如簧，也很难解释清楚。

一名护卫走上前，说道："大人，此事必定有异，不如我在此盯着，老九陪您回府上取官凭，咱犯不上和这等蛮人纠缠。"

来俊臣看向校尉，眼神中满是恨意，却无可奈何："好，等我取了官凭再来和你算账！"

护卫跪下做人凳，来俊臣准备上马车。

"等等！"校尉拉长了声音喊道。

来俊臣的一只脚已经踩到护卫的后背上，听到校尉的声音后又退了回来。

"见事情败露，准备跑路了，是吧？"校尉言语间充满了揶揄之色。

"本官是回府上拿……跟你讲不清楚，看来是给你太多好脸色了！"来俊臣气得转身走向校尉。

"嗖！"一支羽箭插在来俊臣脚下，要是他再走快半步，估计这支箭就会射穿他的大腿。

来俊臣嘴里立刻飙出一大堆骂人的话，看向城墙上的弓箭手："胆子肥了！你们要是敢伤了本官一根汗毛，要你们所有人赔命！"

"来大人，事儿你也看到了，末将也不敢妄自论断，不如等里面那位来大人出来了，咱们三方对质，末将同时向大理寺禀报，由大理寺卿宗大人来评断此事。"校尉说得不咸不淡，既把事情处理得很圆满，又没得罪任何一方。

说罢，校尉一挥手，天牢守卫立刻将来俊臣等人围住。

"宗华算什么东西，有什么资格评断本官的事儿？这件事要评断，就要到皇上那儿去！"来俊臣并未退缩。

到了此刻，校尉也顾不得许多，说道："说大话没用，能拿出官凭，您就是来大人，拿不出，那就是冒充的！"

来俊臣被逼出了真火儿，身形一闪，冲向校尉。来俊臣是市井流氓的出身，打架斗殴是常事儿，当了官儿之后，身份变尊贵了，身手却没落下。

校尉一挥手，弓箭手们立刻发射羽箭。

两名护卫见状，抽出腰刀守护在来俊臣两侧，把射来的羽箭荡开。校尉虽说官职不高，但功夫却不弱，绝不是来俊臣这等流氓可比拟的，没等来俊臣到身前，他立刻出手，钢刀一下子递到了来俊臣的脖子上。两名护卫正要出手救回来俊臣，却被其他的天牢守卫挡住。

"把刀放下！"校尉委屈情绪终于爆发，仿佛战神一般，一手抓住来俊臣的脖领子，一手用刀架在他的脖子上，要是来俊臣和手下再敢冒进，他会毫不犹豫地割断对方的脖子。

来俊臣嚣张跋扈，却极为爱惜生命，眼见被校尉制住，立刻软了下来："老三，咱有话好说，有话好说，你先把刀放下。"

"你让他们先放下刀！"事已如此，校尉已经豁出去了。

正当双方胶着的时候，天牢大门内侧传来说话声："把门给本官打开！"

来俊臣和校尉对视一眼，来俊臣悄悄地把手捏住校尉的刀背。

校尉立刻警觉："别乱动！"

天牢大门打开后，只见另一个来俊臣向外走来，两名护卫架着赵安东紧随其后。校尉挥了挥手，城墙上的弓箭手立刻向天牢内的来俊臣瞄准。

天牢内的来俊臣见状立刻说道："刘老三，你想干吗？不要命啦！"

校尉刘老三把来俊臣交给一名守卫看管，慢慢走到天牢大门口："两位来大人，末将眼拙，无法分辨真假，此事只得上禀宗大人，三方当面对质就可以立判真假了！"

天牢守卫把来俊臣押到大门口处，两个来俊臣互相望着，动作、表情竟然一模一样。

天牢大门外的来俊臣冷笑一声："学本官的样子倒是挺像，可惜你这两个护卫不对劲儿，天牢上下，有谁不认识他们俩！"

来俊臣说罢看向站在中间的校尉。

校尉皱着眉头想了想，又看向天牢内来俊臣的两个护卫，一个相对阴柔，一个略胖，虽说相貌有七八分像，但在气质上的确和之前见到的两个护卫不一样。在第一个来俊臣进入天牢时，校尉就曾经怀疑过阴柔的护卫，现在看起来，先进入天牢的来俊臣很有可能是假的，但后来的来俊臣又没有官凭，校尉又没了主意。

天牢内的来俊臣说道："这人冒充本官，刘老三，把他拿下，严刑拷打之下，就不信他还嘴硬！"

天牢外的来俊臣显得有些被动，急忙说道："你别听他的，你一看他就是假的……对了，是易容术，他的脸一定是假的，你过去看看就知道了！"

天牢内的来俊臣立刻说道："本官还没拷问，你倒是招得痛快，来人，把他的易容给我撕下来，让本官看看究竟是谁有这么大胆！"

两人无论从声音到说话语气，几乎一模一样，令校尉有些茫然："好啦好啦，两位来大人，等宗大人一到，一切就全明白了！"

天牢外的来俊臣哼了一声："不用宗华到，刘老三，你可以现在到本官府上取官凭。"

天牢内的来俊臣也哼了一声："哈，官凭就在本官身上，你说是去取官凭，实则是在拖延时间，等你的同伙来救你吧！别做梦了，你看清楚了，这里可是天牢！"

天牢外的来俊臣气得两眼通红，趁着守卫不注意的空当，一个闪身摆脱了控制，随即冲向天牢内的来俊臣。

天牢内的来俊臣也没客气，立刻与对方打在一起，两人都是市井流氓的打法，完全没有任何武功套路，只是老拳飞脚，几个回合之后，两人便混在一起。校尉等人已经无法分清谁是谁，就连来俊臣的两名护卫也分辨不出，不知道该如何是好。

"都别乱动，把他们分开！"校尉立刻上前准备把两人分开。

没想到的是，其中一名来俊臣一伸手便锁住了他的喉咙，把另一名来俊臣踹倒在地。阴柔护卫和胖护卫也突然出手，格挡开天牢守卫的兵器，架着赵安东向外冲去。

突如其来的变化让校尉有些措手不及，捏在他喉咙的手力量很大，威力绝不逊于一把匕首，随时能把他的喉咙捏断！

"不要放箭！"校尉急忙喊着，嗓子却因为被控制，发出的声音犹如鸡叫。

假来俊臣虽说控制了局面，却也暴露了身份！

两名护卫扶着来俊臣起身，来俊臣气急败坏地骂道："这个王八蛋，居然还敢打老子，给我射死他们！"

天牢的弓箭手虽知道先来的人是假来俊臣，但顶头上司校尉在人家手上，投鼠忌器，众人反而把手上的弓箭放低。

一辆马车从一旁的胡同冲了出来，车辕两侧分别坐着一个人，两人一身紧身黑衣打扮，脸上蒙着黑色面巾，只露出两只眼睛，马车的速度很快，一眨眼的工夫便到了天牢大门前。

两名护卫架着赵安东向马车奔去，假来俊臣挟持着校尉不断地向后倒退着，眼见着就要接近马车。

"不能让他们跑了！"来俊臣急了，从身边一名守卫的手上夺下弓箭，弯弓搭箭向校尉射去，这一箭带着呼啸之声，显然是想把两人串在一起。

假来俊臣拉着校尉身体微微一转，羽箭射中了校尉的大腿，疼得他哎哟一声。

来俊臣冲着弓箭手和守卫吼道："如果让他们跑了，我让你们全家给他们陪葬！"

来俊臣为人阴险狠毒，别说天牢的守卫，就连朝中大臣和诸王诸侯都胆战心惊。众天牢守卫犹豫着又拉起了弓箭，瞄向假来俊臣。

"放箭！"

随着第一支箭的射出，弓箭手们纷纷射出羽箭，羽箭尽量避开校尉，从空当射向假来俊臣，羽箭一旦射出便不受控制，很多支羽箭射向校尉的要害部位。

假来俊臣叹了一口气，只得一脚将校尉踹了出去，随即他一个地滚翻，躲过了第一波射击！为了躲避羽箭，两名假护卫只得掏出腰刀格挡，赵安东身体一软倒在地上。

奔袭过来的马车上跳下一人，他身材壮硕，背起赵安东向马车跑去。

"快上车！"赶车人喊了一嗓子。

正当壮硕蒙面人马上就要跑到马车厢时，突然脚下一个趔趄倒在地上，赵安东整个人也飞了出去，翻滚了两圈之后，从马车车底滚到了另一边。

羽箭不停地射向众人，众人边格挡边退向马车。

壮硕的蒙面人咬着牙起身，冲到假来俊臣的华丽马车上，双手一抖缰绳，调转马头，冲向天牢大门："你们快走，我来掩护！"

话音未落，来俊臣射出的一支羽箭正中壮硕蒙面人的腹部。眼见马车疾速奔向天牢大门，众天牢守卫改变目标，纷纷射向壮硕蒙面人。

壮硕蒙面人身中数箭，却凭借一口气咬着牙猛地一抖缰绳："驾！"

假来俊臣等人趁机把赵安东抬上马车，赶车人看向壮硕蒙面人，眼神中湿气顿现，他一狠心，抖动缰绳，操控着马车疾速离去。

"给我追！别让他们跑了！"来俊臣不顾冲过来的马车喊叫着。

蒙面人驾驶的马车冲势很猛，将天牢守卫冲击得七零八落，直到马儿快撞到天牢大门上，这才停了下来。

来俊臣顾不得查看蒙面人，立刻冲向自己的马车，两名护卫紧随其后。

"驾！"来俊臣亲自驾驶马车，两名护卫弯弓搭箭，随时做好射击准备。令人意想不到的是，刚驶出十丈不到的距离，马车轴突然断裂，整个车身在地面上不断摩擦。措手不及的来俊臣三人险些被甩下马车。等马车停下来后，来俊臣满脸愤怒地下了车，转身回到壮硕蒙面人身前，一把拉下他的蒙面巾。

对于来俊臣等人来说，这是一张非常陌生的年轻面孔，令人惊讶的是，面对来俊臣，他没有半分惧意，他缓缓地松开了缰绳，冲着来俊臣笑了。

来俊臣走上前，问道："是谁冒充本官？你说了，我饶你不死。"

年轻人依然是咧嘴一笑，脸上露出决绝的表情，嘴部动了动，随后一股鲜血从嘴里喷了出来。

"咬舌自尽了！"一名护卫提醒着。

来俊臣冷哼一声："想自杀哪有那么容易？要死，也要死在本官手里！"

说罢，来俊臣上前把住年轻人胸前的一支羽箭用力一插，年轻人的笑容凝固了，永远定格在这个时间。

来俊臣招了招手，一名护卫立刻凑了过来。

"封锁城门，全城搜捕赵安东和那几个人，遇到抵抗，格杀勿论！"

第七章　不明生物

洛阳是大周的都城，为了防御需求，高大的城墙将整座城市围了起来，若有敌来袭，吊桥升起、城门关闭，城墙和护城河便会将敌人阻挡在外。一旦城门关闭，外面的人进不来，里面的人也出不去。来俊臣下令封锁城门并全城搜捕，假来俊臣再厉害再狡猾，也成了瓮中之鳖。

洛阳是都城，不比小城镇，只有在战时才会启用封闭城门的措施，来俊臣虽说权力很大，但封城这件事影响巨大，一个不慎就会遭到其他王侯或大臣的弹劾，要是触怒龙颜，怕是要丢了性命。

封城已经快一天时间了，出动了京兆府所有的捕快以及来俊臣的门客，假来俊臣和赵安东等人像是在人间蒸发了一般，毫无踪迹可寻。

此时，来俊臣的门客们松松散散地站在院子里，低头不语。

门客中有的是洛阳本地的地痞流氓，有的是江湖上的落魄刀客，有的是未中举的文人墨客，甚至有的是朝廷的通缉重犯，他们平时寄居在来俊臣府上，每日好酒好肉伺候着。正所谓养兵千日用兵一时，这些人平日里展现出各种各样的能耐，真到了用的时候，却发现大多人说的都是大话假话，徒有空把式。

"必须把他们找到，不惜一切代价！"来俊臣气得嗷嗷乱叫，一脚踢在那辆仿制的马车上，马车纹丝未动，他却痛得哇哇直叫。

门客们几乎立刻散去，生怕动作慢了会被来俊臣的怒火烧死。

"废物，一群废物，洛阳城就这么大点地方，连个人都找不到！"来俊臣冲着散去的人们骂着，提到找人，他突然想到了一个门派：白鸽门。

白鸽门的探子遍布天下，任何隐秘的消息都逃不过他们的眼睛，要是能让白鸽门出手，找到假来俊臣就变成了轻而易举的事儿。

可惜的是，白鸽门行踪隐秘，没有特殊的渠道很难联系到他们。就算来俊臣能联系到，白鸽门也不会接这单生意，因为假来俊臣现在和白鸽门的门主在一起，而且就在来俊臣府的隔壁。

白鸽门门主齐灵芷听到隔壁的来俊臣气急败坏的怒吼声，笑得气都喘不过来。任来俊臣搜遍全城，他万万想不到，他朝思暮想的假来俊臣和赵安东就在眼皮子底下！

客厅很大，除了一些必要的家具外，并无多余的摆设，也没有更多的居家用品，显然这里只是用作临时居住。

一些人皮面具、衣袍和官凭、金鱼袋等物放在一张大桌子上，桌子旁围着一群人，正是卸去了乔装的狄仁杰、乔灵儿、小六子、乔忠良等人，站在上首位置的是两名年轻人，一身鹅黄色打扮的是白鸽门门主齐灵芷，穿一身青袍的是退隐的大理寺金牌神捕袁客师。

赵安东则是躺在一旁的地上，他一动不动，呼吸却犹如常人。

小六子和乔灵儿中间空了一个人的位置，对应的桌子上放着一块大理寺捕快的腰牌、腰刀和一套衣袍。衣袍是捕快喜子的，为了掩护狄仁杰等人逃离天牢，他牺牲了性命。

狄仁杰等人朝着衣袍拜了拜，沉默了好一阵，这才说道："我介绍一下，这位女侠是白鸽门门主齐灵芷，这位小哥……"

"以仵作出身，却做到了大理寺为数不多的金牌捕快，父亲曾是司天监正袁天罡，江湖上号称小袁神捕的袁客师，在'铁尸迷案'中力战铁尸，在'绝地旱魃'一案中也立下汗马功劳，案件告破后，与齐门主退隐江湖！"乔灵儿在一旁抢着说道。

江湖就是这样，传闻传来传去就会变味儿，乔灵儿所说已有大部分不属实。

袁客师已不是当年那个毛头小子，虽然脸上还有一丝得意，却并未表现得太过，只是微微摆了摆手："过誉了，都是些虚名罢了。"

"这次劫天牢能成功，多亏灵芷和客师帮忙。"狄仁杰说道。

众人的目光移到人皮面具上，先不说狄仁杰把来俊臣的嚣张跋扈演到了骨子里，单说这张人皮面具，几乎和来俊臣本人难分真假，还有来俊臣的那辆华丽的马车，一夜之间能仿得完全一样，这件事也只有白鸽门才能做到。

齐灵芷和袁客师退隐后，便回到洛阳附近的朱雀山朝天观，陪父亲齐东郡练功修道。狄仁杰有了劫天牢的念头后，便用青蜂鸟联系了齐灵芷。

清修的生活并不适合齐灵芷和袁客师这对年轻人，他们接到狄仁杰的求助后，立刻赶到洛阳城，和狄仁杰秘密见了面，制订了假扮来俊臣进入天牢救出赵安东的计划。

齐灵芷看了看捕快喜子的遗物叹了一口气："狄大人，洛水大坝劳工营地的案子涉及黑豹帮的帮主洪豹，这厮行踪诡秘，连白鸽门都不知道他的老巢在哪儿。江湖上多宗悬案都与他有关，白鸽门的几名兄弟也因为他而丢了性命，所以，这件案子我们也要参与。"

狄仁杰点点头，说道："有两位加入，狄某求之不得，但现在我们几人已经犯了劫天牢的大罪，如果能破案还好，若破不了，怕是会有灭顶之灾。朝廷本就不希望白鸽门存在，要是被抓住把柄，可就不妙了，不如你们藏在暗处，负责打探消息、盯梢等事，如非危难之时，就不要出手！"

白鸽门作为民间帮派，却掌握着天下大部分机密信息，要是被有心人利用，怕是会危害到江山社稷。更何况，武则天即位后，启用了和白鸽门同样性质的内卫组织，白鸽门的存在已经阻碍了内卫组织，因此内卫府早有清剿白鸽门之意，若非历任内卫府大阁领与狄仁杰交好，白鸽门早就覆灭了。

齐灵芷绝顶聪明，立刻答道："好，那就这么说定了。乔大哥，狄大人的安全就交给你了！"

乔忠良一向少言寡语，但这次他却拍了拍胸脯，少有地表了态："只要我乔忠良还有一口气，定会保证狄大人的安全。"

狄仁杰看向昏迷中的赵安东："灵芷，把他弄醒吧！"

齐灵芷一个闪身来到赵安东身前，用青霜宝剑的剑鞘尖部迅速地戳在他的几处穴道。赵安东即刻醒了过来，不断地咳嗽着。

乔忠良和乔灵儿是大理寺捕快，乔灵儿是女儿身，为了加入大理寺，甚至以家传武功打败了大理寺八大捕头，这才被破格录用。但他们看到齐灵芷的身手后，明白了什么是人外有人天外有天，与齐灵芷的武功比起来，他们的功夫就堪比戏法把式了。

乔忠良脸上一红，冲着齐灵芷一抱拳："刚才乔某的话说大了，保护狄大人的事儿，还要劳烦门主多费心。"

齐灵芷点点头，从怀中掏出一本武功秘笈，双手递给乔忠良："我会在暗中保护狄大人，这是白鸽门收藏的一本剑谱，相信对您的武功会有所帮助。"

乔忠良感激地看向齐灵芷，恭恭敬敬地接过剑谱。

齐灵芷拜师江湖奇人清玄师太，白鸽门又是靠打探、贩卖信息为主的门派，所收藏的剑谱自然非同凡响。

"乔大哥，这里是我白鸽门的秘密据点，非常安全，只要你们不离开这里，保证没人能找到你们。我和客师还有事要求证，先行告辞了。"齐灵芷和袁客师对视一眼，施展轻功迅速离去。

小六子把赵安东拉到桌子旁，把他按在椅子上，拍了拍他的脸："哎，哎，醒醒！"

赵安东刚刚解了穴道，气血还不畅通，头脑还处于游离状态，被小六子这一拍，目光才慢慢聚焦，看向狄仁杰，苦笑一声。

"我兑现了诺言，把你救出天牢，现在可以说了吧？"狄仁杰说道。

赵安东冷笑一声，却并未说话。

为了救赵安东出天牢，喜子惨死在天牢大门口，小六子和喜子是从小玩到大的兄弟，一同加入大理寺成为捕快，感情早已胜似亲兄弟，见赵安东如此表现，小六子脸上煞气突现，上去一把抓住他的脖领子，恶狠狠地说道："我兄弟为了救你，惨死在来俊臣手上，连尸体都无法安葬，现在你什么都不说，别怪我不客气。"

赵安东依然未说话，环顾狄仁杰等人，凄惨一笑，笑容中带着不屑之意。

小六子一瞪眼睛，冲着赵安东就是几拳。赵安东连同椅子一起倒在地上，却硬生生地挺着没吭声，任凭嘴角和鼻孔流出鲜血。

赵安东继续沉默的态度激起了小六子的怒火，他从桌案上拿起喜子的腰刀，抽出刀后架在赵安东的脖子上："你到底说不说？"

赵安东不但没退缩，反而迎着刀刃挺了上去，脸上满是倔强之色。

"六子！"乔忠良抓住小六子的手腕。

小六子气得脸色铁青，犹豫了好一阵，才叹了一口气，慢慢地撤回刀，走到一旁生闷气。

"狄大人，我需要治疗和休息！"赵安东他脸色惨白，双眼满是血丝，双手不住地颤抖着。

这也怪不得他，在受刑过程中，他被绑在架子上得不到休息，身体血肉模糊，已处于崩溃的边缘，能熬过来已是不易。

狄仁杰点点头："老乔，先给他治伤吧。"

乔家祖辈都是开医馆的，自小接受了很多医药知识，医治寻常伤病手到擒来。乔忠良的医术很好，加上白鸽门的秘密据点医药不缺，他很快为赵安东处理了外伤。

幸运的是，赵安东所受的伤都是皮外伤，并未伤及骨骼和内脏。在处理过程中，疲乏至极的赵安东居然昏睡了过去。

"六子，你看着他。狄大人，乔某有几句话要说，请移步偏房！"乔忠良向狄仁杰说道。

……

乔忠良和狄仁杰走进偏房，狄仁杰刚刚关上门，便见乔忠良跪倒在他面前，他急忙上前把乔忠良扶了起来："老乔，你这是做什么？"

乔忠良被狄仁杰架着无法再下跪，只好站直了身体，双手抱拳施礼，缓缓说道："狄大人，乔某是大理寺捕快，破案是职责所在，也知道您一身正气、义薄云天，乔某愿随您赴汤蹈火。但灵儿还小，不谙世事，又是女儿之身……"

"老乔，我明白！"狄仁杰打断乔忠良的话，脸上尽是歉意，"这件事都怪我，做事前没考虑周全，连累了你们，等天黑后，你们三人立刻离开，此事由我狄仁杰一人承担，绝不会牵连他人半分。"

"灵儿和六子离开就好，乔某陪着大人！"乔忠良脸上显出坚毅之色。

狄仁杰犹豫后点头，冲着乔忠良抱拳施礼："也好，狄某在此……"

狄仁杰的话还未说完，房门突然打开，乔灵儿走了进来，白了乔忠良一眼，说道："我哪都不去，这个案子我管定了！"

"你这孩子！"乔忠良皱着眉头。

"我的命是命，五叔的命也是命。男人也好，女儿身也罢，都该做自己该做的事。"乔灵儿说道。

"这件事的后续还不知如何，危险太多，爹是不想你冒险。"乔忠良劝说着。

"大理寺惩治罪恶，等于是每天与死亡打交道，自打入行那天起，就做好牺牲的准备。爹，您忘了入大理寺时宣读的誓言了吗？"乔灵儿反问道。

乔忠良被说得无可奈何，白了乔灵儿一眼，把头撇向一旁。

狄仁杰接过话来："灵儿……"

"狄大人，都说您胸怀天下，什么时候变得婆婆妈妈的了？"乔灵儿一张巧嘴毫不客气，连狄仁杰也被她说得哑口无言。

"五叔的命，还有那一万多的劳工兄弟，这件事如果我半路退出，这辈子我都会心怀愧疚。爹，从小您就教我，做事要光明磊落、问心无愧，我现在这样做有啥问题？再说，那来俊臣也不是傻子，一查之下，必定能查到我，就算我现在退出，你能保证他能放过我吗？"乔灵儿又说道。

乔忠良深吸了一口气，好半天才吐出来，沉默了一阵后说道："好，那你得答应爹，任何行动都要听狄大人指挥，决不允许逞能冒险。"

"成交！"乔灵儿搂着乔忠良亲了他一口。

乔忠良立刻推开她："哎，你看你，都大姑娘了，还像个小孩子似的！"

乔灵儿歪着头顽皮一笑，有意无意地瞄向狄仁杰。三人正说着话，就听见小六子惊叫了一声。

乔忠良和狄仁杰对视一眼，立刻向外冲去。

……

赵安东休息的床榻上空空的，小六子站在床前愣着。

乔忠良等人冲了进来，看到赵安东不见踪影后，立刻问道："六子，人呢？"

小六子说话间带着哭腔："刚才我看他睡了过去，就坐在一旁看着他。这两天又困又累，我……"

狄仁杰立刻走到床榻前，摸了摸被褥："被子里还是热的，走不远。"

"他带着伤，又没穿鞋，应该走不远，咱们分头追！"乔忠良拿起腰刀向外跑去。

"等等！"狄仁杰一把拽住乔忠良。

"狄大人，一旦他再被来俊臣抓住，咱们几个都在劫难逃，按照来俊臣一贯的作风，定会扣上谋反的帽子，株连九族！"乔忠良有些焦急。

"这里是白鸽门的秘密据点，不为外人所知。另外，此处和来俊臣府只有一墙之隔，现在又是大白天，一旦他以现在的状态出现在街上，不出一刻钟就会被抓住，要是再落入来俊臣手上，他必死无疑，他费尽心思出天牢，怎么可能再次自投罗网。"狄仁杰分析道。

乔忠良略加思索，点了点头："明白。六子，你去守住大门，咱们到宅子其他地方看看。"

对于赵安东来说，哥哥赵安西的离去是他一生之中最大的痛。他的双眼满含泪水，双手不断地把地上的泥土聚在一起，慢慢地成了一个坟包的形状，他把一枚戒指放在坟头上，这枚戒指把他带回了案发当天。

……

不得不说，良酿署的酒的确好喝，绝不是三流小客栈的小烧能比的，哪怕是神都洛阳最好的酒坊，也不可能酿出比良酿署更好喝的酒。

劳工营地中央有一块巨大的空地，空地上堆着十几个篝火堆，篝火旁围坐着很多劳工。熊熊篝火噼啪作响，将一只只羊烤成了金黄色，肉香味儿混合着酒香令人垂涎欲滴。

他们光着膀子，身上晒掉的皮令整个人看起来有些斑驳，有年长的，也有年轻人，有状如牛的，也有瘦如鸡的，但他们有一个共同的特性：朴实。

此刻，他们都已进入微醺状态，把酒碗碰得叮当直响，大碗灌酒，大口吃肉。

赵安东原本不会喝酒，也被现场的氛围所感动，他用匕首切下一片羊肉，正要放入口中。劳工乔老五摇摇晃晃地走了过来，他端着两个大碗，碗里盛着酒，把一碗递给赵安东，笑着盯着赵安东："东子，亏你还是咱工头儿，这扭扭捏捏的，和女人似的，以后咋带人！今天是庆功宴，咋地也得喝两口。"

乔老五年纪比赵安东略大，吃苦耐劳，能干活能张罗，是赵安东的得力干将，有时候劳工不服赵安东的管理，乔老五就会出面解决问题。

赵安东看了看哥哥赵安西。赵安西喝得满脸通红，不由自主地嘿嘿笑着，点头示意："爷们哪有不喝酒的，喝！"

赵安东略加犹豫，看着乔老五笑了，和他使劲碰了碗，随后一饮而尽。众劳工见状纷纷站起身，嗷嗷地欢呼起来，纷纷举起碗喝了下去……

快乐的时间总是过得很快。

能喝的和不能喝的全都喝多了，酒坛全部见了底，篝火架子上的羊肉只剩下一些骨架，工地附近的几只流浪狗都快乐地跑了过来，冲着人们摇着尾巴示好，有些胆大的狗直接用嘴叼地上的骨头。

赵安东有些不胜酒力，好在他喝得不多，扶着哥哥准备回家，也不知是酒劲儿上来了，还是哥哥有些沉重，刚走了几步，他就感觉到身体有些燥热，呼吸有些困难，他停了下来，急喘了几口气，状况却没有好转。

与此同时，一阵阵急促的喘息声和痛苦的呻吟声从四面传来。

"吼！"乔老五和几名劳工互相搀扶着跟跟跄跄地走向营地大门。

令人奇怪的是，以往一直开着的大门此时却是关闭状态。

豆大的汗珠从赵安东浑身上下冒了出来，身体犹如一座火炉一般，连呼出来的气都是极热的，一阵阵眩晕感不断涌上来，令他的视线有些模糊不清。

乔老五等人推了推大门，却发现大门根本推不开，推动之下，听到门外发出锁链碰撞的声音。

"吼！"乔老五用手指在胸口不断地挠着，抠着。

"老五！"赵安东松开哥哥，急忙跑到乔老五身边，这才发现他的胸口长出了大面积的鳞片，以肉眼可见的速度不断地向上下两个方向蔓延着。

"水……"乔老五咕咚一声倒在地上，口中不断吐出白沫，身体不停地抽搐着，当向上蔓延的鳞片覆盖到他的鼻子时，他大吼一声，眼睛瞪得大大的，身体猛地一抽，便再也不动，覆盖头部的鳞片开始慢慢地向下褪去。

而此时，几乎所有劳工都变成了乔老五刚才呈现的模样，还能动弹的人为数不多。这些人有的想通过木质的栅栏爬出营地，有些人不断地冲击着大门，却均以失败告终。赵安东咬着牙，冲上前去用力一踹，大门应声而开，众人一窝蜂似的冲了出去。

片刻后，扑通扑通的落水声不断响起。

赵安东从胸口到脖子非常痒，他用指甲用力地挠着，却越挠越痒，随着时间的推移，他的呼吸也越来越急促，心脏跳得很快，眼前一片朦胧，当他几乎感觉自己就要上不来气时，赵安西从后面跑了上来，一拉抓住他的手向大坝水库跑去。

众劳工对目前的状况并不陌生，是避水丹的药性发作了，只有进入水中，才能自如地呼吸。

劳工们拼死冲进河里，整个人钻进水中得以喘息。

想不到的是，迎接他们的是更大的恐怖，随着一阵阵水花，劳工们被突然出现的不明生物吞噬，甚至都来不及发出一声惨叫。

大坝是他们建造起来的，合龙后，原本属于农田和野地的地方变成了水库，却从未听说有能瞬间将人吞噬成白骨的恐怖生物。

劳工们本就水性很好，在水中游动的速度很快，几乎不会比鱼儿慢。可此时，在不明生物面前，劳工们的游动速度如同蜗牛一般。

劳工们陷入了两难，若是上岸，必定窒息而死，若留在水中，会被不明生物吞噬而亡。

赵安东的水性比不上哥哥赵安西，在水中游动的速度差了半拍。但赵安西想的却不是自己逃命，每当赵安东决定放弃时，总会有一双手拉着他向岸边游去。

赵安西用尽最后一丝力气把赵安东推上大坝，自己却再也没有力气爬上岸。

上了岸的赵安东有些喘不过气来，急速喘息几口后，他挺着身体的不适，转身向哥哥伸出手。但水面已经趋于平静，哪里还有哥哥的影子。

"哥！"赵安东的哭腔回荡在河面上，除了不明生物吞噬劳工声音外，再无其他声音附和。

正当他准备下水时，一只手抓住了他的手，他用力一拽，将赵安西从水里拽了上来。

"就知道你小子有良心！"

赵安东一边拽着哥哥，一边哭着。赵安西穿着官袍，浸水之后非常重，加上赵安东呼吸困难、身体乏力，拽了好几次也没能将赵安西拽上岸来。

"哥，你得把衣服脱了，太重了。"赵安东几乎耗尽了所有力气。

赵安西边踩水便脱衣袍，官袍穿起来难，脱下来更难，尤其赵安东还拽着他一只手。

"先松开我的手！"赵安西喊道。

正当赵安东要松开他的时候，突然发现一丈之外水流涌动，一条满是黑鳞的龙状生物冲着赵安西游了过来。

"那玩意又过来了！"赵安东拼命地向上拽赵安西，可惜的是，龙状生物的速度非常快，几乎在赵安东看到的一瞬间便来到赵安西身后，一口将其吞了下去。赵安东全力之下拉了一个空，向后跌倒在地。

赵安东再次坐起身时，水面已经完全恢复了平静，他呆呆地望着手里的一只胳膊和手指上的那枚熟悉的银戒指，他颤抖着手把戒指摘下来，戴在自己的手上，把断臂平放在地面上，眼泪噼里啪啦地掉下来，跪在地上向断臂磕头："哥……哥……"

巨大的悲伤不断地冲击着他，加上离开水之后浑身燥热无比，随之而来的窒息感令他眼前一黑……

第八章　复仇之心

小六子性情直爽，情绪几乎都体现在脸上。当他看到赵安东时，忍不住冲了上去，正要出手，却见赵安东回过头来，脸上尽是悲伤之意，眼神却没有丝毫退缩之意。

这股悲伤感染了刚刚失去兄弟喜子的小六子，他心一软，已经扬起的拳头慢慢地放了下来。

赵安东将坟头的银戒指缓缓地戴在手上，向赵安西的衣冠冢又拜了三拜，起身看向狄仁杰，郑重其事地说道："我早闻狄仁杰大名，但这件案子和朝中重臣有关，您现在只是一个大理寺丞，论官职、势力，这些人绝不是你可以撼动的。"

乔灵儿哼了一声说道："狄大人刚正不阿，管他是多大官，都要严惩不贷。"

狄仁杰坚定地点了点头："有什么话你尽管讲，若有人触犯律例，我狄某定会将他绳之以法，天子犯法与庶民同罪。"

赵安东显然还有心事，并未立刻回话。

"避水丹是禁药，贩卖避水丹是重罪，配合我们破了案，你才会得到从轻发落的机会。"乔忠良说道。

赵安东凄惨一笑，显然他对乔忠良的说辞并不认可。朝廷对五石散和避水丹的药物极为痛恨，无论是从重处罚还是从轻发落，只是死法不同而已。

"你哥哥赵安西前途大好，却死于此案，你就不想将罪恶铲除，替他报仇吗？"狄仁杰看出了赵安东的心思。

赵安东吁出一口气："重罪不重罪的我不在乎，我现在只想替哥哥报仇。"

赵安西哥俩相依为命，赵安西为了救赵安东而殒命，他现在已是万念俱灰，留在这世界上唯一的念想就是为哥哥报仇。

赵安东转向狄仁杰，冲着他鞠了一躬："狄大人，我会全力帮你，只求揪出幕后黑手。我需要你给我一个承诺，无论幕后黑手是谁，你都会将其绳之以法！"

"哎，我们凭什么信你？万一你有了歪心思，会把我们都害了的！"乔灵儿对赵安东并不信任，一旦他叛变，或者是再次被来俊臣抓住，对狄仁杰等人便是致命打击。

"信也好，不信也罢，除了我，你们没有选择。"赵安东的语气充满自信，随后他看向狄仁杰。

狄仁杰点点头："好，我答应你，定会将凶手绳之以法！"

赵安东和狄仁杰对视良久，见狄仁杰眼神中满是坚定，这才说道："狄大人有什么问题尽管问，我知无不言。"

"先说说案发当晚劳工营地发生了什么。"狄仁杰说道。

赵安东点头，把他所经历的如实讲述了一遍。

很显然，众劳工都喝下了大量放有避水丹的酒，发作后浑身燥热无比，若不能及时下水降温，极高的体温会令人五脏六腑受损，心肺无法运作，最终人会因窒息或者心脏停止跳动而死。

几人听后皆是一惊，久久不能说出话来，直到心直口快的乔灵儿打破沉默："在河里吃人的是什么？"

赵安东摇了摇头，说道："不知道，晚上很黑，什么都看不到，只知道那东西非常庞大，一瞬间就能把一个人吞噬干净，好像是……龙，黑色的龙！"

龙是中国古代传说中的神奇生物，传说多为其能显能隐、能细能巨、能短能长，春分登天，秋分潜渊，呼风唤雨，神通广大，皇帝皆以真龙天子自居，以彰显其崇高的身份和地位。

但龙只存在于传说中，从没有人亲眼见过。如今赵安东居然说失踪的劳工是被龙吃掉，众人都觉得不可思议。

"先不说龙。劳工们不跳进水里会死，跳进水里依然会死，这摆明了就是一个死局！"乔忠良说道。

"那是谁设计的这个局？"乔灵儿问道。

赵安东摇摇头："避水丹是在水部郎中王巍禾大人的授意下进入劳工营地的，负责具体贩卖避水丹的是黑豹帮帮主洪豹，炼制丹药的是一个叫龙神的人，我只是个中间人。"

"可能是王巍禾吗？"小六子问道。

乔忠良思索片刻，说道："王巍禾位高权重，没有理由杀这些劳工啊！"

乔灵儿皱着眉头嘀咕着："可能是洪豹吧！"

乔忠良立刻补充道："洪豹是控制长安地下黑市的黑帮老大，专门做偏门买卖，放高利贷、贩卖人口、造假货、收保护费、开设赌场、开设妓院，也接一些绑架杀人的买卖，几乎是无恶不作，大理寺通缉了他好多年，但这人狡兔三窟，至今未落网。他要这些劳工买避水丹赚钱，不太可能杀这么多人自断生路，还引起大理寺的注意。"

"洪豹是王巍禾指定的商人，但王大人说他私心很重，不太相信他，这才让我充当买卖双方的中间人，先由我从洪豹手中拿到交易凭证，用凭证和龙神交易拿到避水丹，再把避水丹给洪豹，洪豹通过长安地下黑市把避水丹销往河南道的所有城市，甚至在其他州府也都出现了避水丹，劳工营地是消耗最大的一个地方而已。"赵安东说道。

狄仁杰听后心中一惊，随即问道："也就意味着，服用避水丹不仅仅是劳工营地一万多人？"

赵安东点头，说道："没错。"

避水丹有其独特的效果，能让人力气变大，令人兴奋，还有让男性功能变强的作用，所以流传得非常快，范围也非常广。同时它亦有很大的危害性，一旦服用就会上瘾，依赖性极强，意志力再强的人也无法戒掉，当毒性侵入五脏六腑，人就会肠穿肚烂而死。

"很多青楼和大一些的客栈都会暗地里出售避水丹，避水丹的销量极佳，利润非常大。"赵安东说道。

"和早年流行的五石散有一拼了。"乔忠良感叹道。

狄仁杰微微摇头，说道："五石散价格极其昂贵，只流行于士大夫和贵族、商贾之间，对寻常百姓没有任何危害。"

"五石散是什么？"乔灵儿好奇地问道。

五石散源于南北朝时代，是以钟乳、硫黄、白石英、紫石英、赤石为主要原料，经过道家炼丹手法炼制后形成的药物，其药性皆燥热猛烈，服后使人全身发热，短期内男性能力大增，因此成为贵族和富商们娱乐必备之物，这种药物难以言喻，无法和身为大姑娘的乔灵儿说明白。

"小孩子不要问那么多！"乔忠良白了乔灵儿一眼。

"人家都是大理寺捕快了，哪里还是小孩子。"乔灵儿不敢公开顶撞父亲，只好在嘴里嘟囔着。

"按照目前的情况，有两种方法可以破解避水丹之毒：一是抓到炼制避水丹的龙神；二是拿到足够的避水丹，让徐御医研制解药。"狄仁杰说道。

众人纷纷点头，只有赵安东皱眉不语。

狄仁杰看向赵安东。赵安东这才说话："神龙见首不见尾，神龙生性多疑，警惕性极高，而且行踪诡异。身边还有一个随从，善使一对分水峨眉刺，武功极高，从无败绩，单凭大理寺捕快的力量，要杀死龙神简单，但想生擒龙神怕是很难。就算真能抓到龙神，万一他抵死不说，服用过避水丹的人岂不是白白送死！"

赵安东的话激起了乔灵儿的傲骨，她哼了一声，说道："一个随从，再厉害还能有大周第一高手李元芳厉害吗？还能有当年狄大人的卫队长汪远洋厉害吗？"

赵安东犹豫一番后，只是微微摇了摇头。

李元芳在"铁尸迷案"中身受重伤，和夫人如燕退隐江湖养伤。汪远洋被派往安西都护府查一件案子，始终未回洛阳，若二人有任意一人在，也有和龙神一战之力。齐灵芷的武功虽不比二人差，但身份是白鸽门门主，现在是朝廷重点清剿的对象，不敢轻易出手暴露身份。

"那咱们可以采取第二套方案，先抓住洪豹，拿到凭证，再和龙神交易，先拿到避水丹，再把龙神抓了，一次性全部解决！"小六子得意地说道。

乔忠良摇了摇头："洪豹狡猾异常、生性凶狠，只要有一点风吹草动，他便会遁逃，要是一击不成，他藏起来，咱们就再也没机会了。"

赵安东点点头，说道："无论是龙神还是洪豹，咱们只有一次机会。"

"赵安东，每次交易前你都会找洪豹拿凭证对吧？"狄仁杰问道。

赵安东不假思索地答道："没错。"

"需要用什么信物交换吗？"狄仁杰又问道。

赵安东摇摇头，语气轻松地说道："不用，去拿就好了。"

"交易的时间和地点呢？"狄仁杰又问道。

赵安东说道："龙神大人极其重视时辰，交易时间一般都是午时一刻，此时阳气几乎达到最盛，江湖上几乎每个人都知道。但交易地点没有固定的联络点，都是龙神临时通知到我，这次交易地点是城南客栈。"

狄仁杰嘴角露出一抹笑意，说道："那这件事就好办多了。"

乔灵儿一听，知道狄仁杰有了计划，立刻问道："你又有什么歪点子？"

"灵儿，你怎么这样和大人说话！"乔忠良的语气带着责备之意。狄仁杰是大理寺丞，朝廷任命的官员，身份地位绝非捕快可比。

狄仁杰笑着摆了摆手，显得很轻松："赵安东先去找洪豹拿到凭证，再用凭证和龙神交易，咱们就顺利地拿到避水丹了。"

"倒是好办法，也简单。"小六子说道。

赵安东脸色凝重，思索片刻后，说道："狄大人，我找洪豹拿凭证没问题，但你有没有想过一件事，劳工营地所有人都死了，只有我活了下来，洪豹消息灵通，会不会怀疑我？"

"这件事只能走一步算一步，没人能预料到结果是什么。"狄仁杰盯着赵安东说道。

赵安东犹豫后点头："好，既然狄大人敢赌，赵某奉陪了！不过，我还有个请求。"

狄仁杰和乔忠良对视一眼，点了点头。

"如果我死在洪豹手里，肯请狄大人将我哥的遗骨打捞出来，好生安葬。"赵安东说话间有些哽咽。

"好，就算你不说，这件事我也会做的。"狄仁杰立刻答应下来。

两个苦工营地，两百四十五人死亡，六十五人失踪。从赵安东的叙述来看，失踪的这些人必然和赵安西是一样的遭遇，被不明生物吞噬，骸骨沉在河底，人死后要入土为安，打捞尸骸不但是对死者的尊重，而且是要给苦主们一个交代。

……

令狄仁杰等人想不到的是，见洪豹拿凭证这件事并不容易。

赵安东换上了一套灰色布袍，在乔灵儿的帮助下，容貌也有了一些改变，原本光滑的脸上多了一些胡须，脸色也变成了被太阳暴晒而成的黝黑色，要是不仔细看，还真看不出赵安东原本的模样来。

他不紧不慢地走进一家小酒馆，看了看满脸油光的掌柜。

掌柜放下手上的账本，冲着他一笑。一名店小二立刻跑了过来，笑着喊道："客官里面请。"

"一碟油炸花生米不放盐，一壶杜康，半斤一年生的小牛肉。"赵安东没理会店小二，径直走到掌柜面前，把一块散碎银两放在柜台上。

掌柜一愣，仔细看向赵安东，打量了好一番之后，这才重新露出笑容，走出柜台："客官可真会点，喝杜康得去雅间才配得上，请随我来。"

掌柜在前面引路，赵安东趁机向酒馆门外看了看，并未发现有人跟踪，这才跟着掌柜穿过了厨房，向后院走去。

酒馆虽小，但后院却独具风格，与酒馆的俗形成鲜明对比。

后院的小路是由很多大大小小的鹅卵石铺设而成，路旁种着些竹子，走到尽头是一间独立的房间，院子中有水池、假山和形状非常奇特的树木，走进房间后，掌柜从一个柜子里拿出一壶酒，斟了一小杯，放在桌子上，笑着对赵安东说道："客官可以先品尝美酒，花生和牛肉随后送到。"

赵安东没有丝毫犹豫，拿起酒杯一口喝了下去，随后坐在椅子上，冲着掌柜一笑。

掌柜并没有离去的意思，人畜无害的脸上露出一丝不易察觉的冷笑。

赵安东只觉一股热流从胃里向全身四散而去，冲到头部时，他感觉有些头晕目眩，眼前的景象开始模糊起来。

他感觉身后有一个人，手上拿着一个黑色的袋子突然将他的头罩住……

第九章　意外

洪豹作为大理寺通缉多年的重犯，至今还未到案，正是得益于他的多疑、狠毒，只要有一点风吹草动，他会立刻隐匿起来，若对身边人有怀疑，宁可错杀一百，绝不放过一个，以绝后患。

他的对手不仅仅是大理寺，还有来自江湖上的各门各派。有的是为了大理寺的悬赏金，有的是想侵吞他的地盘。刺杀他的手段很多，下毒、暗器、机关陷阱等无所不用其极。可惜的是，至今还没有人成功，反而洪豹的势力越来越大，隐约有成为洛阳黑市龙头大哥的势头。

此刻的洪豹正躺在一张巨大的床榻上，头枕是一名女人的丰腴的大长腿。女人非常漂亮，穿着很性感，双眼不时地抛出媚意，她捏起一颗葡萄，放在口中衔着，俯下身喂给洪豹。女人叫阿萍，是洪豹最喜欢的情妇，她不但相貌极佳，更兼有一身好功夫，遇到一些麻烦时，几乎不用洪豹出手。

不远处，一人跪在地上，他浑身伤痕累累，左手以一个不可思议的角度半吊在胸前，显然是被人硬生生地折断了，他低着头，肿胀的嘴唇不断地哆嗦着，他的体力已经耗尽，却强挺着跪着。

此人的伤势皆来自黑豹帮的执法长老，刺杀帮主已经是死罪，但执法长老还是把他留到现在，只要洪豹没点头，想痛快点死去都是不可能的。

"帮主，您就开开恩，让我死了吧！"跪在地上的杀手哀求着。

人都爱惜生命，要不是没有办法，谁会主动求死呢！

洪豹并未理会，闭着眼睛待了好长时间，这才缓缓离开阿萍的腿，坐了起来，有些呆滞的目光看向杀手，一阵冷笑后，才说道："死亡是结果，等待死亡是过程，结果很简单，过程却很漫长。"

洪豹在未正式加入黑道之前，是一名满腹经纶的秀才，因为家道中落，这才放弃了原本的科考之路。他的话充满哲理，但在杀手眼里，这些虚无缥缈的话还不如一刀插入心脏来得实在一些。

"我再问你一遍，究竟是谁派你来刺杀帮主的？"执法长老用手上的藤条戳在杀手腿上的伤口上。

杀手一阵号叫之后，耗尽了所有力气，趴在地上喘息着，勉强说出几个字："我不能说，决不能说，只求帮主赐我一死。"

洪豹脸上煞气陡现，正要起身，却见一名帮众跑了进来，到洪豹身边耳语道："帮主，赵安东来了。"

洪豹脸上肌肉抽搐了几下，又稳稳地坐了下来，大手在阿萍的大腿上摩挲着。阿萍脸上红润起来，凑近洪豹亲昵了好一阵，直到阿萍准备脱衣服时，洪豹这才将她拨到一旁，意犹未尽地咂了咂嘴："带进来。"

帮众一直没敢直起身子，听到洪豹的话后，这才松了一口气，连忙转身离去，很快，两名帮众架着赵安东走进房间。赵安东戴着黑色的头套，脚步有些虚浮，若非两人一左一右地架着，怕是会瘫软在地。

赵安东被按在一张椅子上，他正要伸手摘头套，却被帮众按住。

洪豹嘿嘿地笑着，拍了拍阿萍的大腿。阿萍会意，立刻起身走到赵安东身前，大咧咧地坐在他的腿上，随后一伸手把他的头套摘了下来，高耸的胸部正好对着他的脸。

赵安东感到一股若有若无的香气钻进鼻孔，眨了两下眼睛，正好看到阿萍丰满的胸部，他脸上一红，立刻撇过头去。

阿萍冲着他咮咮地笑着，见他有些害羞，便凑上前咬了咬赵安东的耳垂。

赵安东浑身一个激灵，下意识地向一旁躲去："大嫂，请不要这样……"

"不要哪样？"阿萍依然媚笑着，随后歪着头凑近赵安东的嘴唇，正要亲过去，突然听见一旁的杀手闷哼了一声。

执法长老急忙示意杀手不要出声，但为时已晚。

杀手感受到来自阿萍的杀意，下意识地向后挪着，不巧的是，他身后是一个博古架，上面放着一个汉代的官窑瓷瓶，博古架被他撞得摇晃了一下，瓷瓶摇摇欲坠。

阿萍突然动了，动作犹如闪电一般，几乎在一瞬间就越过了杀手，扶住了快倒下的瓷瓶，拎着瓷瓶身形一转，来到洪豹附近的桌案前，轻轻地把瓷瓶放在桌案上，又操起桌案上的一把水果刀，再次闪身来到杀手面前，一刀刺进杀手的左眼。

杀手甚至来不及惨叫，阿萍又拔出刀，刺进杀手的喉咙。杀手刚想喊叫，却发现嗓子只能发出嘶嘶的声音，一股剧痛从左眼瞬间传遍全身，随着喉咙一凉，一种无力感传来，他身体一软，倒在地上抽搐起来。

洪豹起身，摇摇晃晃地走到杀手身旁，抡起拳头不断地捶打他的头部，眼见着杀手面部被捶得稀巴烂，整个人再也不动弹。

"嘿嘿嘿……"洪豹回到桌案前，倒了一碗酒，把满是鲜血的手伸进碗里洗涮着，随后慢慢地走到赵安东面前，把酒碗递给他，并示意他喝下去。

赵安东犹豫了好一阵，最终还是接了过去，皱着眉头喝了一口，血腥味混合着酒精的味道令他有些作呕，却不敢表现出来。

阿萍拿着沾着血的水果刀削着苹果，她款款走到赵安东身边，把带血的苹果递给他，赵安东勉强笑了笑，吃了一口苹果。苹果上的血迹又腥又咸，令人难以下咽。

"小子，你命可真大，能从天牢逃出来，怕是第一人吧！"洪豹说道。

赵安东说道："豹哥，我是来取凭证的，明天是交易的日子。"

洪豹转到赵安东身后，双手拍在他的肩膀上，凑近耳边说道："兄弟，你在大牢里可能还不知道，王巍禾倒了。"

赵安东听后心里一惊，急忙问道："王大人倒了？"

洪豹得意地笑了一阵，说道："他千算万算也没算到今天，我听说他也落在来俊臣的手上，不过他可没你这么幸运，你逃跑后，来俊臣把怒气全部撒在他身上，几十种惨无人道的刑法，一天都没熬过去，就死在刑架上了，还留下了一份口供，说是参与了越王李贞的叛乱。"

王巍禾是水部郎中，负责洛水大坝和祭龙台的建设工作，皇帝面前的红人，洛水大坝和祭龙台刚刚竣工，怎么可能在一夜之间成了囚犯，还死在来俊臣手上？究竟是来俊臣栽赃陷害，还是另有黑幕？

再说，越王李贞叛乱那是垂拱四年（公元688年）的事儿，现在是万岁通天二年（公元697年），时隔九年，用陈年老黄历来定王巍禾的罪，真的是欲加之罪何患无辞！

在这个极为动荡的年代，任何事情都会发生。

洪豹冷笑着转到赵安东面前，拉过一把椅子和他面对面坐着，拿着带血的匕首在赵安东的脸附近比画着："我知道王巍禾不信我，所以才让你充当中间人，这几年也难为你了。从今天起，你再也不用愁了，因为我要你帮我直接引荐龙神。"

赵安东深吸一口气，却始终憋在胸中，过了好久，他才缓缓地吐出来，说道："龙神只单线和我联系，你想见他，没有任何可能！"

"是吗？"洪豹大笑一阵，说道，"你对王巍禾被弄死这件事儿还有些怀疑是吧？没关系，你可以到外面去问问，消息早已传遍整个洛阳了。哈哈，不过你也不敢出去问，来俊臣到处在找你，你这颗人头的赏金已经高达十万两了。"

"这件事和王大人没关系，规矩是龙神定下的。"赵安东故作镇静地说道。

洪豹脸上的笑意突然消失，转为一脸煞气："在洛阳，老子才是老大，王巍禾这样的狗官只配给我提鞋，要不是需要他搭个桥，早早就把他弄死做肉包子了。"

赵安东不敢接话，只得把头低下去。

"你转告龙神，王巍禾死了，现在他只能依靠我，如果他不答应和我亲自交易，我保证他以后一颗避水丹也卖不出去。吃了避水丹的人都会死，朝廷定会不惜余力将他清除掉。还有你，如果无法促成这单买卖，我就拿你的人头去来俊臣那儿换钱！"洪豹恶狠狠地说道。

洪豹唯利是图，手段毒辣，要是赵安东不答应，他绝对会用赵安东去换十万两悬赏。

"好，我帮您引荐，但龙神是否见您，我保证不了。"赵安东说道。

"可以，他不见我，我绝不怪你！"洪豹皮笑肉不笑地说着。

"明天午时一刻，城南客栈！"赵安东说道。

洪豹嘿嘿地笑了好一阵，才拍了拍赵安东的肩膀："别和老子耍花样。"

"安东不敢。"赵安东低眉俯首地说着，随后慢慢地站起身，向洪豹抱拳施礼。

阿萍从一旁走了过来，手上拿着一杯酒。

洪豹的宅邸是秘密所在，外人进入或者离开都需要喝一杯下了迷药的酒，以免暴露。赵安东和洪豹打交道的时间已久，明白其中的规矩，他立刻接过酒杯，正要喝下去，却被洪豹阻止。

"我还有个问题，谁救你出来的？"洪豹问道。

"豹哥不会惦记那点悬赏金吧？"赵安东并未慌张。

洪豹嘿嘿笑了一阵："我只是好奇，谁有这么大本事能冒充来俊臣，从苍蝇都飞不出来的天牢把你救出来，把来俊臣气个半死！"

赵安东向洪豹深深地鞠了一躬："豹哥，这件事抱歉了。"

在一旁的执法长老眼神中冒出凶悍之光，手慢慢地摸向腰间的匕首，只要洪豹一个眼神，他就会把赵安东打倒在地，威逼他说出那个人的名字。

洪豹却哈哈大笑起来："我就喜欢你这种性格，好，不说就不说，请！"

赵安东松了一口气，举起酒杯一饮而尽。酒中的蒙汗药劲儿很大，刚喝下去，他就觉得头晕眼花，正要坐下，却隐约看到洪豹一拳打了过来，脸上一阵剧痛后便没了知觉……

第十章 危险计划

赵安东醒来的第一眼看到的就是小酒馆掌柜那张人畜无害的脸，好像他从未离开过小酒馆一样。可能是因为蒙汗药劲儿太大，他感到极度的头晕，口渴程度堪比在大沙漠里行走了三天却没水喝，他伸手拿起桌子上的水碗，一口气喝光里面的水，长长地吐出一口气，摇摇晃晃地站起身，准备向外走。

掌柜却笑着拦住了他，说道："客官，您这一觉睡得可够长的，三个多时辰。"

赵安东朝着掌柜一笑，由于脸上肌肉不受控制，笑起来的样子非常难看。

"账还没结！"掌柜小心翼翼地说着。

赵安东脑子有些混沌，想了一阵后才想起他来的时候已经付了酒钱，便说道："我之前已经付过酒钱了。"

"我说的是药钱！"掌柜看着酒杯说道，意思是两杯蒙汗药的钱也要由赵安东来出，一句话把他唯利是图的本质展现得淋漓尽致。

掌柜的话令赵安东苦笑一声，掏出一些散碎银子，重重地拍在桌子上，在掌柜的道谢声中向外走去。酒馆大厅中已经人满为患，人们尽情地喝着酒，没人在意一个走路摇摇晃晃的人。

刚要出门，却见街道上传来一阵喝骂声。

"御史府抓人，不想坐牢就给老子配合点！"

骂人者是来俊臣府上的门客，虽不是公门中人，但穿的都是清一色的制式衣服，衣袍前胸上还绣着一个金色的"来"字，很容易辨认，在洛阳城中早已臭名昭著，几乎没有人敢惹他们。三五名门客拿着一张通缉令在街道上查看着过往行人，有行人不愿意配合，便会遭到门客的咒骂甚至一顿毒打。

门客中有一个身穿锦衣的人，他的太阳穴微微鼓起，露出的双手犹如鹰爪一般，眼神凌厉得像老鹰一般，显然是名内外兼修的高手。他原本是一个臭名昭著的江洋大盗，投奔来俊臣之后，摇身一变，成了来俊臣的贴身护卫，现在已经没人知道他原本的姓名。因他轻功极佳，双手的鹰爪功更为了得，来俊臣等人便以"铁爪"相称。

铁爪并未像其他门客一样盘问路人，而是用眼睛在过往的人群中扫来扫去，他一眼便看到了露了一个头又缩回去的赵安东。

赵安东立刻转身回了酒馆大厅，看到有一桌客人起身去柜台结账，他走了过去，路过柜台时拿了一小坛酒，坐下后打开酒坛，一口喝了下去，由于喝得太快，很多酒洒了出来，浸湿了衣袍，拿起筷子胡乱地向嘴里塞着剩菜剩饭，最后把一个碗里的汤一饮而尽。

小酒馆的小烧很烈，加上赵安东原本的酒量就不好，打了两个饱嗝后，他的脸涨红了起来，他摇晃着起身，拿起一小块馒头塞在嘴里的左侧，腮帮子立刻鼓胀起来，他嘿嘿地笑着向外走去。刚走到小酒馆门口，就见一个门客冲着他吼着："哎，那孙子，你过来！"

门客歪着脸，手上拿着通缉令对比着赵安东，他皱紧眉头，目光在通缉令和赵安东之间来回切换，脸上充满了质疑，但他看到赵安东脸上的肿包和眼睛附近的淤青之后，微微摇了摇头。

赵安东不但没有退缩，反而踉跄着走向门客，还未走到近前，他胃里一阵翻腾，食物混合着酒喷了出来。

"哇……"

门客还算有些功夫，见赵安东的情况不对，立刻闪身到一旁，勉强躲过了大部分污秽之物，但身上还是溅到了一些，一股又酸又臭的味道迎面扑来，让他不由自主地捂住鼻子。

"滚开，滚开！"门客踢了赵安东一脚，随后向后躲了一步，早就忘了查看通缉令的事儿。

赵安东嘿嘿地笑着，双手胡乱地在脸上抹了几把，把污秽之物抹得满脸都是，双手抓向门客："咱们再喝一个！"

门客眼睛一瞪，飞起一脚踹在赵安东肚子上。赵安东一声惨叫倒在一旁，随后又爬起身，看到街道上的一些行人后，跌跌撞撞地朝着另外一个方向走去，边走边招呼着："哎，哥们，你别走，咱们再喝点！"

门客一脸嫌弃地看着赵安东的背影，嘴里嘀咕着："这狗东西，下次再让老子看见，腿打断！"

铁爪将整个过程都看在眼里，却丝毫不动声色，见赵安东离开后，他身形一晃，穿过众门客和几名百姓，疾速向赵安东消失的方向奔去。

当铁爪第一眼看到赵安东时，就看破了他的身份，却并未点破，任由赵安东和门客演了一出戏。他的胃口很大，不单要抓住赵安东，还要放长线钓大鱼，把冒充来俊臣劫天牢的那帮人也抓住。

对于来俊臣而言，冒充他的人更加可恨。

赵安东喝了两次蒙汗药，原本就头晕眼花，加上刚才喝了很多酒，若不是硬挺着，怕是早就昏迷过去。他脚步踉跄地离开并非演技在线，而是真的晕了。强挺着走了一段距离后，他浑身酸软，虚汗不停地从全身各处冒出来，靠在胡同的墙上，缓缓地坐了下去。

他长长地喘了一口气，庆幸着刚才那些门客太过愚蠢，他把嘴里的那块馒头吐了出来，苦笑一声，扔在一旁，却无意中看到有一个身影在胡同旁掠过。

"是那名锦衣门客！"原本已经要昏昏入睡的他立刻惊醒过来，勉强站起身向胡同另一头走去，走了几步后，他感觉有些不对劲，便又停了下来。

锦衣门客的武功很高，想要抓他早就抓了，不抓的原因就是想通过他抓住狄仁杰等人。他苦笑一声，又靠着墙缓缓地坐下来，冲着胡同进口无奈地笑了笑。

铁爪是老江湖，怎能不知道赵安东看破了他的行踪和意图，只好冷哼一声，从暗处现出身来，缓缓地走向赵安东。

如果不能暗地跟踪，那就把他抓回去，交给来俊臣。

铁爪刚走进胡同几步，随着一阵香气钻进鼻孔中，同时感到有一股杀气临体，将他的四面八方全部封住，只要他一动，就会遭到暴风骤雨般的攻击。他知道，锁定他的是一名绝世高手，和李元芳、汪远洋一个级别的顶级高手，绝不是他可以抗衡的。

冷汗从他的额头流了下来，流淌过的地方痒痒的，他却不敢有丝毫动作。

赵安东见他一动不动，疑惑了一阵后，隐约听到有人在他耳边说话："快走。"

他向四周看了看，并未见到有人，便猜到一定是江湖高手用了千里传音的手段，他克服着无力感，艰难地站起身，朝着铁爪冷笑一声，蹒跚着向胡同另一头走去。

铁爪曾经是不可一世的江洋大盗，在行走江湖时罕逢对手，心中从没有"服输"这个词，但因为他树敌太多，双拳难敌四手，便借着来俊臣招揽门客的机会投靠了过来。至此，在来俊臣的庇佑下，江湖上的恩怨便一笔勾销。在所有门客中，他的功夫是数一数二的，因此得到了来俊臣的青睐，成为四大护法之一。

短短的一刻钟对他来说仿佛过了一年，当他感到那股强悍无比的压力陡然消失时，他身体一软，瘫在地上，伸手摸向额头，却发现根本抬不起手来，浑身上下早已被汗水湿透，一股风吹来，透骨的凉意钻进五脏六腑，让他感觉到了寒冬一般的冷。

他猛地打了一个哆嗦，头脑清醒过来，急忙将内力运转起来，久违的力量又回到身体里。胡同外传来门客们乱吼乱叫的声音，脚步声也越来越近。

"铁大哥，铁大哥！"门客们一向叫他铁大哥以示尊重。

铁爪急忙站起身，用袖子抹了抹脸上的汗，努力调整了呼吸，这才昂首挺胸地走出胡同。再狼狈不堪也不能让门客们看到，否则，树立起来的威严会瞬间荡然无存。

"铁大哥！"门客们终于看到了他们仰为天人的铁大哥。

"今天就这样吧，回府上喝酒去！"铁爪哈哈地笑着，但笑得极为不自然。

门客们面面相觑，他们心中的铁爪很少笑，很少说话，而且从来不会和低级门客喝酒，却想不到他今天会说出这种话来。对于铁爪的决定，门客门自然欢呼声一片，本来抓赵安东就是一件苦差事，得罪人不说，万一碰到冒充来俊臣的那帮人，能不能保住性命都不好说。

铁爪也想继续追捕赵安东，凭借他的判断，赵安东身体状况极差，不可能逃脱，但神秘高手的出现令他放弃了追击的念头。神秘高手只是用杀气笼罩住他，却并未下杀手，就是在警告他，不要再追捕赵安东，要是他还不识趣，丢掉的就绝不是尊严了。

临走时，铁爪向四周观察着，却并未发现任何可以供人停驻之地，他心中暗自叹了一口气：和对方武功的差距太大了，再让他练上二十年，也不是那人的对手！不过武功高不代表江湖经验足。

铁爪招呼着众人离去，脸上却露出冷笑。

看到铁爪带着人灰溜溜地离去，一个鹅黄色的身影迅速融入人群中消失不见。

……

赵安东极为警惕，哪怕他知道铁爪被高手困住，他依然保持着高度的警惕性，在城中绕了很多圈，在乔忠良接应他后，才回到白鸽门的秘密据点。

当狄仁杰听完赵安东的叙述后，紧皱着眉头思索。小六子却忍不住，冲过去一把抓住赵安东的脖领子，几乎是半吼着："你就是不想好好配合是吧？"

赵安东冷冷地看了小六子一眼："六哥，如果我不想配合你们，就不用再回来了。"

"你回来也可能是想帮来俊臣抓住我们！"小六子嘴里喷出的唾沫几乎能覆盖赵安东的整个脸部。

小六子是性情中人，为了救赵安东，多年的好兄弟喜子牺牲了，又被迫躲在白鸽门的秘密据点不敢出去，盼着赵安东能带来一些好消息，可是盼来的却是意外，情绪爆发失去理智亦属正常。

"也不是没有生机，只是要冒点险！"狄仁杰突然开口。

乔灵儿满不在乎地说道："天牢都劫了，还有什么危险比这个更大！"

狄仁杰听后微微一笑，语气平和地向赵安东问道："按你的说法，洪豹和龙神之间从未见过，对吗？"

狄仁杰的态度让赵安东的情绪舒缓下来，遂点点头，答道："之前的交易一直是由我来做中间人，和他们单线联系，他们之间从未见过，至少在我认知范围内是这样的。"

"那你的意思就是不确定喽？"乔灵儿问道。

赵安东眨了几下眼睛，没敢点头，也没敢摇头。

"如果他们从未见过，咱们就可以利用这一点。我可以先假扮成龙神和洪豹交易，拿到交易凭证，然后再假扮成洪豹，用凭证换取避水丹。"狄仁杰说道。

众人听后都未表态，一时间房间内安静下来。

"我觉得这个计划可行！"齐灵芷的声音传来。话音未落，一青一黄两条身影便出现在众人面前。

"好快的身法！"乔忠良几乎脱口赞道。

狄仁杰笑了笑，说道："灵芷来了，这事儿又多了三分把握。"

齐灵芷除了武功超绝之外，易容的手法在江湖上绝对数一数二，之前狄仁杰乔装成来俊臣劫天牢就是她帮着易容的，只要她肯出手，易容成洪豹和龙神的事儿就有了十足把握。

赵安东摇了摇头，说道："计划还有几个问题需要解决。第一，约定交易的时间是午时一刻，我带着洪豹去见龙神，时间是无法改变的。第二，洪豹为人狡诈多疑，性情不定，如果拿不到避水丹，他绝对不会交出凭证。第三，龙神身边有个随从，武功极为高强，而洪豹身边从来不离女人，她叫阿萍。这一点他们双方都是应该知道的。"

齐灵芷和袁客师对视一笑。

袁客师得意地说道："我可以作为龙神随从，相信以我的武功，也不会比他差到哪里去！至于阿萍嘛……"

袁客师看向齐灵芷。齐灵芷抿了抿嘴，正要说话，却被乔灵儿抢先："我来假扮阿萍。"

齐灵芷看了看乔灵儿，又看了看狄仁杰，心里明白了个大概，只好点头说道："好。"

"阿萍是洪豹的情妇，两人常年吃避水丹，神智混混沌沌，疯狂起来什么事情都会做，敞胸露怀、当众做那些不堪入目之事……你能假扮得来吗？"赵安东向乔灵儿问道。

乔灵儿听后脸上一红，心中立刻明白了赵安东的意思，但依然倔强地说道："当然能！"

乔忠良瞥了瞥乔灵儿，暗地里叹了一口气。他知道女儿的心思在狄仁杰身上，但狄仁杰和他的年纪相仿，而且已有家室，要是日后灵儿真的嫁了过去，怕是会吃很多亏。他并不希望灵儿和狄仁杰过分接近，所以看了一眼袁客师，说道："小袁神捕，假扮龙神随从的事儿还是由我来吧，您和齐门主还是暗中保护狄大人。"

袁客师一愣。在他心中，假扮龙神随从和洪豹打交道是件非常危险的事儿，要是万一露馅，也好第一时间保护狄仁杰，却想不到乔忠良会做出这个决定。

狄仁杰轻咳了一声，语气坚定地说道："好，老乔，龙神随从的事儿就拜托你了。灵儿，阿萍的言谈举止你多向赵安东请教。最后还有一点需要解决，我们还需要拖延龙神一段时间。"

"这点我们俩可以做到！"袁客师再次请缨。

赵安东摇摇头："你们的武功太高，很容易露馅儿。龙神和龙神随从极为敏感，一旦发现有不对的苗头，就会立刻取消交易。"

赵安东说完，看向乔灵儿和小六子。

乔灵儿立刻反驳道："你看我干什么，我武功也是很高的。"

小六子也瞪着眼睛说道："对呀，我们都是大理寺捕快，武功自然不会太差，也容易被人看出来！"

乔忠良摇了摇头，冲着两人挥了挥手，说道："这件事还是由灵儿和小六子来完成，拖延完成后，灵儿可以从客栈后门进入，与我们会合。"

"避水丹呢？和洪豹交易的避水丹怎么办？"袁客师问道。

赵安东点点头，说道："每次交易，龙神都会带整整一大箱子避水丹。"

狄仁杰看向乔忠良，说道："这件事就拜托老乔了，乔家世代行医，旗下有三家医馆，做口感和外观一样的避水丹应该不是难事。"

齐灵芷接着说道："我可以提供少量的真避水丹，放在最上面。"

狄仁杰说道："好，所有问题都解决了，咱们再详细推一下计划的细节……"

从狄仁杰决定劫天牢救赵安东开始，他们就陷入一个巨大漩涡中，无论对与错，都要继续走下去，直到案子破了。否则，等待他们的只能是灭顶之灾。

第十一章 阻拦

　　城南客栈坐落在洛阳城外南面的一座小镇里，小镇风景秀丽，是进出洛阳城的必经之地。外地来的商人来不及进城，就会在小镇落脚。

　　城南客栈的规模和档次虽比不上最豪华的洛阳楼，但占地面积非常大，酒楼和庭院设计得清新脱俗，在后花园中还有几座藏于竹海中的小庭院，环境幽雅安静，吸引了很多文人墨客前来，喝酒之余舞文弄墨，颇有一番意境。

　　洪豹长期服用避水丹，头脑有些混沌不清，但他知道这次交易的重要性，所以便带着阿萍和几名心腹早早地出了城，到达城南客栈时，离午时还有一个时辰，他索性在客栈大厅点了一些酒菜，一边喝酒一边等待交易时间。

　　城南客栈的酒比不上良酿署，却别具风味。心情浮躁的洪豹没有喝酒的心思，手下的兄弟们见洪豹不动，也只好饿着，好不容易等到赵安东走进客栈，洪豹那张阴晴不定的脸上才算露出一些笑意，他缓缓地站起身，见赵安东冲着他微微点了点头，便率众人跟着赵安东向后花园走去。

　　走到后花园的月亮门时，赵安东站定脚步，见四下无人，这才冲着洪豹抱拳施礼，说道："豹哥，龙神大人能答应和您见面已属不易，他老人家喜欢安静，这么多人都进去，怕是不合适。"

　　一名帮众一把抓住赵安东的脖领子，恶狠狠地问道："你还真当自己是盘菜啊，敢这么和帮主说话！"

　　赵安东敢怒不敢言，只得向洪豹投去求助的目光。

　　洪豹脸上肌肉抽搐了几下，才点头说道："行，我就给龙神这个面子，不过你小子给我记住，以后我的规矩才是规矩，其他的规矩都是狗屁！"

洪豹一向行为不定，这次能忍住，完全是以和龙神见面为重。否则，单凭赵安东的这几句话，他早就动刀子了。

赵安东急忙点头："那是自然，您和龙神大人见了面，以后熟悉就好了，其他人在您面前，可不是得按照您的规矩嘛！"

阿萍走到赵安东面前，把帮众的手拨开，捏着赵安东的下巴，双眼迷离地说道："东子，你就这张小嘴甜，给姐尝尝！"

话音未落，阿萍便向赵安东的嘴亲了过去，吓得赵安东急忙躲开，脸一下子变得通红，不断地向后退，却撞到了一名帮众身上。洪豹并未在意阿萍的放荡行为，反而嘿嘿地笑着。

洪豹和阿萍常年服用避水丹，毒性早已深入大脑，令其神智出现问题，他们的性情不定，无法用常人的思维来理解。

"你们去大厅喝酒吧！"洪豹大手一挥。

帮众们瞪了赵安东一眼，转身又走向客栈大厅。赵安东趁机摆脱了阿萍的纠缠，快走两步在前面带路："豹哥，请随我到天字一号房！"

……

小镇街道繁华虽比不上洛阳城，却逊色不多，街边小摊散发出各种各样食物的香气，卖零散货小商贩叫卖着，此起彼伏。

一辆马车穿过人群缓缓地向城南客栈的方向驶去，马车是带篷的，车轮上有些紫红色的泥土。赶马车的人身穿粗布袍子，太阳穴高高鼓起，双眼时不时地露出精光，抖动缰绳的双臂挥舞有力，腰间别着两根峨眉刺。峨眉刺是短兵器，走的是一寸短一寸险的路数，尤其在水中，威力更胜其他兵器。

赶车人不时地看一眼挂在天上的太阳，催促着马儿尽快前行。

人们仿佛有些畏惧赶车人的气势，纷纷躲避着，让出一条路来。人群中，一个人却死死地盯着这辆马车，眼神中不但没有畏惧，反而闪出兴奋之色。

按照狄仁杰的推理，炼制避水丹需要大量的紫石英，炼出来的药渣定是以紫红色为主，药渣的吸水性极好，一般都会和泥土混合在一起铺路用。

龙神携带大量的避水丹，必定乘坐马车而来，因此这辆马车轮上会沾有紫红色的泥土。根据赵安东的描述，龙神随从腰间会别着峨眉刺。

"这推理还真是神了！"

突然，一名行动不便的孕妇脚下一个趔趄，竟然径直地倒向马车的方向，按照马车既定的速度，孕妇肯定会被马匹撞到，甚至可能会被车轮碾压。

车夫猛地一提缰绳，马儿发出一声嘶鸣，要不是有车辕限制着，怕是会人立而起，马车几乎在一瞬间停住。孕妇发出一声惊叫，摔倒在马儿身前，她立刻用手护住肚子，向旁边一滚，企图躲开马蹄，却因为大肚子又滚了回来，眼见扬起的马蹄子就要落到孕妇身上。

车夫突然动了，几乎在一瞬间便飞身来到孕妇身旁，在马儿的身体上轻轻地印上一掌，马儿身体侧移了三寸，落下的马蹄擦着孕妇的肚子落到了地上。

过程发生太快，以至于路人完全反应不过来，见到孕妇化险为夷，众人这才松了一口气，两名年长一些的妇女急忙上前扶起孕妇。

孕妇满脸痛苦地站了起来，又一捂肚子坐了下去："我的肚子好痛！"

一旁站着的年长妇女关心地说道："看你这肚子，估计是到月份了，刚才这一摔，弄不好会小产的。"

孕妇却不做声，只是坐在地上不住地呻吟着。车夫看得一阵皱眉，抬起头向车厢望了望，却没见车厢有动静。

"哎，你还看啥？还不赶紧把人家送到医馆去，要是耽误了，弄不好就是两条人命！"年长妇女身为女人，自然要为女人说话，她长相极为刻薄，显然是个不好惹的主儿。

车夫看了看太阳，位置已经接近正中央，应该到了午时，呸了一下嘴，说道："我家主人还有事，这……"

"我肚子好痛！"孕妇手脚并用地向后挪着，挪到墙根，靠着墙半躺着，额头上的汗珠噼里啪啦地流了下来，把落下来的头发撩了撩，脸色看起来有些惨白。

"你看看这孩子，脸都煞白了。"年长妇女说道。

"我给你出银子，你能不能自己去医馆？"车夫有些不知所措。

车夫的话仿佛一滴水进入油锅里，人们立刻走上前纷纷指责车夫，有的人拦在马车前，以防止车夫逃跑，有的上前围着车夫，甚至还有动手的意思。

车夫冷哼一声，衣袍无风自动，完全没有了刚才的窘态，煞气陡现，令众人感到一阵窒息，吵闹的声音顿时小了下来。

"这是我和她之间的事儿，你们跟着起什么哄！"车夫双眼射出精光，脸上凶相毕现。

人类的一大习性是欺软怕硬，真遇到异常强大的对手，大部分人会知难而退。孕妇虽说被撞倒，却不是他们的亲人，能顺带着帮忙最好，要是需要去拼命，人们立刻会作鸟兽散。

人们被车夫散发出来的气势震慑，纷纷闭上了嘴。吵得最凶的那名妇女眼神摇摆不定地偷看车夫，见他眼中精光四射，腰间别着的峨眉刺寒光闪闪，立刻缩了缩脖子，后退了两步。

正当人们有些犹豫不定时，轿帘突然一动，一个金锭子飞了出来。车夫伸手一抓，用手一搓一揉，把金锭子搓成圆棍形状，又用两根手指剪了几下，金圆棍变成数截，又用手指捻了捻，一截截金圆棍又变成了金豆子。他拿出两颗冲着人们说道："这些是医疗费，剩下的这些，哪位好心人把她送到最近的医馆，这些金豆子就是他的了！"

一颗金豆子能抵上数锭银子，足够一个十几口的人家生活一年。另外，人们更加震惊的是车夫的身手。金子虽说质地较软，也不可能用手把它搓成金棍，还用手指将金棍剪断，轻而易举地捻成金豆子。

车夫话音未落，两名妇女便冲上前，把金豆子抢到手，又转身去搀孕妇。

孕妇眼神一转，有意无意地看向马车厢，急忙说道："我走不动了，得坐马车去！"

"我这儿有马车，但是……"另一名农民模样的人喊了一嗓子，眼睛却一直瞄向妇女手上的金子。

"我们来帮你抬上马车！"另有几人喊着，随后向孕妇伸出手。

孕妇躲无可躲，被几双大手抬上了另外一架马车，众人一边叽叽喳喳地议论着怎么分钱，一边跟着马车向医馆方向走去。

车夫松了一口气，纵身跳上车辕，伸手一抖缰绳，驾着马车离去。

孕妇眼睛一直盯着离去的带篷马车，手却紧紧地护着肚子，因为她的大肚子是假的，一旦被人碰到，就会穿帮！

假扮成孕妇的就是乔灵儿，她的任务就是阻拦龙神所乘的马车一炷香的时间，但刚才车夫处理得干净利落，还不到半炷香就被百姓们抬走，让她的阻拦计划落了空。她眼珠一转，在马车平板上坐起来说道："我肚子不疼了，我要回家，那些钱你们分了吧！"

赶车的马车夫立刻停了下来，众人都看向乔灵儿，见她果然脸色不再煞白，额头上也不再冒汗。一名妇女小心翼翼地问道："真不用去了？"

乔灵儿急忙摇了摇头，说道："我得回家，产婆在家里等着呢！"

车夫刚要张口说话，乔灵儿立刻说道："你要是送我回家，这些钱你就分不到了！"

车夫把到了嘴边的话咽了下去，又望向妇女手上的金豆子。乔灵儿下了马车，慢慢地向一旁的胡同走去。人们见乔灵儿行走自如，便把精力又转到妇女手上的金豆子上……

乔灵儿卸下伪装大肚子的棉花，以极快的身法在胡同里穿梭着，依仗着对地形的熟悉，来到城南客栈的附近，却发现龙神已经下了马车，向客栈里面走去。

赶车的车夫是龙神随从，吆喝着店小二，让他把马车停好、喂好牲口，随后才向龙神追了过去。

"来不及了，小六子，就看你的了。"乔灵儿一跺脚，转身向客栈后院奔去。

狄仁杰早就计划好，要是乔灵儿未完成一炷香的阻拦，就由小六子来完成第二道阻拦，务必要拖住龙神一炷香时间，而赵安东早早就把龙神的相貌和龙神随从使用峨眉刺的事相告。

假扮成店小二的小六子正在客栈大厅吃东西，他时而看向客栈大门，时而看向财神爷面前的香坛，三炷香已经烧了一半儿，只要香烧完了，就代表着乔灵儿完成了阻拦任务。

可惜的是，龙神和随从走了进来，环顾后，目光落在呆愣的小六子身上。

龙神生性多疑，见小六子身为店小二，却直愣愣地看着他们，不由得立刻起了疑心。

掌柜感觉气氛不对，走出柜台，来到龙神面前，俯首低眉地媚笑着："哎呀贵客，是吃饭还是住店？"

龙神却一直和小六子对视着。

掌柜眉头一皱，向小六子喝道："还不赶快端菜去，客人都等着呢，傻愣愣的，也不知道招呼客人。"

小六子没经历过大场面，被龙神的突然到来打个措手不及，原本狄仁杰定好的对策，他却忘了个干净，要不是掌柜的及时出面，怕是要露出马脚，惊走了龙神。

"哦哦，我这就去。"小六子慌忙地向后厨走去。

"这小子是今天新来的，傻头傻脑的，贵客别和他计较。"掌柜解释着。

"新来的？原来那个机灵古怪的呢？"龙神转向掌柜，盯着他的眼睛凝视着。

掌柜不敢对视，急忙低下头来，呵呵地赔笑着："小郭他昨天不知怎么闹了肚子，去了医馆开了药，在房里躺着呢。店里客好，忙不过来，正好今天有个上门应聘的，我就应下了……呃……您认识小郭？"

"小郭人在哪？"龙神继续逼问着。

"从后厨出去左拐，有几间偏房，厨师和伙计们都住那儿。"掌柜指了指后厨。

龙神和随从对视一眼，随从立刻向后厨走去。

"贵客……"掌柜正要说话，却被龙神挥手阻止。

龙神每次交易之前，都会对交易地点进行数次探查，掌柜、店小二、客房数量、住宿客人等情况都要了如指掌，在万无一失的情况下，他才会进行交易。

可这次先有了险些撞倒孕妇的事情发生，又有了新来的店小二反应不对，一向多疑的龙神立刻警惕起来，要是店小二小郭再有问题，他会立刻取消交易，哪怕得罪了想直接交易的洪豹也在所不惜。

过了好一阵，龙神随从才从后厨出来，冲着龙神微微点点头。

龙神冷哼一声："我定的是天字一号房，前面带路。"

掌柜眼睛一亮，随即满脸媚笑地走在前面引路："哎呀哎呀，果然是贵客，请走后门。"

小六子端着一盘子才从后厨走了出来，见龙神和随从向后门走去，又瞥见香炉里面的香还没燃烧完，心中焦急万分，眼珠转了转，依然没什么主意，只得硬着头皮迎着龙神走了过去。

"说什么也要拖到这炷香烧完，豁出去了！"

此时的狄仁杰正假扮成龙神和洪豹交易，要是真龙神闯了进去，不但整个计划失败，很可能还会和双方发生冲突，后果不堪设想！

第十二章　交易

天字一号房的设置很豪华，面积极大，有卧室，有洗澡间，还有独立的会客厅，一个会客大厅就足以媲美一座小型宫殿。一进入大厅，一股非常柔和的檀香味儿便钻进鼻孔，让人感到心情平和。

在齐灵芷举世无双的易容术帮助下，狄仁杰活脱脱变成了龙神，乔忠良变成了龙神随从，两根标志性的峨眉刺斜插在腰间，若不是提前知道对方的身份，狄仁杰和乔忠良甚至不会认出彼此。

洪豹脑子虽说有些混乱，但精明程度却远远超出狄仁杰的预期。进入房间后，他就一直围着龙神和随从转圈，边转圈边嘿嘿地笑着，眼睛却上下打量着二人，眼神如同一头狩猎的孤狼一般，若是对手心理承受能力稍弱，怕是会立刻露出破绽。

被人盯着是件非常不舒服的事儿，狄仁杰的脸色逐渐阴了下来，散发出的杀意渐浓。

乔忠良的手慢慢地放在峨眉刺上，浑身肌肉紧绷起来。当他的目光扫到阿萍身上时，几乎是倒吸了一口冷气，眼神中满是复杂的情绪，扶在峨眉刺上的手居然颤抖起来。阿萍感到了乔忠良的目光，便歪着头与他对视，不时地发出放浪的笑声。

"哈哈哈哈……"洪豹突然从正面一下子抱住狄仁杰，随即又松开，双手一摊，歪着身体嘻嘻哈哈地说道："自我介绍一下，鄙人洪豹，江湖上最讲信誉的黑豹帮帮主。"

黑豹帮是洛阳黑市最大的帮派，洪豹之所以能活到现在，就是他生性狡猾、手段残忍，烧杀抢掠无恶不作，甚至不避讳江湖规矩，经常黑吃黑，绝没有半点信誉可言。

"赵安东已经介绍过了，江湖上谁不知道洪帮主的'大名'。"狄仁杰冷哼一声，退后一步，他故意把"大名"两个字说得很重，以讽刺洪豹。

洪豹毫不在意，嘻嘻哈哈地绕过狄仁杰和乔忠良，走到装有避水丹的木箱子面前，伸手打开箱盖，却被乔忠良一脚踩在箱子盖上，发出嘭的一声，幸好洪豹的手缩得快，否则，手指肯定要被夹断。

洪豹脸上怒气顿现，要不是看在还要继续交易的份上，怕是会立刻冲上前拼命。

赵安东见双方的交易并不愉快，便上前劝说洪豹："豹哥，龙神大人肯见您，已经表明了诚意……这……凭证……"

赵安东的意思很明显，龙神答应直接见洪豹已经是破了例，洪豹在未出示交易凭证的前提下，毫无礼貌地打开箱子，显然是对龙神极大的不尊重。

"凭证本帮主当然有，还用你个小崽子提醒？！"洪豹撇了撇嘴，挥手给了赵安东一巴掌，随后冲着阿萍招了招手。

阿萍一个闪身来到赵安东身边，用眼神示意交易凭证就放在自己的胸衣里面。赵安东明白阿萍的意思，但他哪敢去阿萍的胸衣里掏凭证，只好捂着脸，把目光瞥向一旁。

阿萍自己伸手从胸衣里掏出一块翠绿色的玉佩，在赵安东的脸上轻轻地刮着，最终放在他的鼻子下面："东子，你帮姐姐看看这块是不是交易凭证？"

赵安东屏住呼吸好一阵，最终还是挺不住，呼吸了一大口空气，一股女人身上的香味儿钻进鼻孔中，他脸上一红，急忙向后躲闪，同时伸手抓住玉佩，拽了两下却没拽动。

"你想要可以说嘛，姐姐什么都可以给你！"阿萍扑向赵安东，跳到他的身上，洁白而修长的大腿紧紧地盘在赵安东的腰间，双手搂住他的脖子。

乔忠良的表情变得极为愤怒，一闪身来到阿萍身边，伸手抢过交易凭证，同时施展出内力，一掌印在赵安东肩膀上，一股雄厚的内力借着赵安东的身体把阿萍弹开，又抓住被震得歪倒的赵安东的领子，将他推到一旁的墙上："龙神大人看不得这些苟且之事，若是再敢乱搞污了大人的眼，小心我要了你的命。"

阿萍只感到一股巨大的内力从乔忠良身上传了过来，不由自主地向后倒退着，眼见就要撞在门上。

洪豹冷哼一声，声音未落，他便一个闪身来到阿萍身后，在她身上推了一下，一股内力冲进阿萍体内，抵消了乔忠良的内力。

洪豹大手一伸，把阿萍搂在怀里，冲着乔忠良冷笑："传说龙神身边的高手武功超绝，今天看来，稀松平常嘛！"

"龙神大人，洪帮主是性情中人，说话有得罪您的地方，还请见谅！"赵安东被乔忠良按在墙上动弹不得，只好向狄仁杰求助。

洪豹嘿嘿一笑，肆无忌惮地把手伸进阿萍的胸衣里摩挲着。江湖上传闻洪豹极为好色，而且男女苟且之事从来不避人，从现在看来，传言绝非虚闻！

乔忠良放开赵安东，眼睛中散射出骇人的光芒，从腰间抽出峨眉刺，移动脚步走向洪豹，看样子是动了真怒。

赵安东急忙跑到乔忠良面前挡住他，双手抱拳："在商言商，千万别动了真怒。"

乔忠良冷哼一声，手臂向外一圈，肘部重重地打在赵安东的胸部。赵安东痛得哎哟一声，身体不住后退来化解巨大的力量，最后撞在墙上才算停了下来。

"哎哎哎，龙神大人，您这位随从可凶得很，咱们是来交易的，不是玩命的吧！"洪豹把手从阿萍的胸衣里拿了出来，冲着乔忠良直摆手。

狄仁杰看出来乔忠良表现异常，却不知其原因，只得轻咳一声提醒着。

乔忠良清醒过来，眼神又恢复了冷静，收起了峨眉刺，鼻腔中冷哼一声，走到狄仁杰身边，把腰牌恭恭敬敬地递给他："龙神大人，这是交易凭证。"

狄仁杰连正眼都没看上一眼，脸上露出不屑一顾的神色，眼角瞥了瞥门口神龛前的香烛，说道："行，收起来了。洪帮主，交易完成了，请吧！"

"啊？"洪豹并未着急，反而坐在桌子旁，手慢慢地抚摸着装有避水丹的箱子，眼睛有些无意地向角落里一块屏风瞥了瞥，说道："哎呀，龙神大人这么着急赶我走，难不成和其他人还有约？"

"交易已经完成了，难不成洪帮主还有事？"狄仁杰冷静地应对着。

洪豹哈哈一笑，不屑地看了一眼赵安东，说道："龙神大人还没说我下一次如何和你联系，再交易时，岂不是还要通过这小子？"

没等狄仁杰回答，乔忠良却抢先说了话："神龙见首不见尾，神龙大人想联系你就会联系你，哪来那么多废话。"

洪豹脸上肌肉抖了抖，神情变得凶恶起来，但他不敢得罪龙神，极力地克制着情绪："说得好啊，那就请龙神大人在这些丹药贩售完毕之前及时联系我，以免耽误了赚钱。"

"这个自然！"狄仁杰一副爱答不理的样子。

洪豹见狄仁杰不搭理他，自觉有些无趣，用手指敲了敲箱子盖，打开后说道："我要验货！"

狄仁杰和乔忠良对视一眼，他们并未预料到洪豹还有这一手，乔忠良连夜仿制的避水丹无论从味道、口感还是样子都与真避水丹没有差别，却没有避水丹的药性。最主要的是，齐灵芷只提供了少量避水丹，放在最上面一层的正中央。要是洪豹选了假避水丹吃下去，定会当场露馅。虽说狄仁杰和乔忠良不惧怕洪豹，却会耽误和真龙神之间的交易。

洪豹用鼻子闻了闻，脸上露出陶醉的表情，正要伸手去拿避水丹，却听狄仁杰说道："洪帮主，这是咱们第一次交易，不如由我来为帮主选丹药，以表咱们合作的诚意！"

洪豹眨了眨眼睛，和眼神有些迷离的阿萍亲了一口，说道："也好，那就有劳龙神大人了！"

在贩卖避水丹这一行当里，龙神身份异常高贵，能让他伺候洪豹服药，以后传到江湖上，自然是至高无上的荣誉。

狄仁杰暗中松了一口气，走到箱子旁打开箱子，却愣在当场。

原本摆得整整齐齐的药丸因为颠簸混在一起，齐灵芷提供的丹药和乔忠良制作的假药混在一起！

乔忠良亦察觉出不对劲儿，斜着眼睛看向箱子，亦是倒吸了一口凉气。

狄仁杰之
亢龙有悔

假药丸是他亲手做的，但无论从品相和口感都与避水丹无异，两者除了药力的区别，再也无法分辨。

洪豹虽说脑子混乱，也看出异样，遂放开阿萍，走到箱子旁看了一眼，脸上肌肉动了动，抠着鼻子说道："龙神大人应该改进一下避水丹的摆放方式，每次到我手里都是这样乱糟糟的。"

狄仁杰只好点了点头，把手伸向箱子，在真丹药摆放的大约位置摸索着，额头的汗冒了出来。

当洪豹打开箱子时，阿萍就已经被避水丹的味道吸引，眼睛一直盯着避水丹，脸上满是渴望的神情，吐着舌头走了过来："让我来吧！"

乔忠良立刻闪身挡住阿萍，眼神中满是严厉，看样子若是阿萍敢伸手，他手上的峨眉刺就会刺穿她的手掌。

阿萍吃过乔忠良的亏，惧怕的感觉由心而生，不由自主地退后两步，却被洪豹揽在怀里。

狄仁杰心里默默祈祷着，从里面拿出两颗药丸，递给洪豹："洪帮主，请吧！"

洪豹嘿嘿地笑着，盯了狄仁杰好一阵，才缓慢地从他手上拿过药丸，把避水丹放在桌子上的酒杯里，又拿起酒壶倒了一整杯酒，放在鼻子下闻了闻："避水丹配合着酒，药效发挥才快，对吧，龙神大人？"

狄仁杰笑了笑，竖起大拇指："洪帮主真是懂行人！"

洪豹端着酒杯一口吞了下去，随后转向阿萍，看着阿萍急得像热锅上的蚂蚁般，他笑了，一把搂住她的脖子，嘴对着嘴喂给阿萍一颗。

阿萍并不在乎当众和洪豹亲热，得到避水丹后咕噜一声咽了下去。两人不断地傻笑着，迷离的眼神对视之后，不顾众人的目光，再次热吻了起来。

乔忠良的脸上有了易容的人皮面具，看不出脸色的变化，但从他不断抖动的手来看，阿萍肯定和他有一定的关系。

乔忠良的手已经放在峨眉刺上，和狄仁杰不断地对视着。一旦洪豹发现避水丹是假的，就免不了一场大战，要是被洪豹上了先手，怕是很难活着走出这个房间。

洪豹突然把阿萍推开，随后发出一声低吼，青色鳞片从脖颈蔓延出来，很快覆盖全脸，他跟跄了几步，撞到了身后的墙上，一屁股坐了下来，整个人眼神空洞，口中不断地发出"嘀嘀"声。

阿萍的情况比洪豹好不到哪去，鳞片不但蔓延至整张脸，甚至连手和露出的脚踝上都长满了鳞片，她躺在地上不断地抽搐着。

狄仁杰松了一口气，再看向乔忠良时，却发现他神情极为紧张。

又过了好一阵，两人的身体终于软了下来。阿萍躺在地上不断地呼吸着，脸上露出兴奋的表情，时而傻笑，时而表现出异常兴奋。

洪豹一伸手把衣袍扯开，露出上半身，胸腹处长出了很多鳞片，肌肉比平时胀大了不少，青筋暴出，力量感十足。

"呵呵呵呵……"洪豹笑的声音有些瘆人，黏黏的口水顺着嘴角流了下来，看向阿萍的眼神变得有些异样。

洪豹站起身，色眯眯地走向阿萍，边走边脱衣袍。阿萍也感受到了洪豹的兴奋，身体居然扭动了起来。

乔忠良眼神一动，再次抽出峨眉刺，杀气顿显，脚步一动，准备阻拦洪豹。洪豹立刻产生警觉，立刻转身面向乔忠良，双方几乎一触即发！

"洪帮主，你这样不合适吧？"狄仁杰见乔忠良有些不对劲儿，立刻出言阻拦洪豹，同时也是给乔忠良冷静的机会。

洪豹听后脸色一变，跟跄着走到狄仁杰身前，一把抓住他领子，又把绑在腿上的匕首抽了出来，抵在狄仁杰的胸前，恶狠狠地说道："我说过，这次我要直接见龙神，否则，他一颗药丸也别想卖出去……你……是龙神吗？"

从洪豹见到狄仁杰的那一刻，他就一直在怀疑。和龙神交易来得太容易，来得太容易的东西会给人一种错觉——假的。

狄仁杰冷静地看了看洪豹手上的匕首："洪帮主，你这是药劲儿上头了吧，看不清本神吗？"

洪豹依然满脸凶相："你不是龙神……"

狄仁杰心头一颤，和乔忠良对视一眼，额头上冒出细密的汗。

"你是……"洪豹说到这里又是一顿，眼中冒出凶光。

"豹哥，您冷静一下，这位就是龙神大人！"赵安东急忙上前说道。

乔忠良冷笑一声："洪帮主真的是糊涂了，不如让我给你松松骨！"

洪豹完全不理会乔忠良和赵安东，满脸煞气突然消失，取而代之的是轻浮："嘿嘿嘿，你是我的财神，财神大人，哈哈哈哈！"

狄仁杰松了一口气，勉强笑了笑："洪帮主才是我的财神！"

洪豹听后十分得意，走到阿萍身旁，伸手把她的外套扯了下来，两人竟然当众亲热起来。乔忠良不知为何，双眼赤红，不顾狄仁杰的阻拦冲向洪豹。

赵安东见状急忙拦在两人中间，冲着乔忠良说道："避水丹能令人兴奋，洪帮主每次服用后，都要泄泄火，否则欲火焚身也扛不住啊。"随即，他又转向洪豹，说道，"洪帮主，不如东子给您另外找一间房，当着龙神大人的面，怕是不合适！"

洪豹正和阿萍亲热得欢，被赵安东强行打断后心里很不爽，脸上煞气顿显，放开阿萍后，一拳打在赵安东的胸腹处，这一拳并未使用任何内力，单凭暴涨的肌肉力量便痛得赵安东立刻弯下腰来，洪豹又一脚把他踢翻在地，随后上前掐住他的脖子，吼道："你不知道你自己是什么身份吗！王巍禾不相信我，派你来当中间人，现在王巍禾被来俊臣抓进天牢，他必死无疑，你还敢来我这儿叽里呱啦地教训我，真当我没脾气吗！"

赵安东被洪豹大手掐住脖子，反抗了两下，发现根本无法撼动，只得向洪豹发出求饶的眼神。

"告诉你，就算王巍禾还在，他也只配给我提鞋！在洛阳城，我洪豹才是老大！我的规矩才是规矩！"洪豹松开赵安东，狂笑了起来。

赵安东不敢再说话，只好点头哈腰地赔笑着。

洪豹笑着笑着突然出手把赵安东打倒，揪着他的耳朵，把匕首抵在他耳朵根上，阴狠地说道："我的话你是用哪只耳朵听的？"

赵安东一动不敢动，刀锋接触耳朵处开始流血。

狄仁杰猛地一拍桌子："两家妓院、三间地下赌坊，私藏大量兵器盔甲，绑架撕票南城首富梁员外，长期霸占十余名良家女子，制造假货、以次充好，每一项罪名都可以把你的脑袋挂在城墙上！"

洪豹松开赵安东，走到狄仁杰面前，把刀顶在狄仁杰的脖子上，假装听不见，侧着耳朵："啊？"

狄仁杰和洪豹对视，毫无惧色。

洪豹吼道："你知不知道，单凭你说的这些，我就可以把你们仨剁碎了喂狗！"

狄仁杰冷笑一声，并未回应。

"我怎么看你越来越像大理寺的人？"洪豹提着匕首慢慢走向狄仁杰。

狄仁杰又说道："青龙大街柳条巷，朱红色大门。这个是你的秘密落脚点，一年里，你有一半时间是在这儿住的。"

洪豹握着匕首的手开始颤抖起来，表情逐渐狰狞，他在动手和不动手之间徘徊不定。

狄仁杰没有丝毫畏惧之色，迎着洪豹走了过来："洪帮主，你也听闻过龙神无所不知吧？"

洪豹停住脚步，眼珠不停地转着，脸上肌肉不断地抽搐着，过了好一阵，他才定下神来，说道："也对，大理寺那帮狗们要是知道这些，早就上门连窝端了。"

狄仁杰并未说话，只是耸了耸肩。

"不过，那帮大理寺的狗官想抓我也没那么容易，就凭他们的武功，还差一些！"洪豹一脸不服。

赵安东咳嗽了好一阵，才缓过劲来，慢慢地站起身，向洪豹抱拳拱手施礼："那是自然，那是自然。洪帮主洪福齐天，武功盖世，大理寺那帮……那帮狗官怎么可能抓到您！"

狄仁杰冷哼一声，表示对赵安东的不满。

赵安东听后并未在意，洪豹却入了心，他虽说被药性冲昏了脑子，却还有一丝清明，他再狂妄，也不敢得罪财神爷龙神，感到狄仁杰的不满后，他立刻运转内力压制避水丹的药性，恢复了一些神智，生怕药性入脑失去神智，急忙说道："龙神大人，告辞。小子，你送我们出去！"

赵安东立刻点头，抱起箱子，向外走去。洪豹脸上肌肉抽了抽，冲着狄仁杰和乔忠良傻笑了几声，这才抱起阿萍离去。

"换衣服、易容，要快！一炷香的时间快到了。"狄仁杰顾不得乔忠良的异样。

乔忠良稍加犹豫后点了点头。两人撕去了易容的人皮面具，来到屏风后面，把提前准备好的衣物和人皮面具拿出来。狄仁杰脱下龙神的衣服，开始穿洪豹的衣袍。乔忠良拿起人皮面具准备给狄仁杰再次易容。

"老乔，我看你表现有些不对劲。"狄仁杰边穿衣服边问道。

乔忠良脸色一沉，叹了一口气，正要说话，却依稀听见小六子的惨叫声传来。

"糟了，小六子这样惨叫，肯定是灵儿的阻拦计划失败，小六子又没啥头脑，只能硬拦着，要是被龙神看出破绽，计划就全泡汤了！"狄仁杰心里一惊。

第十三章　棋走险招

小六子头脑简单却不傻，眼见龙神和随从走了进来，香烛还有一截没烧完，只得硬着头皮向龙神走了过去。

"哎哎哎，小二，那个菜是我们的，端这边来！"一名酒客显然等了很长时间，好不容易见店小二端着菜出来了，一看是自己的菜，便急忙朝他吼着。

"啊……"小六子有些犹豫，不知所措地站在原地，额头上的汗瞬间冒了出来，顺着脸颊流淌到脖子里。

小六子的异样再次引起了龙神的注意。

"哎，掌柜的，你怎么招这么个人，愣着干吗！"酒客更加不耐烦了，大手在桌子上一拍，震得筷子和酒碗蹦了起来。

掌柜摇了摇头，叹了一口气，从柜台里走了出来，向酒客抱拳赔笑，随后转向小六子，苦着脸骂着："快上菜呀，你想把客人都得罪了吗？"

小六子迫不得已向前走了两步，眼睛瞥到面前的一张凳子正好挡住了他走的路线，他眼神一亮，疾走两步，脚下故意绊在凳子腿上，他"哎哟"一声，连人带菜向龙神二人扑去。

小六子脑子比较笨，这已经是他能想出来的最佳办法了。

龙神却面不改色、一动不动，只是冷哼一声。虽说龙神随从抱着一个大木箱子，却并未影响其行动，只见他抬起脚把最近的一张桌子踢得飞了起来，桌子正好挡在小六子和龙神之间，当小六子和手中的菜撞到桌子面时，他又飞起一脚隔着桌子把小六子踢飞。

龙神随从武功极高，对空间的掌控力更是强悍。小六子和桌子倒在地上，并未殃及周边的酒客。

"哎呀呀，你这个衰人！端个菜还能惹出这么大乱子来，还不赶紧收拾收拾！"掌柜冲着小六子骂着。

小六子一骨碌站起身来，眼睛余光看向那炷香，香依然没烧完，他狠了狠心，脸上露出倔强："客人就能随便打人吗？这事儿不能算完！掌柜，你得给我出头！"

"我给你出个屁！"掌柜上前打了小六子一个耳光。

小六子眼中射出骇人的光芒，吓得掌柜急忙退后一步："我不知道瞎了哪只眼睛，竟然雇了这么一个玩意儿！"

小六子走到龙神随从面前，脸上毫无惧色地说道："菜四十个铜钱，桌子三百个铜钱，还有我的伤，至少要一两银子！"

一两银子就是一千个铜钱，即一贯，也算一笔不少的钱了。

龙神随从脸上煞气顿显，正要上前，却被龙神拦住："算了！"

龙神慢慢地走到小六子身前，脸上露出大度的笑容，掏出一锭银子，递给小六子，说道："十两银子，够了吧！"

小六子的行为是明显的讹诈，在场的人都看得出来，但龙神不想在他身上浪费时间，只得花钱息事宁人。

酒客们纷纷看了过来，有的是羡慕小六子到手的银子，有的是想看看事态如何发展。

小六子也是被龙神的退让打了一个措手不及，眼珠一转，又说道："光赔钱还不行，他还得给我跪下磕头认罪。"

"你！"龙神随从一瞪眼睛，把抱着的木箱子重重地放在一旁的桌子上。

话音未落，就听见众酒客纷纷议论起来，原本还倒向小六子的舆论立刻偏了方向。

"这人怎么如此蛮不讲理……"

"人家已经数倍地赔了银子，却还不肯罢休，怕是贪财鬼转世的吧……"

"一看这人就不是好人，眼睛贼溜溜的……"

"这人真是贪得无厌……"

"太欠揍了，要是我，肯定要打得他满地找牙……"

小六子有任务在身，哪顾得了酒客们的非议，他一撇嘴，脸上显出倔强："今天要么把小爷打死，要么给小爷跪下磕头赔罪。"

"你这孩子，怎么这样说话？你让我的生意还怎么做？"掌柜的显然也被小六子的气势所震慑，不敢强出头。

龙神见小六子如此，亦收起笑脸，把递出去的银子扔给掌柜，向后退了两步："掌柜，给这位兄弟买些好的伤药，剩下的当给他补偿的工钱了。"

众酒客也嫌事情不够大，听到龙神的话后，便跟着起哄："打死他，打死他，打死他……"

龙神随从得到了龙神的指令后不再犹豫，一出手便把小六子打倒在地，骑在他身上，左右开弓击打他的头部，幸好他得到的指令是殴打小六子，否则，这顿老拳上加上点内力，十个小六子也死于非命了。

小六子用双手拼命地护住脸，趁着龙神随从出手的间隙看向那炷香，眼见着就要燃烧到尽头了。

"用点劲儿，要不然等小爷站起身，就有你好看的了！"小六子生怕龙神随从停手，不断地出言刺激他。

龙神随从曾经是江湖上一号人物，可能是惹了某些不该惹的人，后来跟了龙神后，连名字都不要了，以龙神随从自居，行为举止非常低调，但江湖人物的傲骨还是在的，被小六子这样刺激，心头冒出了真火，内力不由自主地运转至双手，几拳下去，小六子的叫骂声变成了哀嚎声。

香终于燃尽，最后一段白色灰烬歪歪扭扭地落到了香炉中。

"大爷，大爷，别打了，别打了！"小六子不断地求饶着。他脸部淤肿、口鼻流血，眼泪从眼角流了下来。

龙神随从仿佛未听见小六子的求饶，依然暴打着小六子，他双眼通红，显然已经进入了疯魔状态。幸好龙神及时地咳嗽一声提醒了他，这才收住了手，却并未放开小六子。

"我认怂，认怂还不行吗？我就是一个小屁孩儿，大侠您的武功这么高，何必和我较劲。"小六子苦着脸说道，随后向掌柜投去求助的目光。

掌柜是生意人，虽说小六子是新雇来的伙计，但要是在客栈被人打坏了身子，也会令他官司缠身，甚至会被小六子的家属讹上。想到这里，掌柜急忙上前，冲着龙神抱拳鞠躬："贵客，小二不懂事，教训也教训了，他也服软了，就此罢手吧！"

龙神皱了皱眉，看向通往后院的门，神情有些犹豫："算了。"

龙神随从恢复了理智，冷哼一声，站起身抱起箱子，又看向龙神。龙神看了看掌柜，又看了看小六子，叹了一口气，一抖大袖子向后门走去。

龙神和随从离开后，小六子慢慢站起身，松了一口气，向掌柜鞠躬道歉："掌柜，对不住了。"

看到小六子鼻青脸肿的模样，掌柜也不便多说，把银子塞到他手里，赶苍蝇般地挥了挥手："赶紧到医馆去看看吧，明天就不要来酒楼了！"

"谢谢掌柜！"小六子也没客气，赶紧把银子收了起来，笑了笑，又疼得倒吸几口凉气。

他暗暗佩服自己的机智，不但成功地完成了阻拦龙神的任务，还得了十两银子，要不是脸上剧痛，怕是睡觉都会笑出来。至于被掌柜辞退的事儿，他压根儿就没放在心上。

可惜的是，他所点燃的那根香比正常的香要短一些，阻拦任务并未如期完成。小六子本就粗心，哪顾得上这些细节。

……

狄仁杰头发是散乱着的，衣袍胡乱地穿在身上，脚下歪歪扭扭地蹬着黑色布靴。乔忠良正要给他用人皮面具易容，小六子的哀嚎声却突然停住，随后一阵轻柔的脚步声传来。

"糟了，来不及了，先这样，你赶紧离开！"狄仁杰把人皮面具和相关的工具放进柜子里，瞥了一眼神龛中的香，还差一小截没燃尽。

乔忠良急忙打开窗户，窗户外是一条幽曲小径，洪豹正抱着阿萍向后门走去，赵安东回过头看向半打开的窗户，向乔忠良摇了摇头，意思是说乔忠良若跳出去，可能会被异常敏感的洪豹发现。

乔忠良又准备钻进衣柜里，被狄仁杰一把拉住："衣柜太小，容不下你！另外，龙神随从武功极高，肯定会察觉到你，万一暴露就全完了！"

"那怎么办? 龙神到门外了!" 乔忠良额头上的汗冒了出来。

正当二人犹豫不决时, 敲门声响了起来, 四长三短, 正是交易的暗号。突如其来的变化令狄仁杰也失去了应有的理智, 汗珠从额头不断地冒出来。

如果一切能够按照计划, 狄仁杰还有时间整理好衣物并易容成洪豹, 乔忠良也可以从容离开, 乔灵儿进入房间假扮阿萍。可惜, 先是在乔灵儿的环节出了意外, 又在小六子的环节出现纰漏。

幸运的是, 龙神还未取消交易。

"龙神大人!" 随着一阵急促的脚步声, 赵安东的声音从门外传来。

"你……怎么大汗淋漓的?" 龙神问道。

"安东见过了交易时辰, 这才出去迎迎您。"

"每次你都是从前门或是大厅迎我的, 这次怎么从后门?" 龙神果然很多疑, 问得赵安东跟着一愣。

"这……龙神大人, 要是觉得本次交易有问题, 可以随时取消!" 赵安东只得硬着头皮应付着, 说话时, 他手心捏着一把汗, 要是龙神真的取消交易, 怕是很难和狄仁杰交代, 更何况, 本次交易担负着解开避水丹之毒和拯救一万名劳工的重任。

"是否取消交易用不着你提醒, 我心里有数。" 龙神语气不容置疑。

龙神话音未落, 四长三短的敲门声再次响起。

狄仁杰摆动的眼神突然定了下来, 他一把抓住乔忠良的脖领子, 同时咬破自己的舌尖, 把一口鲜血喷在乔忠良的脸上, 随后一拳打在乔忠良的胸部。

乔忠良不由自主地倒退着, 推了几步后摔倒在地。

狄仁杰飞身到乔忠良身边, 挥动着拳头打在乔忠良的脸上。乔忠良立刻心领神会, 立刻发出惨叫声配合着。打是真打, 但力道全部集中在皮肉上, 不会造成实质性伤害。

随着咯吱一声, 门开了。

看到狄仁杰和满脸是血的乔忠良的那一刻, 龙神和龙神随从都愣住了, 犹豫之下两人并未进入房间。狄仁杰身上所穿的袍子随意地披在身上, 胸腹裸露着, 头发散披着, 靴子也是歪歪扭扭地穿在脚上, 整个人好像疯子一般。

狄仁杰并未在意龙神的反应，从腿上抽出一把匕首高高扬起："我洪豹最痛恨叛徒和说谎的人，看我把你这颗人头取下来当尿壶，嘿嘿嘿！"

赵安东看到狄仁杰并未易容后也是一愣，随后越过龙神，从一旁挤入房间，冲着狄仁杰抱了抱拳，暗中使了个眼色："洪帮主……"

狄仁杰没理会赵安东，依然歪着头看向龙神，嘿嘿地笑着："龙神大人，等本帮主处理了帮内事，再和你谈合作的事儿。"

狄仁杰是在赌，赌的是龙神不会任由他胡闹。毕竟这是城南客栈，属于公共场所，交易双方做的是禁药的生意，一旦出了人命，不但买卖不成，还会招致官府的强力追捕。

"洪豹，别胡闹了！"龙神果然出言阻止。

狄仁杰神经质地一笑，说道："龙神大人，我处理帮内的事儿，怎么是胡闹。"

"传说洪帮主吃了避水丹坏了脑子，看来一点也不假，告辞了！"龙神白了洪豹一眼，欲转身离开。

"哎，哎，龙神大人别走啊！"狄仁杰急忙招手。

"龙神大人，洪帮主是性情中人，您别见怪！"赵安东急忙向龙神抱拳施礼，随后他又转身向洪豹说道，"洪帮主，安东冒着生命危险促成您和龙神大人的交易，还望您慎重！"

狄仁杰缓缓站起身，冲着乔忠良冷笑几声后说道："您老人家说得有道理，今天就放过这厮，改天再算账，滚！"

乔忠良几乎立刻起身，踉跄着向外走去。

狄仁杰飞起一脚踢在乔忠良的屁股上："让你滚出去，不知道什么是滚吗？"

乔忠良被踢得摔了一个跟头，要不是身手敏捷，怕是要摔个狗啃泥，他手脚并用地向前爬了几步，随后快速地离开众人的视野。

狄仁杰嘿嘿一笑，冲着龙神抱拳："龙神大人，见谅，见谅，请进！"

龙神又转回身体，摇了摇头，冷笑了一声，露出了一对小虎牙，迈着不可一世的步伐走进房间。在交易之前，他已经探查过这间房间。进入房间后，他立刻环顾四周后，并未发现其中的布置有任何变动，这才放下心来，打量了狄仁杰一阵后，才说道："洪帮主，你破坏了规矩，单独约我见面，知道这意味着什么吗？"

若龙神不愿意和洪豹见面，完全可以避而不见，既然来了，就代表龙神默许这次会面。王巍禾作为交易双方中间人，在利益上侵犯了交易双方，现在能有机会和洪豹直接接触，这也是龙神求之不得的。

狄仁杰心里有底，哪会惧怕，和龙神对视后反而笑了起来，笑够了之后，他突然从正面一下子抱住龙神，随即又松开，双手一摊，歪着身体嘻嘻哈哈地说道："自我介绍一下，鄙人洪豹，江湖上最讲信誉的黑豹帮帮主。"

龙神随从下意识地从腰间抽出峨眉刺，若非看到狄仁杰松开龙神，怕是要出手将他刺上两个血窟窿。

龙神显然不适应狄仁杰的热情，退后一步，皱了皱眉说道："东子已经和本尊说过了，再说，江湖上谁不知道你洪帮主的'威名'。"

狄仁杰学着洪豹的样子，嘻嘻哈哈地绕过龙神和龙神随从，走到装有避水丹的木箱子面前，伸手打开箱盖，看到里面摆放整齐的避水丹。

赵安东立刻说道："豹哥，龙神大人肯见您，已经表明了诚意……这……凭证……"

"凭证本帮主当然有，还用你个小崽子提醒！"狄仁杰依然学着洪豹的模样撇了撇嘴，挥手给了赵安东一巴掌，随后把手伸向衣袍的内袋。

"等等！"龙神阻止了狄仁杰，眼神中闪出狐疑。

第十四章　代价

避水丹是由五石散改良而来，自古以来就有助性的作用。

洪豹吃了避水丹后，随时需要泄火，身边自然少不了女人。当龙神发现狄仁杰身边没有女人时，他立刻就起了疑心。

"听说洪帮主身边从不离女人，今天怎么落单了？"龙神盯着狄仁杰问道。

狄仁杰假装神经质地绕着龙神转了两圈，眼睛却看向窗户旁边的一扇屏风。原本的计划是乔灵儿阻止龙神成功后，绕道后院从窗户进入天字一号房，在屏风后换衣并易容成阿萍，但不知为何，乔灵儿却并未如期出现。

"哈哈哈哈，这话是谁说的，难道我洪豹离开女人就活不了吗，和龙神大人交易多重要，怎么可能让女人耽误了事儿！我告诉你，洪豹一直都是正经人，尤其做大事的时候，正经得很，好吧！"狄仁杰哈哈大笑着，意图掩饰尴尬。

龙神显然并未相信狄仁杰的话，反而在他说话时一直观察着。龙神随从亦把手挪到腰间的峨眉刺上，一旦狄仁杰有异动，他便会立刻出手。

狄仁杰干笑了好一阵，直到感到嗓子发痒想咳嗽了，才停了下来，说道："龙神大人不会因为我洪豹没带女人，就中止咱们的交易吧？"

"我不只是怀疑你，今天我就感觉有哪儿不对劲儿，一路上总是遇到怪事儿！"龙神皱着眉头思索着。

先是在街道上遇到孕妇摔倒，到了南城客栈大厅后，又遇到表现异常的店小二摔倒，还发生了冲突，导致交易时间拖后，赵安东也是异于平常的表现，没有在大厅或者前门迎接，而是从后门跑了过来，现在又发现一向不离女人的洪豹居然独自一人前来交易，这怎能不让他起疑。

还没等狄仁杰想好怎么解释，屏风后面传来窸窸窣窣的声音。屏风显出一个婀娜多姿的女性身影，扭着身子把衣服一件一件地脱掉，又从一旁拿起衣袍一件一件地穿上，边穿边哼哼着小曲，其间，若虚若实的影子把女性的曲线美展现得淋漓尽致。

龙神和龙神随从无奈地把头撇向一旁。毕竟阿萍是洪豹的女人，作为陌生人，哪怕是隔着屏风，看别人的女人换衣服也是一件极其不礼貌的事儿。

赵安东更是不敢看，低着头不断地搓着脚。

"嘿嘿嘿嘿……"狄仁杰松了一口气，模仿着洪豹笑着。

"好个正经人！"龙神小声地嘀咕着，显然他对自称诚信的洪豹并没有太多好感。

狄仁杰又是嘿嘿一笑，三步两晃地走到屏风后，见乔灵儿正在系衣袍的带子，便摇了摇头，伸手把她的袍子拽开，露出里面白色的内衬，又一把搂着她，在耳边轻轻地说道："不用系那么严实。你怎么才来？"

"被一群好心人给耽误了。"乔灵儿小声地回应着，正要拿人皮面具易容，却被狄仁杰一把抱了起来："来不及了！"

一股少女的体香味冲进狄仁杰的鼻孔里，令他老脸一红。乔灵儿的身体又温暖又柔软无比，令心静如水的狄仁杰也泛起了涟漪。

乔灵儿是第一次被异性这样抱着，本来她对狄仁杰就有些意思，只是碍于身份地位和两人的年纪不敢说出来罢了，这次能让他抱着，也算是正对了心思。

两人对视一眼，发现对方的眼神都有些迷离，又急忙把目光移开。

"哎呀，萍儿，这就是咱们梦寐以求的龙神大人，我带你出来见见世面。"狄仁杰深吸了一口气，恢复了理智，抱着乔灵儿从屏风后面走了出来。

演戏演全套。

乔灵儿立刻明白狄仁杰的用意，一抬手搂着他的脖子，张嘴咬住了狄仁杰的耳垂，向耳朵里吹了一口香气，把他吹得打了一个激灵，脸上瞬间红了起来，浑身力道竟然一泄，双臂一松，乔灵儿从他的怀抱里滑落下来，身体滴溜溜转了两转，来到龙神身前，痴痴地笑着看龙神。

赵安东早已把阿萍的性情和行为告知，乔灵儿很有灵性，竟然学得有模有样。

狄仁杰和乔灵儿的衣袍都是散乱的，乔灵儿卸掉易容后来不及装扮，头发散乱地垂落着，给人以异样的感觉。

龙神虽然做的是禁药的买卖，但人伦道德还属正常，眼见着乔灵儿花痴一般地看着自己，顿时觉得有些尴尬，下意识地退后两步，给随从使了个眼色。

龙神随从打开箱子，同时向狄仁杰说道："凭证！"

狄仁杰忍着内心的狂喜，不慌不忙地瞥了一眼箱子里面的药丸，又把乔灵儿从龙神身边拽了回来搂在怀里，轻声问道："哎呀，萍儿，你说我是先验货呢，还是先给龙神大人凭证？"

乔灵儿一阵媚笑后说道："在洛阳，豹哥说什么就是什么，谁敢说不？"

狄仁杰嘿嘿地笑了一阵，用鼻尖蹭着乔灵儿的脸。乔灵儿被蹭得直痒痒，虽撇过头去，咯咯地笑了起来，当她闻到打开的箱子里飘出来的避水丹药味儿后，她立刻把手伸进狄仁杰的怀里，掏出凭证扔给龙神随从，随后推开狄仁杰，走到箱子旁不断地抽着鼻子闻着。

龙神随从接过凭证看了一眼，又向龙神点了点头。

"成交！"狄仁杰哈哈地笑着，从桌子上拿起酒壶斟了两杯酒，一杯递给龙神，"为了今后的合作，咱兄弟干一个！"

龙神并未接过酒杯，反而冷眼看着狄仁杰："洪帮主不验验货吗？"

狄仁杰尴尬地把两个酒杯放在桌子上，从药箱里拿出一颗药丸，放在鼻子下闻了闻，脸上露出陶醉的神色，说道："好药，不错，不错。成交了，龙神大人，请恕鄙人不敬，还有重要的事要做，嘿嘿嘿……"

说罢，狄仁杰有意无意地瞟了瞟乔灵儿，抛了一个媚眼过去，但他一向不擅长这个，给人的感觉像是在使眼色，但意思大伙都懂。

龙神随从却并未理会狄仁杰的暗示，直截了当地说道："当然是好药，这批药龙神大人做了改进，比以往的药性更强，听闻帮主见了避水丹犹如老饕见了美食，每次都是亲自试药的，今天这是怎么了？”

"试药也得背着龙神大人啊，我那点脏事儿可见不得人，哈哈！"狄仁杰解释着。

"我只想看看我的新药对洪帮主这样的老客户会有什么反应。"龙神看了看犹豫的狄仁杰，上前从狄仁杰的手里拿过药丸，放进酒杯里："以酒为引，药性发挥得更快！请吧！"

狄仁杰干笑了几声，神情有些犹豫。

避水丹毒性极重，服药需由少到多、循序渐进，要是从未服用过的人突然吃下一颗药丸，药性急速发作，怕是很难渡过生死这一关。

乔灵儿也知道吃下药丸可能九死一生，见狄仁杰有些犹豫，便立刻媚笑着上前，伸手去拿酒杯，装作一副极其渴望吃下避水丹的模样："让我先尝尝！"

乔灵儿论体质不如狄仁杰，若吃下这颗药，怕是十死无生！

狄仁杰不敢再犹豫，一伸手格挡开乔灵儿的手臂，怒吼着："老子还没尝呢，哪有你的份儿！"

龙神笑着摇摇头，又从箱子里拿出一颗药丸，放进另外一个酒杯里，说道："见者有份，大嫂既然也喜欢这个，那就一起享用吧！"

乔灵儿本是好心替狄仁杰挡药，没想到龙神反应极快，立刻判断出"阿萍"也有药瘾，立刻拿出一丸药来孝敬"大嫂阿萍"。这下可好，两个人一人一颗，一旦药性发作，连个照应的人都没有了！

狄仁杰心中懊悔不已，要是刚才不加犹豫地吃了避水丹，也不至于把乔灵儿拉下水。

乔灵儿被突如其来的变化弄得愣住了，想伸手拿药，却见狄仁杰愣着，她也不敢贸然做决定。狄仁杰头脑中闪现出很多念头，万念中闪出洪豹用嘴喂阿萍的情景，于是大吼一声："好，嘿嘿嘿……那我们就夫妻俩同渡仙境！"

狄仁杰端起两个酒杯接连喝了下去，随后走到乔灵儿身边，搂着她亲了过去，搂着她腰的手点了她几下，酒从狄仁杰的口中流进她的口中，但两颗药丸却留在了狄仁杰的口中，被他一个人吞了下去。

一颗药丸都可能致命，更何况两颗药丸。

乔灵儿心里一颤，一股莫名的感动由心而发，却不敢表现出来，只得强作欢笑，咕噜咕噜地咽了下去，然后装作很陶醉的样子，摇摇晃晃地向屏风后面走去。避水丹药性发作时，青色鳞片会从心口部位向上下蔓延，乔灵儿没吃，要是被龙神看出来，怕是要露馅，所以她只能躲开。

走入屏风后，她的眼泪噼里啪啦地流了下来。

她喜欢狄仁杰，但从来不知道狄仁杰是否也喜欢她，对于这个问题，狄仁杰一贯是持躲避态度，从他如今的行为看，喜欢不喜欢都不重要了，因为在最危险的时候，他把生的希望留给了她，行为说明了一切。

狄仁杰却不能躲，只能运起内力抵抗着药性的发作。

避水丹毒性甚重，狄仁杰内力又不是很强，只能抵御一小部分药性，又无法当着龙神的面施展金针渡命术散毒，只得硬生生地挺着。随着药性的发作，他感到体内气血翻腾，浑身极为燥热，恨不得立刻跳进冰水中降温，胸口奇痒无比，眼见着鳞片从胸口向四周蔓延开来，药性不断地冲击着大脑，令他一阵清醒一阵糊涂，他知道，若药性全部发作，定会令他失去神智，必须趁着还清醒时赶走龙神。

"哈哈哈哈哈……"狄仁杰放声笑着，青鳞已经从脖子蔓延到脸部。

他一个趔趄来到龙神面前，抓着他的脖领子吼道："我说过，这次我要和龙神本人交易，你是龙神吗？想用这点小伎俩骗我，痴心妄想！"

"洪豹，你在做什么？"龙神身形一动，摆脱开狄仁杰。

龙神随从立刻抽出峨眉刺，内力运转之下，衣袍竟然无风自动，随时准备攻击狄仁杰。

"据说龙神无所不知，你知道我洪豹的落脚点吗？知道我有多少营生吗？"狄仁杰再次揉身上前，抓住了龙神的脖领子问道。

按说狄仁杰的功夫并不高，放在平时，他绝不可能轻易抓到龙神，但在避水丹的加持下，他的力量翻了数倍，速度竟然也跟了上来，感官比平时要清晰得多。

"洪豹，你想找死不成！"龙神有些怒了。

狄仁杰把绑在裤腿上的匕首抽了出来，抵在龙神的脖子上，嘿嘿地笑了几声，说道："你说不上来就说明你不是龙神，敢骗我洪豹，就得死！"

龙神随从见狄仁杰速度如此快，竟然在转瞬之间便逼着了龙神，也不敢再轻举妄动，慢慢挪着脚步向狄仁杰身后移动着。

"豹哥，这就是龙神大人，我可以证明。"赵安东在一旁急忙解释着。

狄仁杰转过头，瞪了赵安东一眼，一把推开龙神，飞起一脚踢飞赵安东，在赵安东没落地之前，他又飞奔过去，将空中的赵安东抓住，摔在地上，捏着他的耳朵，把匕首搁在他耳朵上："我在和你说话吗？你算老几。告诉你，在洛阳这个地头上，王巍禾……哈哈哈……他只能算我的一条狗，以后我在和别人说话时，你再敢插一句话，我就把你撕碎了喂猪！"

赵安东本想点头称是，但耳朵被狄仁杰捏着，匕首把之前的伤口切开，鲜血顺着脸颊流了下来，他也只能眨眨眼，说道："豹哥，豹哥，我就是您的一条狗，您放过我吧！"

狄仁杰摇晃了一下脑袋，用大袖子擦了擦流下来的口水："滚，给我滚！"

说罢，他松开赵安东，转身向龙神嘿嘿笑。

龙神白了狄仁杰一眼，低声说道："疯子，就是一个疯子，吃避水丹把脑子吃坏了！"

狄仁杰眼珠一转，痴痴地笑着："我不是疯子，我是一条鱼，在水里自由自在游来游去的鱼，水里那么多小鱼小虾，我要吃掉它们，还有那些河蚌，我要用刀挖开它们的肉，把珍珠取出来，送给我的萍儿，哈哈哈哈……"

狄仁杰摇摇晃晃地走到龙神身边，突然把匕首向龙神的脚扔去，吓得龙神急忙向后躲闪，匕首正好扎在龙神脚所在的原本位置。

"不和你计较！"龙神知道避水丹的药性极强，服用过量后头脑会不清醒，自然不愿意再和他计较，冲着随从使了个眼色，两人向外走去。

"龙神大人，我卖光了丹药，该如何联系你？"狄仁杰又一闪身拦在龙神面前，双臂张开，大咧咧地贴着龙神站着。

"我会联系你的，不过，希望下次咱们再见面时，洪帮主能保持些清醒，免得坏了大事。东子，送我们出去！"龙神恶狠狠地盯了一眼狄仁杰，身形一动，绕过了他，随后头也不回地离去。

狄仁杰又是哈哈一笑："龙神大人，你可以留下来，咱们再喝两盅，聊聊其他买卖的事儿，洛阳城的任何买卖，别人敢做的我洪豹会做，别人不敢做的，爷也能做，哈哈哈……别走啊……嘿嘿嘿……"

随着脚步声越来越远，龙神的身影渐渐地消失在狄仁杰的视野中。他再也控制不住避水丹的药性，深吸一口气后，便直挺挺地倒在地上，急促的呼吸声不断地响起，他的头脑也变得一片混沌，甚至不知道自己是谁。

乔灵儿急忙从屏风后冲了出来，把狄仁杰抱在怀里："狄大人，狄大人……狄仁杰……"

小六子和乔忠良也从大门冲了进来，看到狄仁杰的状况后，乔忠良立刻喊道："快，把他抬到洗澡房，那里有水。"

"老乔，快去救赵安东，龙神对他起了杀心！"狄仁杰趁着还剩下的最后一丝理智说着。

"先救你，然后再说赵安东的事儿。"乔忠良三人抬手的抬手，抬腿的抬腿，把狄仁杰放进巨大的洗澡桶里。全部浸入水中的狄仁杰瞪大了眼睛，却没有任何呼吸。

乔灵儿急得直哭，抽泣着说道："他为了替我挡药，一下子吃了两颗！"

"两颗！"乔忠良心里一惊。

"爹，你快想想办法啊，狄大人……他要不行了！"乔灵儿伸手摸了摸狄仁杰的颈部，发现脉搏跳动又急又弱，她虽然不懂脉象，也知道这种脉象不对劲儿。

"我去找徐御医！"小六子说罢便向外走去。

"等等，六子，徐御医暂时还解不了避水丹的毒，找来也没用。"乔忠良说道。

"这也不行那也不行，难道就在这儿等死吗？"乔灵儿说道。

乔忠良立刻说道："快帮我扶着他。"

乔灵儿和小六子立刻扶住狄仁杰，乔忠良单掌按在他的百会穴上，源源不断地输入内力。按照乔忠良的设想，只要用内力把药性逼到头部以下，狄仁杰便会清醒过来，再施展他鬼斧神工的金针渡命术，保住性命应当没问题。

乔忠良这招极为冒险，输入的内力太小会不起作用，内力太大会震碎狄仁杰的大脑，令他立刻毙命。虽说只有很短时间，乔忠良浑身还是湿透了，当他撤回掌力，几乎站立不住，要不是扶住了木桶边缘，怕是会一屁股坐在地上。

狄仁杰突然睁开眼睛，从水中露出头来，虚弱地说道："老乔、六子，你俩去救赵安东，灵儿帮我用金针渡命术散毒，快！"

"爹，狄大人真的醒了！"乔灵儿一面笑着一面抹着眼泪。

"他清醒的时间会很短，我的内力保不了他多久，狄大人，下面就靠你了！"乔忠良冲着小六子使了个眼色，两人立刻向外走去。

金针渡命术是一个高人教授给狄仁杰的，七根银针七处穴位，除了保命之外，对敌时还能起到出其不意的效果，但缺点是需要使用者认穴极准，还需要一段时间才会起作用。

狄仁杰说了一串穴道，听得乔灵儿一愣。

乔家世代行医，到了乔忠良这一辈，他哥哥继承了家族医馆生意，乔忠良从小喜欢习武，便央求着父亲说情，进入大理寺成了一名捕快。

到了乔灵儿这一代人，大部分子弟依旧学医，乔灵儿却追随父亲的脚步，死皮赖脸地央求父亲要去大理寺做捕快。

大理寺一向是男人的世界，从未有过女人做捕快的事儿，但乔灵儿立刻反驳，说武则天都可以做皇帝，她为什么不能做捕快。乔忠良执拗不过，只好同意，并暗中嘱咐考校的八大神捕，对乔灵儿手下留情，这才令她进入大理寺。

一心不可二用。

学了武功就很难再有精力学医，对于乔家的祖传医术，乔灵儿可以说是一窍不通。狄仁杰一连串说出七个穴道，她立刻就蒙了。

"狄大人，你一个一个地慢慢说，行吧！"乔灵儿小心翼翼地恳求着。

乔灵儿虽说是女性，但粗犷有余、细心不足，这在大理寺是出了名的，舞刀弄枪还可以，说起细心，绝对和她一点边都不搭。

狄仁杰立刻明白，苦笑一声："给我备针！"

乔灵儿点头，立刻从衣柜中找出狄仁杰的衣袍，拿出银针包，来到木桶前，展开银针包后说道："你用手指指一下，我就刺进去！"

　　听到乔灵儿这样说，他哪里还敢让她下针，遂无奈地摇摇头，颤抖着手拿起银针，尝试着自己刺入穴道。

　　幸运的是，狄仁杰的金针渡命术非常精湛，毫无失误地刺完六处穴道，正准备拿起银针刺最后一处穴道时，突然整个人颤抖了一下，乔忠良输入他体内的内力被药性完全化解，药性上冲，瞬间令他大脑一片空白，甚至来不及抵抗，便头一歪晕了过去！

　　"狄大人，还有最后一根针，刺在哪里呀？"乔灵儿绝望地拿着银针摇晃着昏迷不醒的狄仁杰。

第十五章　濒死

人在濒死时，常常会看到一些稀奇古怪的事情，比如看到已经去世的亲人，也可能看到七彩斑斓的另一个世界，有的还能回溯自己的一生。

狄仁杰呼吸心跳非常微弱，听力、触觉、视力、嗅觉、味觉全部失效，令他震惊的是，避水丹的药性除了霸烈之外，还可以让人的意识游离于身体之外，一丝若有若无的意识飘荡在曾经的时空里。

他恍恍惚惚地看到了刚来大理寺报到的乔老五。

……

大理寺位于玄武大街一条分支街道的尽头，大理寺议事厅外的院子很大，是捕快们平时练习武艺的校场，靠近院墙的位置放置着几组兵器架，上面放着刀枪剑戟、盾牌等常用兵器，一旁还有几个巨大的石锁和石磨，是用来练力气的。几棵苍劲的大树几乎高过整个建筑，站在枝丫上的鸟儿们自上而下地看着校场上的捕快。捕快们在习武场上捉对练习着，你来我往不亦乐乎。

狄仁杰的武功不高，但在招式上经过李元芳、汪远洋等一流高手的指点，在大理寺范围内也算是小高手，闲暇之余，他也会亲自下场，和捕快们对练一阵。

"狄大人，这是我弟弟乔老五，大理寺新晋捕快。"乔忠良领着一名年轻人来到狄仁杰面前。

乔忠良是大理寺老资格的捕头，为人正直，做派却有些老油条，宁可少做事，也不会做错事，在大理寺做事二十几年并无建树，这几年追随狄仁杰破案无数，逐渐在捕快中树立起威信。这次他把乔老五引荐给狄仁杰，也是想让他借狄仁杰的光，多破几件案子，为以后的升迁奠定基础。

狄仁杰自打任大理寺丞以来，破案数千起，无一件错假冤案，已然成为洛阳城百姓的偶像。乔老五自小就听哥哥讲述大理寺破获各种奇案的故事，其中很多都是源自狄仁杰经手的案例，如今见到了崇拜的英雄，心情格外激动，他立刻向狄仁杰恭恭敬敬地拱手施礼："狄大人！"

乔老五本名乔忠义，是乔忠良这一辈中年纪最小的一个，自小就受到父母和哥哥姐姐们的照顾，他悟性极高，乔家祖传的医术早就学个通透，假以时日，成就定会超过族中所有医者。但在乔老五心里，最仰慕的不是能够治病救人的乔家长辈们，而是挎着刀惩恶扬善的哥哥乔忠良。

在他看来，在医馆治病救人和当捕快惩恶扬善是一样的，都是用自身的能力帮助别人。但乔家的医馆多他一个不多，少他一个不少，因此他并未按照父亲的安排进入医馆中当大夫，反而追着哥哥乔忠良的步伐，拜师学艺后，凭着本领进入大理寺成了一名捕快。

无论是社会地位还是收入，捕快远远无法同大夫相比，单凭乔老五的这份执着，就值得敬重。狄仁杰打量了一阵乔老五，赞赏地点点头："我常听你哥提起你，好好干，以后一定会像你哥一样，成为大理寺最优秀的捕头。"

狄仁杰的话不但让乔老五高兴，也让一旁的乔忠良心花怒放。

得到了狄仁杰的夸奖，乔老五像小孩子一样手舞足蹈，差点高兴得蹦起来，使劲地点着头："狄大人，您是我最崇拜的神探，能和您在一起共事，老五就算肝脑涂地也心甘情愿。"

狄仁杰和乔忠良对视一眼，笑着说道："哪有那么严重，认真做事，多向你哥哥切磋武功、学习查案，用不着肝脑涂地。"

乔忠良呵呵一笑，说道："这孩子，从小就听闻狄大人办案如神，一直把您当做心中的英雄。"说罢，他又转向乔老五，问道，"怎么样，这回圆了你的梦了吧？"

乔老五有些不好意思地挠挠头，偷偷瞄了一眼哥哥和狄仁杰："还早着呢，我也要像狄大人一样成为大理寺丞，破千千万万的悬案，将那些恶人绳之以法，维护洛阳的长治久安，保护遵纪守法的黎民百姓。"

乔忠良呵呵一笑，看乔老五的目光更加柔和了，他仿佛看到了自己当年初入大理寺时的模样，年轻气盛、踌躇满志，一副天不怕地不怕的模样。

但大理寺丞是官，要通过科举考试一步一步地考过来。捕快始终是捕快，哪怕是神都洛阳大理寺捕快，依然不属于官吏行列，穷极一生也不可能成为大理寺丞。

想到这里，狄仁杰和乔忠良都沉默了，现场氛围有些尴尬，乔老五不知所措地用手卷着衣角。

为了缓解尴尬，狄仁杰抬起头望向习武场上的捕快们："老五，以后你和他们多交流。"

乔老五看向校场上的捕快们，又看了看自己身上穿的便装衣袍，眼神里透露出羡慕之色，重重地答应着："嗯！"

"大人，您觉得老五适不适合水部郎中的那件案子？"乔忠良小声提醒着。

乔老五听到后立刻来了精神，把目光投向狄仁杰。

不久前，有人匿名举报水部郎中王巍禾利用职权之便贪污受贿，侵吞建造洛水大坝和祭龙台的工程款。

水部郎中负责全国的水利工程建设，是绝对的肥差，要是在朝中没有强硬的后台，绝不可能立足，因此就算有人匿名举报，无论是京兆府还是大理寺，接案子之后也是敷衍了事，若不是遇到了狄仁杰，怕是这件案子最终会石沉大海。

要想查这种经济案件，必须要从源头查起，要是以大理寺的名义去调查，定会无功而返。因此狄仁杰便起了到洛水大坝劳工营地卧底的念头，怎奈他和一众手下都已在洛阳混迹多年，几乎没有不认识他们的，显然都不太合适做卧底。

乔老五武功不差，又参加了大理寺捕快的入职集训，加上他的面孔很生，到劳工营地做卧底再合适不过。

在乔忠良的认知范围内，到劳工营地做卧底只是观察和记录工地进料、用料情况，以及用工数量等等，几乎没有风险。只要在大坝建造结束后，将这些数据上交给大理寺即可。乔老五不但可以顺利完成任务，增加了履历，还能得到大理寺的嘉奖，为以后的晋升打下良好基础。

狄仁杰思索了好一阵，脸色极为凝重。

乔老五以为狄仁杰不愿意起用一个新人，便立刻表态："大人，老五虽是新入行，但有决心和毅力，若有需求，老五愿意赴汤蹈火。"

狄仁杰叹了一口气："劳工营地的条件不比大理寺，你能受得了那份苦吗？"

乔老五点了点头，脸上满是坚毅："没问题。"

狄仁杰和乔忠良对视一眼，才缓缓地点了点头。

到劳工营地做卧底就要真当劳工才行，劳工营地居住条件极差，伙食也不好，干活儿时要接受风吹日晒雨淋。一个月下来，原本还算是白白嫩嫩的乔老五变得又黑又瘦，加上身上穿着破破烂烂的衣袍，要是走在街上，肯定会被人认定是要饭的。

乔老五却毫不在意外貌的改变，他要的就是这种效果，只有真正地融入到劳工行列中，他才能顺利地完成任务，不但要在狄仁杰面前证明自己，还要在乔氏家族的反对声中正名。

乔老五有过目不忘的能力，用乔忠良的话说，他无论是去考科举还是学医，都会是佼佼者，可他却偏偏选中了用脑最少的捕快。为了保密，乔老五并未把获取的数据记录下来，而是都记在了脑子里，凭借他的能力，在回归大理寺时，他能在两个时辰内把所有的数据都写出来。

可惜，乔老五并未等到他展示能力的时刻，在大坝合龙的当天夜里，他遭受了人生最大的一次劫难，也是最后一次。

当狄仁杰在劳工营地门口看到乔老五的尸体，在一旁的乔忠良脸上显出极为复杂的情绪，他的心里说不出是什么滋味。

捕快本就是一个危险的行业，每天打交道的不是杀人不眨眼的江洋大盗，就是作奸犯科之人，伤残、牺牲在所难免，每名捕快在就职之时都会被告知这一点，乔老五选择了这一行，自然也做好了随时牺牲的准备。

但狄仁杰身为大理寺丞，是乔老五的直接上司，他要对乔老五的死负直接责任。他可以从容地面对大理寺卿的责问，却不知道该怎样面对乔忠良和乔灵儿这对父女。

如果当初他没接王巍禾这件案子，如果当初他没安排乔老五去劳工营地做卧底……可世间并没有如果。

……

乔灵儿不断地摇晃着狄仁杰，满脸焦急之色却毫无办法："狄大人，狄仁杰，狄大人……你醒醒啊！"

乔家世代行医，医术在洛阳是出了名的，哪怕是宫中的御医也有乔家人的身影。她现在最后悔的就是当初一点医术也没学，连穴位都认不准，否则，也不至于眼见着狄仁杰毒气上脑却毫无办法。

她只能寄希望于狄仁杰能醒过来，把最后一根针准确无误地刺入穴道中。不过，狄仁杰现在的状况非常差，已经没了呼吸和心跳，整个人如同死人一般，身体竟然逐渐变得僵硬起来。

乔灵儿咬咬牙，把银针全部拿在手里："既然不知道刺那个穴位，那就所有穴位全刺个遍！"

幸运的是，她在天字一号房找到了一个刻着人体穴位的木偶人，否则，按照她的套路，怕是要把狄仁杰全身都扎满。

"总能有一处穴位碰对！"乔灵儿按照木偶人身上的穴位开始下针，银针不够了，她又找出一包缝衣服的钢针来。

要是让乔家人知道乔灵儿用缝衣服的钢针针灸，定会气得吐血！

第十六章　螳螂捕蝉

　　洛阳地区的夏天又热又潮，哪怕是坐落在郊区的小镇，在三座大山的包围下，如同一个巨大的蒸笼一般。人们或在大树下，或躲在建筑的阴影里，有气无力地扇着扇子，以贩卖山货为生的商贩们也都有气无力地喊着，原本还算繁华的街道变得冷冷清清。

　　一辆马车快速地驶过主街道，转了几个弯之后，钻进了一个胡同消失不见。

　　论起追踪技能，在大理寺排行第一的绝对是乔忠良，哪怕只有一丝痕迹，他也能追踪到目标，这是他在高手众多的大理寺立足的能力之一。

　　乔忠良走走停停，不时地蹲下来，用手指在地面上捏起一些泥土，放在鼻子下面闻闻，或用手指丈量一下地面上的痕迹，再起身向前走。

　　小六子进入大理寺后，便主动请缨分配到乔忠良所在的小队，目的就是为了向他学习追踪技能，怎奈乔忠良只做不教，小六子只好学着他的样子做，却得不到任何结论，只好把捏起来的土扔在地上，拍了拍手，对老乔恳求着："老乔，你就教教我呗，这么多年了，我啥也没学到！"

　　乔忠良瞥了他一眼，挑了挑眉毛，从地上捏起一点土，闻了闻，又用舌头舔了舔，看向小六子："试试！"

　　小六子将信将疑地捏起一些土，学着乔忠良做了一遍，苦着脸说道："不就是土嘛。"

　　乔忠良嘿嘿一笑，伸出无名指："不是土，这是干马粪。我捏马粪用的是拇指和食指，舔的是无名指，傻小子，这点观察力都没有，还学什么！"

　　小六子愣了一下，急忙吐了几口唾沫："我说怎么有股怪味儿！老乔，你这……"

乔忠良站起身，打断了小六子的话："走吧，先把人找到，以后有的是时间教你！"

小六子不在乎乔忠良戏耍他，但对他的回答有些不满意，低声嘀咕着："这话你都说多少遍了。"

见乔忠良没理他，他有些尴尬，只好岔开话题："老乔，你说狄大人是怎么知道龙神要对赵安东下黑手的？"

乔忠良边走边说道："我哪知道啊，我要是有他那两下子，早就成为大理寺金牌神捕了，就像那个袁客师一样。"

袁客师能成为大理寺金牌神捕绝非浪得虚名，他以仵作的身份出道，追随狄仁杰多年，破获大案要案无数，这才获得了大理寺的认可，破格收编，并授予金牌神捕的称号。

"我看那袁客师武功不如齐门主，推理断案不如狄大人，他本人只是花架子一个，再容我几年，肯定会超过他！"小六子嘀咕着。

乔忠良在大理寺任职多年，虽然有些油滑，但该做的事儿一样不少，勤勤恳恳二十多年，却依然只当了一个小捕头，别说金牌神捕，连银牌、铜牌捕快的边儿都没摸着！反观袁客师，只是跟着狄仁杰破了几桩案子，二十五六岁便当上了金牌神捕，乔忠良心里哪会服气。

袁客师的父亲是司天监正袁天罡，自小便随父亲学习奇门之术，又有白鸽门门主齐灵芷作为后盾，获取情报易如反掌，后来又成为狄仁杰的得力助手，向他学习了推理断案的手段，有这些背景加持，袁客师在断案过程中敢于较真碰硬，哪怕犯了错误，也有人替他善后，最终成为金牌神捕也是顺理成章的事儿。

乔家世代行医，鲜有从官者，乔忠良一无背景，二无专业，仅凭着踏实肯干才一步步坐到捕头的位置，在行事上小心谨慎，遇到悬案、大案，他是能推掉就推掉，推不掉的案子也会采取最保守的查案方式，无功无过成为了他的唯一座右铭。

想到这里，乔忠良突然释怀，呵呵一笑，没再理会小六子的牢骚，向前走了一段距离后突然停下，指着胡同说道："马车应该在这儿！"

小六子点点头，抽出腰刀迅速小跑着到胡同口，小心翼翼地向里面看着："还真在，厉害呀老乔！"

胡同刚好能容下一辆马车通行，龙神所乘坐的那辆马车停在一个院子门口，马儿不时地吃着地面上的青草，带动着马车左摇右摆。

乔忠良把小六子拦在身后，小声说道："跟着我，别出声。"

他走到马车跟前，用刀鞘掀开帘子，发现车里空无一人，遂冲着小六子使了个眼神。小六子立刻会意，躲在门旁用手推了推门。

门并未上锁，轻推之下居然开了。从缝隙中可以看到院子中杂草丛生，门窗破败，显然这是座荒宅。

小镇毕竟是小镇，比不得洛阳城的寸土寸金。有的宅子荒了便荒了，时间久了，便会有凶宅之类的传说传出，没有了买家，宅子可能会成为流浪汉们的落脚点，也可能彻底成为一座纯荒宅。

小六子小心谨慎地搜了整座宅子，却毫无收获，只好回到院子里，见乔忠良早已抱臂而立，便走向前说道："老乔，没发现赵安东和龙神。"

乔忠良点点头，说道："这是龙神布下的一个幌子。"

小六子"呀"了一声，就准备向外走去，却被乔忠良拦住："这是金蝉脱壳，龙神把马车故意留在这里，就是为了拖延时间，想必他们早已离开小镇了。"

"那怎么办？"

乔忠良微微摇摇头，说道："既然追不上就不追了，咱们先回去看看狄大人吧！"

提起狄仁杰，小六子的心一揪。一颗避水丹的毒性已经很重，更何况从未吃过避水丹的狄仁杰一次服用了两颗！

"对，对，还是先去看看狄大人要紧。就算咱们找到龙神，也未必救得了赵安东！"小六子急忙附和道。

"六子，把龙神的马车弄回去，等狄大人醒了，说不定还可以找到一些线索。"

……

乔忠良和小六子驾着马车刚刚离开，龙神、龙神随从和赵安东便从附近的一间民宅走了出来。龙神冷笑了几声，冲着赵安东说道："这两人看起来有些眼熟啊，应该是大理寺的捕快吧？"

龙神咄咄逼人的眼神令赵安东有些不安，为了缓解对方的压力，只好轻咳几声，低着头答道："这个……安东不知。"

"我们的行踪一向小心谨慎，怎么可能被大理寺的人盯上，除非……"龙神眼神中透露出杀气。

赵安东眼珠转了几转，随即答道："洪豹是大理寺追捕多年的重犯，也许是他被盯上了。"

龙神哼了一声，说道："不管怎样，都不能冒险，咱们立刻回药庐，近期的交易全部取消。"

赵安东立刻应和道："龙神大人所说有理，那安东就静等大人的消息了。"

龙神嘿嘿一笑，说道："不用你静等，从今天开始，你跟着我。你不是一直想知道药庐在哪吗？现在我就带你去。"

"这……怕是不好吧。安东毕竟只是中间人，若是去了药庐，岂不是……"赵安东预感有些不妙，急忙婉言拒绝。

药庐是龙神炼制避水丹的地方，除了龙神和龙神随从之外，所有参与炼丹的人绝不可能离开药庐，也不允许外人进入。江湖上有很多人想找到药庐所在地，再和龙神直接交易，却从没有人成功。要是赵安东知道了药庐所在地，并且进入药庐，就永远不可能再出来。

龙神随从紧盯着赵安东，双手放在腰间，看样子只要赵安东稍有异动，他便会用峨眉刺杀死赵安东。

"难道你不好奇避水丹是怎么炼制出来的吗？"龙神不阴不阳地问道。

"当然想，但传说进入药庐就不能再出来，安东俗事未了，怕是不能这样做。"赵安东说道。

"是你哥哥赵安西的事儿吧？"龙神问道。

赵安东脸上肌肉抖了抖，回答有些犹豫不决："是……是的。"

"那场灭口事件是王巍禾策划出来的，他已经死在来俊臣手上了，你自小父母双亡，又未结婚生子，你还有什么俗事未了？不如随我去药庐，也许可以让你大展宏图。"龙神几乎不给赵安东说话的机会。

"可是，关于避水丹的交易……"

龙神哈哈大笑了一阵，才收起笑意，严肃地说道："这件事你就别担心了，我能直接联系洪豹，我相信洪豹也能找到我！"

"不是说神龙见首不见尾嘛，洪豹再厉害，怕是也无法联系您吧！洪豹被大理寺通缉这么多年，依然在法外逍遥，必然是狡兔三窟，想必您也很难联系上他。让我去药庐，恐怕绝不是单单让我参观炼丹过程这么简单！"赵安东辩驳道。

龙神突然脸上现出煞气，吼道："由不得你！"

"那就恭敬不如从命了！"赵安东斜了一旁的龙神随从一眼，又低下头来。

龙神随从的注意力并未在赵安东的身上，反而向四周看了又看，脸上满是疑惑的表情。他的武功虽比不上大周第一高手李元芳、汪远洋等，却位列江湖一流高手的行列。自打离开城南客栈，他就感到有些心神不宁，有种被人暗中监视的感觉，他极尽所能来探查，却并未发现任何端倪。

大周第一高手李元芳自打受伤隐退后，便再也没出现在人们的视野中。狄仁杰树敌无数，汪远洋去安西都护府查案，而不能与其同行。近年来朝廷对白鸽门的壮大十分忌惮，开始利用一切手段迫使白鸽门转为地下营生，门主齐灵芷亦变得低调，几乎很少在江湖上露面。除了这三人之外，江湖很少能有如此身手的高手。

"是齐灵芷或是洪豹？无论是谁，这人的功夫都远超过我！我只能感知到他的存在，却无法把他找出来。"龙神随从暗自叹了一口气。

等龙神三人离开后，一个人从附近的一个小酒馆走了出来，他一边走一边喝着酒，脸上露出时而癫狂时而智慧的笑容。

"你们可以出来了！"

"帮主好本事，都说神龙见首不见尾，现在看来，他在帮主面前，也是不堪一击！"一名帮众走到洪豹面前拍着马屁。

阿萍一个闪身来到洪豹身边，飞起一脚把拍马屁的帮众踢开，随后把手伸向洪豹的腰间，掏出装有避水丹的小瓷瓶，脸上露出渴望的表情。

第十六章　螳螂捕蝉

洪豹一把揽住阿萍的腰，亲了几口后，才说道："我的小野猫，先别急着吃丹药，咱们还是先办正事儿，找到龙神的药庐，拿到避水丹的配方，以后你想吃多少咱就有多少，哈哈哈哈哈……"

阿萍兴奋得直跺脚："好哇好哇，咱们快去。"

"你们的功夫太差，哪能跟得上，看我的吧！"

话音未落，洪豹轻轻推开阿萍，身形一闪，竟然消失在众人面前。

"移形换影！帮主居然练成了移形换影的功夫！"帮众惊得目瞪口呆。

移形换影是李元芳的拿手功夫，是轻功和内功练到极致后，以雄厚的内功催动轻功，看似是瞬间移动，实则是快到了极致给人造成的错觉，具有极强的实战性。

李元芳在隐退之前，把移形换影的功法传授给了齐灵芷，但齐灵芷的内功不够雄厚，在对敌时只能使用一两次，只能作为必杀技来用。

洪豹虽说是黑豹帮帮主，论起内功，还比不上齐灵芷，但此时他的确施出了移形换影，这怎能不令帮众吃惊。

更令人吃惊的是，头脑混乱的洪豹居然拥有大智慧，不但看出与他交易的狄仁杰有问题，还能耐得住性子，等到乔忠良和龙神两伙人都现身之后，他才现出身来，真正做到了螳螂捕蝉黄雀在后。

虽说狄仁杰投机取巧得了一箱子避水丹，他却完全不在乎，他要的是避水丹的配方，只要得到了配方，连龙神都可以不在话下。

第十七章　死而复生

对于乔灵儿而言，今天并不是一个好日子，她已经把大部分钢针刺进狄仁杰的全身各处穴道，却依然不见他醒来，她一边哭着一边按照木偶上的穴位继续针灸，可能是由于天气炎热，可能是因为过度紧张，汗水从全身毛孔不停地冒出来，浸湿了她的头发和衣袍。

缝衣服用的钢针不比银针，钢针相对又粗又钝，刺到肉里会令人非常痛，可狄仁杰却没有任何反应。

她现在非常后悔小时候没好好学习医术，反而每天和男孩子们出去玩骑马打仗，成年之后，她依然可以选择学医，但她却不顾家人的反对到武馆拜师学艺，如今她终于如愿以偿，成了大理寺的捕快，原本以为可以惩恶扬善，却想不到连狄仁杰的命都救不了。

"灵儿，狄大人怎么样？"乔忠良推门而入，疾走两步来到床榻前。

小六子紧随而入，当他看到狄仁杰身上插满了银针和钢针之后，浑身跟着一紧："你这哪是针灸，这是上刑啊！"

"爹，你可回来了！快来看看，狄大人快没气息了！我这样扎他，他都没反应！"乔灵儿捏着钢针的手不断地颤抖着，扭头看向乔忠良，投去求助的眼神。

乔忠良从小学医，看到针灸术被女儿这样用，早已是心痛万分，但见狄仁杰奄奄一息，已经顾不了这些了，他向乔灵儿挥了挥手，自己凑到狄仁杰身前。当他看到狄仁杰浑身上下几百根针后，不由自主地又咂了一下嘴："好人也被你扎死了！"

"狄大人说避水丹毒性太重，用什么渡命术来压制毒气，七根针七处穴位，本来让我扎，但我扎不准，他就自己扎，结果扎到第六根的时候，他就昏迷过去了。"乔灵儿解释着。

乔忠良立刻给狄仁杰把了把脉，又扒开他的眼皮看了看，发现狄仁杰身体僵硬是因为毒性令其全身肌肉紧张导致，观其瞳孔并未放大，脉搏虽弱却还规律，这才松了一口气，说道："是传说中的金针渡命术，狄仁杰以此术多次救治陛下，令其转危为安。可惜，此术虽只是七根银针，但对应的人体穴位却很多，千百种病症对应千百种变化，学会此术容易，但要精通怕是难上加难。灵儿，你先别慌，仔细回忆一下，前六根银针扎在哪里了？"

乔灵儿勉强止住抽泣，犹豫了好久之后才指出了六根银针的位置，感觉不对后，又重新指了一遍。

"到底是哪六根？"乔忠良有些着急。

"就是我最后指的这六根！"乔灵儿坚定地说道。

乔忠良思索了一阵，嘀咕道："虽说你有些莽撞，但按照穴位排列组合，该扎的部位都已经扎了，按说该醒了才对。"

"老乔，大人一点呼吸都没有了。"小六子用手探了探狄仁杰的鼻息，言语间露出了哭腔。

"呼吸，对呼吸，肺俞穴，帮我扶正他！"乔忠良被小六子这句话点醒。

避水丹的毒性极重，狄仁杰内力不强，几乎很难压制毒性，仅凭借着强大的意志力挺到送走龙神等人。乔忠良以内力帮助狄仁杰压制了脑中的毒性，令他暂时苏醒过来。狄仁杰立刻施展金针渡命术，却在关键时刻昏迷，少扎了一根针。乔灵儿误打误撞，扎了狄仁杰几百根银针，虽帮助他完成了金针渡命术，却也封闭了他的心肺两脉，令其呼吸和心跳微弱，要是乔忠良未能及时赶回来，狄仁杰怕是真的会死在乔灵儿手里！

乔忠良把扎在狄仁杰肺俞穴的钢针拔了出来，随后又以内力灌注推血过宫，催动血脉迅速运行起来。

"喀喀喀喀！"随着一阵剧烈的咳嗽，狄仁杰醒了过来，他立刻"哎哟"一声，连声喊着痛。

"大人，您别动，一动会更疼！"小六子及时提醒着。

"你俩还愣着干吗，赶快把针都拔出来呀！"乔忠良叹了一口气，小心翼翼地替狄仁杰拔针。

乔灵儿被说得脸上一红，正要上前拔针，却听见小六子嘟囔了一句："大人，您要是再不醒，估计浑身上下都插满了针，那就成了刺猬大人了！"

狄仁杰看了一眼满脸愧疚之色的乔灵儿，安慰道："不碍事，不碍事，要不是灵儿误打误撞这么一扎，怕是避水丹毒性攻心还真把我害死了。"

乔灵儿听后眼神一亮，说道："小六子，你听听大人的话，还要感谢我的救命之恩呢！哪像你，只会说风凉话。"

"我说的是实话嘛！你自己看，每拔一根针，狄大人皮肤上都会冒出一些血珠子。"小六子说话时手上也没闲着，一根一根地拔针，他拔针时没有乔忠良的手法柔和，几乎每拔一根针，狄仁杰就会疼得哎哟一声。

"你……"乔灵儿显然不希望给狄仁杰留下坏印象，却无法反驳小六子的话，一下子被噎住。

"好啦，你俩别闹啦，狄大人一下子吃下两颗避水丹，毒性虽说被压制，却没有解开，得赶紧去找徐莫愁。"乔忠良说道。

狄仁杰看到乔忠良后，便想起了刚才在昏迷中看到的乔老五，愧疚之意立刻显在脸上，结结巴巴地说道："老乔……"

乔忠良精通人情世故，自然看出来狄仁杰即将要说的是什么，他摆了摆手："大人，忠良心里明白。"

狄仁杰点点头，略加思索后，转移了话题："老毒虫子的七彩药丸非常珍贵，若非救命，他绝不肯用，好在避水丹的毒来得快，散得也快，一个时辰内我定会恢复正常。"

乔忠良懂得些药理，遂点了点头，问道："大人，您服用避水丹后，还有没有其他的反应？"

狄仁杰说道："我感觉自己力量大了很多，你看我现在的肌肉。"

他撸起袖子露出手臂，肌肉线条要比以往明显很多、粗壮很多。

"我说那会儿我搀扶大人的时候，他那么重呢！"乔灵儿说道。

"太不可思议了，想不到避水丹还有这种功用。"乔忠良捏了捏狄仁杰的胳膊，明显感到他的肌肉充满了爆炸性的力量。

狄仁杰又说道："还不止，药劲儿上来时，我感到如同置身于火炉中一般，力量大增，丹田中内力极其充沛，气息悠长，视力和听力比平日灵敏了不少，身体几乎感觉不到疼痛。除了能上瘾的副作用之外，这药还真不错，要是和敌人对阵之前服用一颗，以一敌十、敌百也是有可能的。"

"力大无穷、不畏疼痛、内力悠长、感官灵敏，这避水丹说起来要比铁尸丹厉害多了。"乔忠良感叹道。

铁尸丹是"铁尸迷案"中十二地支高手毒蛇任天翔所炼制，人服用后会变得力大无穷、刀枪不入，但同时会失去神智，变成无魂铁尸，任由他人操控。

避水丹虽说无法令人达到铁尸的状态，却也没有那么强的副作用，除了极为燥热和上瘾之外，药力过后身体几乎可以恢复如常。

乔灵儿看了看四周，又望向乔忠良，问道："爹，避水丹呢？"

乔忠良和小六子环顾四周，却并未发现装有避水丹的箱子，遂心里一惊。

"在外面大厅，快去看看！"狄仁杰伸手拔下身上的最后一根针，摇摇晃晃地站起身，在小六子的搀扶下向外面的大厅走去。他初次服用避水丹便吃了两颗，强悍的药力令他的大脑受到巨大冲击，现在能站起来也算是奇迹了。

俗话说得好，越是担心的事，就越容易发生。

四人来到大厅，发现原本放着箱子的地方空空如也。狄仁杰的心一下子沉了下去，整个人如同掉入冰窖中一般。

避水丹是他们冒着生命危险换来的，要是出了闪失，一万多劳工的性命就算交待了，还落下了劫天牢的罪名。弄不好会被来俊臣这些佞臣抓住把柄，轻则丢官发配，重则会落个斩首抄家的下场，而乔家只是普通百姓人家，下场会更惨。

乔忠良愣了好一阵，才盯着乔灵儿问道："灵儿，避水丹呢？"

乔灵儿一脸委屈，看了看狄仁杰，见他没反应，这才转向乔忠良，眼

出版发行 盛元文涌
投稿信箱：shengyuanwensu@163.com

狄仁杰传奇系列

狄仁杰地支传奇系列

擎天迷局
推理反转

狄仁杰之执尸迷案

擎天迷局
推理反转

狄仁杰之绝地幽魅

擎天迷局
推理反转

泪又噼里啪啦地落下来，说道："我只顾着狄大人，哪管得了箱子啊。当时你俩不是也进来了嘛，我以为你们会将箱子收起来的。"

乔忠良看了看小六子，随后立刻摇摇头，说道："当时大人说龙神对赵安东起了杀心，要我们救他，我俩走得急，也没顾得上避水丹。"

"当时咱们出去时，我记得避水丹还在的。"小六子说道。

"赶紧出去找！"乔忠良立刻向外走去。

"等等。先别急！"狄仁杰叫住了乔忠良。

"咱们得先冷静下来，要是就这样出去乱找一气，怕是白白耽误工夫。"狄仁杰长出了一口气。想要其他人冷静下来，他首先要冷静下来才行。

"有道理。既然是被人拿走了，那来人势必会留下痕迹，我先勘查一下现场，你们先别乱动！"乔忠良说罢便开始在地面上寻找线索。

"咱们的交易可能被人盯上了，老乔和小六子出去救赵安东，而我毒发昏迷，灵儿的精力都放在我身上，趁着这个机会，他从容地拿走了箱子。"狄仁杰说道。

"是不是龙神或者洪豹？"小六子问道。

乔灵儿摇了摇头，说道："龙神的可能性不大，我们已经成功交易，他得了凭证，就算有些怀疑，也不可能冒着风险再回来拿箱子。"

小六子点点头，表示赞同乔灵儿的看法，随后分析道："有可能是洪豹，从他来到客栈开始，我就感到他一直在怀疑咱们，而咱们给他的那箱药大部分是假的，如果他发现了，定会有所行动。"

狄仁杰并未做声，思索了一阵后，和乔忠良一起在地上勘查痕迹。

"要是咱们被人盯上，劫天牢的事儿就会露馅，那……"小六子表情有些惊恐。

一旦事败，他们定会落在来俊臣手上，定是个生不如死的下场。

"应该不会，否则，现在来俊臣的人早就上门抓咱们了。别忘了大人易容成他劫了天牢，要是抓不到咱们，皇帝那儿如何交代。"乔灵儿毫不在意地说道。

"说不定他们就在外面守着，一旦咱们出去，就会被抓！"小六子紧张地向大门的方向看了看。

乔灵儿噗嗤一笑，说道："你一个大男人，怎么胆子和老鼠似的。"

小六子听后眼睛一瞪，反驳道："谁说我胆子小的，这叫谨慎……谨慎！"

正当两人争辩不休时，蹲在地上勘查的狄仁杰和乔忠良几乎同时抬起头望向对方，对视一眼后微微一笑，狄仁杰率先说道："可以确定不是洪豹，也不是龙神。"

乔忠良搀扶着狄仁杰起身，指着几处淡淡的脚印说道："盗走箱子的另有其人，绝不在今天咱们接触过的人里面，此人轻功极佳，来去无声，在地面上只留下了淡淡的脚印，若不仔细查看则很难发现。"

狄仁杰眼睛四处搜索着，突然，他眉头上的疙瘩舒展开来，不急不缓地说道："不碍事，不碍事，不出今晚，定会有消息传来，先回白鸽门的秘密据点吧。"

乔忠良和小六子听得面面相觑，却又不能直接提出质疑，只得点了点头。

"大人，为何咱们不回大理寺，反而要去白鸽门的据点呢？那里离来俊臣那么近，万一要是被他的门客发现可就不妙了。"乔灵儿好奇地问道。

"你们看那里！"狄仁杰用手指了指门旁的柱子。

乔灵儿和小六子走了过去，看到柱子上刻着很微小的一只鸽子，在柱子底部还发现了少量的木屑，单从木屑和刻痕来看，应该是不久前刻上去的。

"是白鸽门！"乔灵儿惊道。

"螳螂捕蝉黄雀在后，齐灵芷和袁客师暗中保护我，却发现有人觊觎避水丹，这才转为暗中跟踪盗窃之人。"狄仁杰说道。

"那他们为什么不直接把盗贼打跑啊？"乔灵儿有些不解。

"也许是有苦衷吧，毕竟白鸽门现在是朝廷重点关照的门派，稍有异动，怕是会影响大局。"狄仁杰说到这里，心中对盗避水丹的人已经大约有了一个范围。

若是寻常江湖人物来盗取避水丹，齐灵芷二人完全可以将其赶走。想必是盗窃之人可能与官府有瓜葛，这才令她有了忌惮，只得转为暗中查探，临走时在柱子上刻下了暗记，以便让狄仁杰知晓。

"神神秘秘的，想让咱们知道直接过来说不就好了，还费这个工夫弄个雕刻……"乔灵儿显然对齐灵芷的行为有些不屑。

她和齐灵芷年纪相仿，在她刚刚成为捕快时，齐灵芷早已名满江湖。齐灵芷的父亲齐东郡得了奇遇，成了长生不死人，她身为白鸽门门主，师承江湖奇人青玄师太，又得大周第一高手李元芳和汪远洋倾囊传授，武功、轻功、暗器、医术，几乎无不精通。反观乔灵儿，现在也只是个初出茅庐的小捕快，对齐灵芷有些羡慕嫉妒的想法亦可以理解。

"你懂什么，这是江湖规矩。"乔忠良打断了乔灵儿的话。

"有什么说不通的事儿就赖在江湖规矩上，江湖其实不就是那几个人嘛，哪有那么多破规矩！"乔灵儿依然不服。

乔忠良叹了一口气。

他在大理寺是人人敬重的捕头，但在乔灵儿面前，他只是一个慈爱的父亲，对乔灵儿的小脾气，他打不得骂不得，只能落个一声长叹。

狄仁杰亦身为人父，自然理解乔忠良的感受，急忙圆场道："经过这么一番折腾，我已筋疲力尽、头脑混沌，要是再不休息一下，怕是真要归西了！"

"对，对。避水丹的药劲儿还没完全过去呢，咱们先回，先回！"小六子搀着狄仁杰向外走去。

乔灵儿白了乔忠良一眼，嘴里哼了一声，也跟着向外走去。

乔忠良走到门柱旁，用手摸了摸那只刻画的鸽子，又看了看房梁上，无奈地摇了摇头，自己嘀咕着："这些高人哪，整天飞来飞去的，也不嫌累！"

第十八章 铁爪的私心

只羡鸳鸯不羡仙。

在江湖上最令人羡慕的绝不是哪个门派的掌门，也不是富甲一方的商人，更不是行侠仗义的侠客、随性而为的江洋大盗，而是齐灵芷和袁客师这对欢喜冤家。

时间自由、人身自由、财物自由，又能和喜欢的人一起做喜欢做的事儿。

热恋中的他们几乎是形影不离，哪怕是在暗中保护狄仁杰也依然如此。白天时，他们时而易容成寻常百姓，时而装成酒客，时而变成路边的小商贩，夜间便恢复原本面貌，利用轻功和隐身术潜伏在狄仁杰附近。

若有需要，两人亦会分开片刻。

在赵安东被来俊臣门客铁爪跟踪时，监视赵安东的齐灵芷便散发出绝顶高手才会有的杀意，罩住了铁爪，为赵安东的逃脱争取了时间。

铁爪是名老江湖，眼见着就要为来俊臣立大功，怎肯轻易善罢甘休，他假意招呼大伙回府上喝酒，实则是在等齐灵芷离开后，他又循着痕迹寻找赵安东。

铁爪曾经是江洋大盗，也做杀人的买卖，追踪的本领绝不比大理寺的捕快差。

接应赵安东的乔忠良异常谨慎，在确保没有人跟踪的前提下，又消除了赵安东留下的足迹，这才带着他回到白鸽门的秘密据点。

铁爪沿着赵安东的足迹找寻下来，最终所有的痕迹都在一个街头消失，他知道他遇到了高手，不过这也难不倒他。

想要消除一个人的足迹是件费时费力的事儿，因此他判断赵安东消失的地方必然离落脚点不会太远，而眼前的这条街道是进出这片城区的必经之路。

　　他钻进了一家小酒馆，点了几个菜，烫了一壶酒，玩起了守株待兔之计，想不到的是，他真的等到了赵安东，同时他还有了意外收获——狄仁杰、乔忠良等人。

　　狄仁杰曾任宰相，一人之下万人之上。乔家世代行医，亦是家财万贯。

　　他可以向来俊臣禀报，抓住狄仁杰等人邀功领赏，但他更想的是以此来要挟狄仁杰和乔忠良，无论是当官还是要钱，都比把他们交给来俊臣强。因此他要弄清楚狄仁杰为什么要劫天牢救赵安东，以便抓住更大的把柄。

　　通过试探，他发现狄仁杰一行人除了乔忠良武功高明一些，其他人几乎不堪一击，绝不会发现他在跟踪。于是他暗中跟着狄仁杰、赵安东等人，居然亲眼见到了狄仁杰利用两个身份的转换和精湛的演技，把龙神和洪豹骗得团团转，最终得到了一箱避水丹。

　　铁爪无论屈居在来俊臣身边当个护卫，还是想挟持狄仁杰和乔忠良，目的都是为了钱。避水丹在整个洛阳市场上属于非常稀缺的药物，现在是十二银子一颗，这一箱避水丹怕是有上万颗，算起来就是十万两银子，几辈子都花不完。

　　铁爪说是来俊臣府上的门客，实则毫无人权，甚至有时连来俊臣的一条狗都不如。而且，来俊臣为人嚣张，以诬告大臣作为升迁的手段，得罪的人不计其数，早晚会落个身死的下场，弄不好被判个诛九族，他府上的这些门客都要跟着没命。

　　面对十万两银子的诱惑，铁爪动心了。

　　洪豹和龙神相继离开后，乔忠良和小六子又回到天字一号房。小六子武功平平，但乔忠良身为捕快多年，警觉性极高，一旦被他发现，怕是会功亏一篑。

　　幸运的是，乔忠良和小六子奉命去寻找赵安东，而狄仁杰已陷入昏迷状态，心急如焚的乔灵儿把全部精力都用在狄仁杰身上，此时若再不出手更待何时！

铁爪立刻潜入天字一号房，抱着箱子转身离开。

铁爪是老江湖，齐灵芷又何尝不是。当初齐灵芷就看出铁爪不会轻易放弃，便和袁客师一路跟踪铁爪，果然发现他并未回来俊臣府邸，而是留在赵安东痕迹消失的地方守株待兔。

袁客师并未在意此事，认为铁爪此举并不能对狄仁杰等人造成威胁。想不到的是，狄仁杰和赵安东等人前往小镇的城南客栈交易时，居然被铁爪跟踪。

正所谓螳螂捕蝉黄雀在后，齐灵芷并未提醒狄仁杰，而是一路跟着铁爪，直到铁爪偷了那箱避水丹，她和袁客师的意见才算出现了分歧。

她的想法是当场抓住铁爪或者直接将其杀死，或者再次释放出杀气，令他知难而退。袁客师并不急躁，开始分析此事的利弊。

铁爪虽说是江洋大盗出身，现在又给佞臣来俊臣卖命，但罪不至死，决不能在未审判之前便将其杀死。

铁爪能跟踪至此，就说明他已经知道了所有内幕，一旦吓退他，他势必会立刻将此事告知来俊臣，以求功劳。按照来俊臣的做派，定会不分青红皂白把狄仁杰等人抓起来，严刑拷问后伪造口供，再呈报给皇帝，定狄仁杰等人死罪。

如果把铁爪抓起来，虽说他有偷盗行为，但他毕竟是来俊臣府上的门客，别说洛阳府，就连大理寺也无法定他的罪，最终只能无罪释放。狄仁杰等人假冒来俊臣劫天牢和贩卖避水丹的事儿就要败露，在这件案子没得到彻底解决之前，这两项罪名足以让狄仁杰等人丧命，绝无任何翻身的机会。狄仁杰的落脚点是白鸽门的秘密据点，也会因此而暴露，朝廷对白鸽门不会再采取保守的策略，而会转为剿杀。

铁爪并未将狄仁杰等人的行踪告知来俊臣，说明他另有所图，在其动机不明的情况下，可以暗中观察他，要是他有危害到狄仁杰的预兆，再做定夺也不迟。

齐灵芷觉得袁客师说得在理，便采纳了跟踪铁爪的建议，并暗中观察其动向。

铁爪得到避水丹后并未回来俊臣府邸，而是来到城中一处偏僻的宅院。

齐灵芷便知道此人起了私心，想把避水丹据为己有，获取大量财富后便隐退江湖。

江湖之所以称之为江湖，就是因为江湖上有利益可图。入江湖是为了生存，隐退江湖是为了更好地生存。

铁爪武功高强，虽然逊色于齐、袁二人，但要是起了正面冲突，两人并没有把握一举将其拿下，一旦让他跑了，事情将会朝着不可控的方向发展。所以齐灵芷便让袁客师立刻赶回秘密据点，把此事告知狄仁杰，而她则是留下来盯着铁爪。

……

当狄仁杰前脚刚刚踏进秘密据点的大门，袁客师便迎了上来，一五一十地将事情经过如实告之。狄仁杰听后亦是冒了一身冷汗，要是没有齐灵芷和袁客师暗中帮忙，怕是这一箱避水丹真的落在铁爪手上了。最可怕的是，他们的行踪早已暴露，却浑然不知。

"大人，您看下一步应该怎么办？"袁客师问道。

狄仁杰并未答话，反而征求地看向乔忠良。乔忠良是大理寺的资深捕快，对这种事早就习以为常，他清了清嗓子，说道："此事有两种应对方法。一种是一举将铁爪拿下，但绝不可公开抓捕，一旦消息传到来俊臣耳朵里，怕是偷鸡不成蚀把米。抓到人之后，就要劳烦齐门主将其关在秘密据点，直到这件案子水落石出。"

"第二种呢？"乔灵儿急忙问道。

乔忠良瞥了一眼乔灵儿，敲了敲桌子，说道："灵儿你太急性子了，你容我说完嘛。"

乔灵儿自知的确是自己有些急躁，被父亲批评后并不恼怒，只是顽皮地吐了吐舌头。

"第二种方案是等铁爪离开后，咱们悄悄地把避水丹拿回来！"乔忠良接着说道。

"这个主意好，等他找到买家后，再去拿丹药时，发现什么都没有，看他窘不窘！"小六子笑着说道。

"两种方案各有利弊。"乔忠良说道。

狄仁杰点点头，说道："老乔，你详细说说。"

"铁爪来历很神秘，大理寺查了很久也没查出他的过往，而且他武功非常高，抓捕时免不了会惊动附近的邻居，一旦报了官，这事儿就麻烦了，因此第一种方案需要很周详的抓捕计划，还需要咱们几人密切配合，才可能将其秘密抓捕。"乔忠良说道。

"若击杀铁爪，以我和灵芝二人合力，可以做到悄无声息，但要生擒，免不了要弄出动静来。"袁客师说道。

"我们也可以帮忙啊！"乔灵儿急忙说道。

袁客师笑着摇摇头，却并未说话。

乔忠良看出了门道，立刻说道："灵儿，咱们的武功比袁捕头和齐门主差很多，要真是去帮忙，也只能是帮倒忙而已，你只管听着，别再说话。"

袁客师见乔灵儿有些不高兴，便急忙岔开话题，问道："老乔大哥，我认为第二种方案更是弊大于利。"

乔灵儿刚想张口接话，想起父亲的批评，只好抿了抿嘴，把目光投向袁客师。

袁客师接着说道："一旦铁爪发现避水丹不见了，他失去了可以隐退江湖的财富，定会把狄大人的把戏告知来俊臣，以谋求赏赐。若此时案子还未告破，那咱们就会陷入困境中。"

袁客师不愧是金牌神捕，几句话便将事情的要害说出。

狄仁杰略加沉思后，一掌拍在桌子上，说道："那就照第一种方案来，动手的事儿就拜托你和灵芝了。"

袁客师一笑，拍了拍胸脯："没问题，不过，要是出了纰漏，狄大人可要做好善后的准备哟！"

"那是自然，就算没有纰漏，善后的措施也是要有的，老乔，这件事儿还要拜托你……"

"大人这话见外了，现在咱们是同舟共济，我和灵儿不怕，只求别牵连到乔家就好。"乔忠良说道。

乔灵儿望向父亲，眼神柔和了很多。她一直对父亲有成见，认为父亲在大理寺多年，只混了一个小捕头，原因就是因为他处事中庸、保守，很多人暗地里都叫他"老油条"。

人近中年，上有老下有小，牵挂较多，能够有如此境界已属不易。

从目前的情况看，来俊臣的门客铁爪已知道狄仁杰易容成来俊臣劫天牢，若不能迅速破案，恐怕众人要有灭顶之灾。

"一旦事情败露，请你和灵儿绑我到案，这样你们就可以脱离干系。"狄仁杰苦笑了一声。

为了查案，乔老五已经牺牲，若是乔家再有折损，狄仁杰怕是要带着悔恨过后半辈子了，这是他能现在唯一能做的，也属无奈之举。

第十九章　明盘

袁客师的情商很高，见气氛有些不对，立刻圆场道："刚才我就那么一说，凭我和灵芷的功夫，应该不会有意外！"

乔灵儿瞥了一眼袁客师，噘着嘴说道："那你不早说！"

乔灵儿不谙世事，但狄仁杰和乔忠良明白，袁客师这样说只是为了缓解紧张气氛而已，若真有十分把握，也就没必要回来和狄仁杰商量了。

"需要我做什么？"乔忠良问道。

"我需要你布下第二道网，一旦生擒铁爪失败，不惜一切代价阻止他离开！"狄仁杰说道。

此案不但涉及狄家、乔家上百口人，还有一万多劳工和服用过避水丹的所有人，要是狄仁杰等人被抓，这些人最终亦难逃一死。狄仁杰办案一向公正严明，但面对如此复杂的情况，也顾不得那么多了。

乔忠良点点头："大人请放心，虽说忠良武功不行，但做捕快这么多年，手段多得很，保证铁爪逃不出去。"

面对众多武林高手，武功相对较低的捕快们亦是无所不用其极，生石灰、迷香、软筋散等，高价购买的暗器暴雨梨花针，再把钢针涂上麻药等等，只要能抓住人，再令人不屑的手段也会用上，这也是江湖人士对捕快这个职业不屑一顾的主要原因。

"事不宜迟，咱们现在就去。"狄仁杰说罢便站起身，却感到身体软绵绵的，如同被掏空了一般，又一屁股坐在椅子上，头上的汗"唰"的一下冒了出来，脸色亦变得煞白。

"狄大人，你没事吧？"乔灵儿急忙关心道。

乔忠良上前给狄仁杰把了把脉，松了一口气，说道："是避水丹的副作用，药效起作用时，人会力气倍增、呼吸悠长，一旦过了劲儿，就会变得浑身无力、精神萎靡，要想恢复精力充沛的状态，就只能再吃避水丹。"

狄仁杰苦笑一声，用手摸了摸胸口，心脏跳动很快，但供血却依然跟不上："抓捕的事儿就拜托你们了。"

"灵儿，你留下照顾狄大人。小袁神捕、六子，咱们走！"

乔灵儿原本还想反驳几句，但想想能和狄仁杰单独在一起也是件很难得的事儿，便答应下来，等众人离开后，便关心地问道："大人，我给您泡杯茶吧？"

狄仁杰的肚子不合时宜地咕噜咕噜叫了一阵，叹了一口气："要是狄福在就好了，咱们可以吃上一碗他做的油泼面。"

白鸽门的秘密据点有很多粮草储备，门人会定期进行更换，为了保密起见，并未雇用任何用人、厨师等，需要自己动手做饭。齐灵芷和袁客师在此居住过一段时间，齐灵芷的厨艺很差，却特别喜欢给袁客师做，害得袁客师整整吃了一个月的煳饭煳菜。

"这事儿还需要狄福大哥吗？我也可以的！"

"你还会做饭？"

"哎哎，大人，您这话就不对了，我能文能武的！"

"呵呵，好吧，那就有劳灵儿了！"

"等着，看本姑娘的！"

不得不说，喜欢打打杀杀的姑娘真的很难做出像样的饭菜来。当乔灵儿端着一碗不知如何形容的面条放在狄仁杰面前时，他拿起筷子的手居然哆嗦起来。

油泼面一碗面半碗油，里面的红辣椒还是一整根的，面条碎成一个个的面疙瘩，在油里泡得涨了起来。

再看乔灵儿，她头发上、脸上、衣袍上都是白面，双手沾满了油。

狄仁杰是并州人，从小就喜欢吃面，哪怕当了宰相，依然改不了吃面的习惯。但现在他后悔了，宁可挨饿也不应该让乔灵儿做饭。

"快尝尝吧！"乔灵儿颇有兴致地看向狄仁杰。

狄仁杰尝了一口，险些没把"面疙瘩"吐出来。太咸了！他一度怀疑乔灵儿把一罐盐都放了进去，而且除了咸味儿之外，再无其他味道。面疙瘩入口即化，黏糊糊的，油腻腻的，用难吃这两个字都是在夸她。

"好吃吗？"乔灵儿歪着头问道。

狄仁杰苦着脸又吃了几口："好吃，太好吃了！要不你也尝尝吧！"

"不用，这点面条也就够你一个人吃的，我要吃的话，可以出去到酒楼去吃啊！"乔灵儿一本正经地说道。

出去到酒楼吃！

狄仁杰的心都在滴血，却又不能表现出来，只好说道："那个……能不能再帮我泡点茶？"

乔灵儿高兴地点点头："没问题，等着！"

看着乔灵儿蹦蹦跶跶离去的背影，狄仁杰放下筷子，长出了一口气，端着碗晃晃悠悠地走到窗户边，打开窗户一股脑都倒了出去："唉！"

……

齐灵芷躲在民宅外的一棵大树上，好在夏天枝繁叶茂，加上天色渐黑，无需任何手段，常人亦无法发现。

袁客师如猴子一般，手一搭便蹿上树，顽皮的他居然学着猿猴的样子，手抓住树干荡着一圈后，才来到齐灵芷身边。

齐灵芷早已发现袁客师，等他到了身边才小声说道："看你上树这模样，好像猴子一样，姿势太难看了，没有一点点小袁神捕的风范。"

袁客师一愣，见齐灵芷并未再说下去，便嘻嘻一笑，说道："我再有风范，还不是在你之下，索性就没有风范好了！"

齐灵芷满意地哼了一声，说道："算你会说话。哎，一个好消息，一个坏消息。"

"先听好的吧！"袁客师很识趣，立刻配合着。

"装避水丹的箱子还在。"

"坏的呢？"

"他又找来一个帮手，也是高手，比你高！"齐灵芷盯着袁客师。

袁客师大部分时间都在钻研奇门异术，偶尔有时间就练练汪远洋教给他的轻功倒乱七星步，在武功方面，他虽收藏了很多绝世武功秘笈，却没时间练习，功夫上自然要落后齐灵芷很多。

"啊！那怎么办？就算加上外围的老乔，怕是也不能悄无声息地把这两人拿下呀！"袁客师摊了摊手。

要是铁爪一个人还好说，付出些代价也能将其放倒。现在又来了另外一个高手，完全打破了之前制订的抓捕计划。

齐灵芷眼珠转了几转，才反应过来，哼了一声，伸手捏住袁客师的大耳朵，说道："你这人，主意那么多，居然还来问我，是不是耳朵不疼了？"

"哎哎哎……轻点，我突然又有办法了！"袁客师急忙求饶。

齐灵芷松了手劲儿，却还捏着他的耳朵不放，意思是若主意不好，怕是又要扭他的耳朵。

袁客师嘿嘿一笑，小声说道："其实他还未把事情禀报给来俊臣是出于私心。"

"什么私心？"

"来俊臣就是皇帝身边一条会咬人的狗，咬的人多了，随时可能遭到报复。铁爪作为来俊臣的门客，肯定心里清楚，所以他先要给自己留一条后路，这是其一。其二是银子，铁爪这种高手却屈居于一个市井流氓门下，无非就是图那三两碎银，他偷避水丹隐情不报也是为了银子。咱们从他的角度试想一下，只要给他足够的银子，他肯定会远走高飞，绝不会蹚这趟浑水！"袁客师说道。

齐灵芷略加思索，说道："有道理。你的意思是让我出钱从他手里买回避水丹，再用银子封他的口？"

袁客师点点头，又摇摇头，说道："他是贼，我是官。避水丹本来就是咱们的，何必花钱买，但封口费是肯定要的！"

"找他明盘去谈？"

"没错！只是他又找来一人，怕是费用上要增加一些了。"袁客师伸手摸了摸齐灵芷捏着他耳朵的手。

齐灵芷打了他手背一下，见他缩回了手，这才说道："我觉得还是不能冒险，银子可以给他，但他必须在我的控制范围之内，比如软禁他，或者干脆把他关进秘密据点的地牢里。否则，一旦他反水，咱们就会输得一败涂地！"

"就这么定了，走！"

……

再恶的人也有朋友，这句话说得一点也不假。

在没有绝对把握的前提下，铁爪找来了一名已经退隐江湖的朋友，条件是五千两银子——此次收获的一半所得。

原本值十万两的避水丹硬生生地被他说成值一万两，目的依然是为了少给伙伴分钱。

伙伴叫雄鹰，早年混的是洛阳城的黑道，因一件事得罪了一名高官，不得已只好拿钱平息事态，最后再退隐江湖了事，虽说当年积攒些家底，但这些年做了些小买卖赔钱，加上花销大手大脚，早已坐吃山空，若不是铁爪找上门，怕是他最近又要重出江湖了。

人为财死，鸟为食亡，更何况是五千两银子，足够他后半辈子生活所用，哪有不动心的道理。

雄鹰善使一对短刀，走的是一寸短一寸险的武功路数，内功和轻功绝佳，若非退隐江湖，怕是能在江湖高手排行榜上进入前十名。

雄鹰的任务是守着这栋宅子，除了铁爪之外，任何人不得进入，守护着避水丹，等铁爪找到下家卖出避水丹后，两人再把钱一分。

洛阳城的治安非常好，鲜有鸡鸣狗盗之徒，而且避水丹被铁爪藏在密室中，密室里机关为高手所布置，一旦触发，绝无生还的可能。在雄鹰看来，这桩毫不费力的买卖非常划算。但他没想到的是，避水丹的价值是十万两，而且今晚他将遇到一名绝顶高手和大理寺的金牌神捕。

两人正坐在院子里喝酒乘凉，聊着曾经的江湖事。

"两位，在下大理寺金牌神捕袁客师！"袁客师的轻功极佳，出现在两人面前时，他们居然没来得及有反应。

听到大理寺这三个字，铁爪吓得魂魄丢了一半，再看袁客师的轻功，绝对在他们二人之上，只是他们不知道袁客师只是轻功好，论武功远远不如他俩。

铁爪缓过神来后，才抱拳施礼，说道："原来是小袁神捕，在下来俊臣门客铁爪，这位是我好友雄鹰。请问神捕深夜不请自来欲意何为呀？"

来俊臣门客众多，门客中有很多是舞文弄墨之人，接触多了，铁爪也学会了文绉绉的话腔。他故意抬出来俊臣，想让袁客师知难而退。

"捕快自然要与盗贼打交道，难不成我还要贩卖避水丹吗！"袁客师话里有话，他说得明白，对方也听得明白。

铁爪头脑高速转了一阵，最后定了定神，决定耍无赖："我是来府的门客，我雄大哥是生意人，这里哪来的盗贼，莫不是小袁神捕退隐后觉得无聊，大半夜的拿我们兄弟开涮。"

"南城客栈天字一号房，一箱避水丹，一万颗整！"袁客师不急不缓地说道。

"一万颗！"雄鹰暗自嘀咕了一声，又瞥了瞥一旁有些尴尬的铁爪。

雄鹰虽隐退，却一直关注着江湖上的事儿，避水丹在黑市已炒到十两银子一颗，一万颗就是十万两银子，但铁爪却只给他五千两，还说是交易金额的一半，白瞎了两人这么多年的感情！生气归生气，现在面对袁客师，两人不得不先站在一条战线上，等此事有了了断再掰扯也不迟。

铁爪将内力运转到极致，雄鹰也把手放在腰间那对短刀附近，两人眼睛里冒出凶光，看样子是起了杀心。

袁客师虽贵为大理寺金牌神捕，却不是在编的捕快，而且现在他只是一个人，铁爪和雄鹰有绝对信心将他永远留在这里。

第二十章 对赌

自唐朝以来，大理寺只给三个人授过金牌。被授予者不但要具备极高的武功和智慧，还要破获过数量众多的大案要案，对江山社稷做出过巨大贡献，经过大理寺卿同意后，再由皇帝亲自颁发。

袁客师能得到金牌神捕的称号，绝不是浪得虚名。

他感到两人的杀意后并未慌张，反而毫不戒备地向前走了两步，来到让两人可以将他一举击杀的距离。

"我破过的案子无数，遇到的高手无数，但还能活到今天，拿了违法者都为之颤抖的大理寺金牌，你俩觉得能杀了我吗？一旦动起手来，还没等将我杀死，你们可就要遭殃了。"袁客师拍了拍腰间的金色腰牌。

皇帝亲自颁发的金牌等于是圣旨，因此金牌神捕等同于钦差，谋杀钦差绝对是诛九族的大罪。一旦成为金牌神捕，除非是叛乱这等大罪，否则，百罪皆可免。

铁爪和雄鹰都是老江湖，怎能不知这个道理。另外，袁客师刚刚露面时展示了绝顶轻功，绝对在二人之上。

"你们看看身后，就算你们率先动手，能有几分把握伤到我！"袁客师指了指两人身后。

雄鹰哼了一声，正要出言反讥，却突然感到一股无可匹敌的杀意临体，竟然令他不敢移动脚步半分。而铁爪早就领教过，额头上的冷汗"唰"的一下流了下来。

袁客师摊了摊手，冲着齐灵芷隐身的方向抛出得意的眼神："我就说吧，声东击西这招好用！"

铁爪和雄鹰都不敢动，但齐灵芷要是真发动攻击，亦只能击溃一人，杀意一动，另一人定会解脱，再抓他就难上加难了。

"哈哈，咱们谈谈条件如何？"袁客师并未趁人之危。

"可以，不过，咱们得坐下来谈，这样谈不公平。"铁爪不愧是老江湖，在完全被动的状态下，依然在努力挽回败局。

"好。"袁客师从怀里掏出一个药丸，捏碎了后朝着两人撒了过去。

与此同时，齐灵芷将杀意撤回。两人迅速后退并用袖子捂住口鼻，警惕地看着现身的齐灵芷。

"这是徐莫愁给的药粉，放心，绝不会影响你二人的性命，只是本人不太放心，所以才使了这等手段。"袁客师嘻嘻哈哈地说着。

徐莫愁是有名的毒郎中，虽说他从不下毒要人命，但受了他的毒，绝不会有好果子吃，江湖谁人不知。

铁爪哼了一声，说道："捕快用这等卑劣手段不是很正常嘛！"

袁客师并未理会铁爪的嘲笑，反而坐在石凳子上，用手扇了扇酒杯，又抽了抽鼻子："好酒啊！"

没有实力上的对等，就没有真正的谈判，这一点袁客师是最明白的，所以他一上来就来个下马威，让对方处于下风。

"这避水丹不是你们的，我得带走，不过，你们可以得到相应的赔偿！"袁客师说道。

"赔偿？"雄鹰穷怕了，按捺不住内心的激动。他本身是被动地参与进来，只要能分到钱，还能不与袁客师和齐灵芷为敌，那可是求之不得的事儿。

"那个……你们也知道，我家那位不差钱，我们大婚在即，不想两手沾血。但你们辛苦一回，也不能让你们空手，对吧……嘻嘻……"袁客师说道。

"对，那你能给多少？是银票还是……"雄鹰迫不及待地问道。

铁爪暗中怼了怼他，又轻咳了一声，这才阻止雄鹰继续说话。

"一万两，怎么分你俩定！"袁客师说道。

"不可能，你用毒郎中的名头也吓不倒我，现在我俩分头走，你们绝追不到，等我回到来府，定会——”

铁爪的话还未说完，便被袁客师的笑声打断。

“来俊臣要是知道你瞒着他把避水丹据为己有，你觉得他会怎样？你动了藏私的念头，就意味着随时会离他而去，他的秘密那么多，会不会让你全身而退呢？”袁客师坏笑着说道。

铁爪跟随来俊臣时日已久，自然知道他的手段，遂脸色一沉，眼珠不断地左右转动，显然是在思索着。

“再者，来俊臣是靠着诬陷朝中大臣升官发财，得罪的权贵不计其数，有李氏皇亲贵族，也有武氏的王侯，还有诸多的大臣。皇帝是在利用他清除异己，一旦政权稳固，他的利用价值也就没了，为了给大臣们一个说法，定会找个人出来顶罪，你想想，应该是谁？”袁客师又说道。

铁爪脸色变了又变，显然他已经被袁客师说动。

“再说说你。无论是屈居来俊臣门下也好，现在盗窃避水丹也罢，无非就是为了钱。但你想想，若你把避水丹私吞，得有多少人会死于非命，这些人的家眷若知道是你造成的，天下虽大，还能有你的容身之地吗？”

“有道理呀，铁爪兄弟，你可别糊涂！”雄鹰劝道。

“我知道你窥晓了狄大人的一些事，以为可以凭借此事能在来俊臣面前邀功或者以此要挟狄大人，但你有没有想过，狄大人刚刚在魏州大破李尽忠叛军，回朝后却没有升迁，反而在大理寺做了一个六品的大理寺丞，若非皇上可以安排，这怕是不符合常理吧。”袁客师说道。

“狄大人破了契丹，本应重新拜相才是，这……定是皇上的安排，这才……”雄鹰像是明白了过来。

“有皇上给狄大人撑腰，就算你去告诉来俊臣也没用。前辈，狄大人这边才是正道，你放着正道不走，非要去走偏门儿，唉！”袁客师长长地叹了一口气，像是在为铁爪悲惨的未来可惜。

“就算你说得有理——”

袁客师强势打断了铁爪的话：“咱们做个交易，我再加一万两，条件是一个月之内你俩不准离开这座宅子。”

“你能把避水丹藏在这儿，想必这座宅子应该是你的秘密住所，只要你们不出头露面，来俊臣应该找不到你们。我可以派人送来所需之物，你们尽可在此享受。"齐灵芷说道。

雄鹰早已动心，用胳膊肘不断地碰铁爪。

袁客师的提议非常具有诱惑力，但铁爪依然有顾虑。一旦他隐匿于此，就意味着背叛来俊臣，再也无退路可走。再者是他对袁客师缺少信任基础，齐灵芷还好些，毕竟是江湖人物，大抵能遵守所谓的江湖规矩，但袁客师不同，他是大理寺捕快的身份，在他眼里，大周律例自然是高于江湖规矩的，为了维护法纪，他可以做任何事情。

"咱们是江湖人，那就得按照江湖规矩来，要是你能打败我，这事儿我就认了！"铁爪指着袁客师说道。他经过再三考虑，决定接受袁客师的条件，但他为了更加保险，用江湖规矩把齐灵芷拉下水，这样一来，以后袁客师要翻脸时会有所顾忌。

"可以，不过我不和你打，她可以！"袁客师端起酒杯遥敬了一下齐灵芷。

铁爪嘴角扬起，心道：我要的就是和齐门主打，和你打有什么用。

他的目的是和齐灵芷用江湖规矩对赌，至于输赢并不重要。

"要打可以，我要加码！"齐灵芷终于开口。

"莫不成齐门主要后悔这两万两银子？"雄鹰有些着急。

"五招内若不能将你击败，我再加一万两，若我赢了，你只需要回答我三个问题。"齐灵芷冲着铁爪说道。

白鸽门是以贩卖信息为生的，用银子换信息再正常不过了。

"一言为定，齐门主，请！"铁爪从腰间拿出一副手套戴在手上。

袁客师看到手套后眼神一亮，本想说话，想了想还是把话咽了回去。

齐灵芷怎能不知他的想法，又对铁爪说道："如果在三招内我赢了，你这副手套也要给我！"

铁爪的手套是雪山蚕丝混合玄铁丝编织而成，刀枪不入水火不侵，而且重量很轻。袁客师平时从不带兵器，对敌时大多数使用齐灵芷父亲教给他的鹰爪功，这副手套对他来说再合适不过了。

铁爪笑了。他知道打不过齐灵芷，但熬过五招问题应该不大，现在她居然说三招就能打败自己，听到这话之后，他脸上不禁流露出轻蔑之色，嘴上却答应着："好啊！"

对于齐灵芷的功夫，袁客师是极有信心的。要是不考虑活捉，就算铁爪和雄鹰两人一起上，也会死在齐灵芷的剑下。

但对在外围观战的乔忠良而言，齐灵芷再高明，也不可能在五招内打败铁爪，这就意味着他和狄仁杰依然有被铁爪等人出卖的风险。

他此时更加担心的还有另外一人，那就是在洪豹身边的阿萍！这也是他在整个行动中心神不宁的原因。

……

乔忠良有两个女儿，一个是姐姐乔灵儿，一个是妹妹乔萍儿，两人只差一岁，虽说不是双胞胎姐妹，长得却非常像。

乔家世代行医，因此极其注重传承，但乔家有个规矩，医术传男不传女。虽说乔忠良对男女并无偏见，极其疼爱两个女儿，想让她们学习乔家的医术。但在这个年代，嫁出去的闺女就等于是别人家的人，学走了祖传的技术，等于是白白送给了别人，因此乔家的长辈始终不肯把真正的医术传给姐妹俩，这也导致了乔灵儿姐妹变得叛逆起来。

乔灵儿作为姐姐，率先抗拒学习和医术有关的一切。而乔萍儿为了反抗，亦偷偷和姐姐一起学习武艺。乔萍儿习武的天分很高，不但很快超过了姐姐，就连父亲也不是她的对手。

她开始挑战洛阳城的各大武馆，虽说武馆也有厉害的师傅镇馆，却碍于乔忠良的面子，不敢真和乔萍儿玩命，最终洛阳城所有的武馆全部败落。

乔萍儿有些飘了，她认为自己已经位列江湖顶级高手之列，认为父亲这么多年没抓到洪豹就是因为他的中庸，只要她亲自出马，定会生擒洪豹，赢得所有人的尊重。于是她不辞而别，乔装成男人，到洛阳黑市卧底，成为一名黑市商人。

功夫不负有心人，还真被她误打误撞找到了洪豹。

乔萍儿表露身份，并按照所谓的江湖规矩和洪豹比武。一向不守规矩的洪豹不知那根神经出了问题，居然答应比武。

洪豹武功极高，绝不是乔萍儿这等三脚猫功夫可比拟的，没出三招，乔萍儿便被洪豹拿下，绑了个结结实实带回黑豹帮。

碍于乔忠良的捕头身份，洪豹并未轻薄乔萍儿，只是每天都在她的饭菜里下了足量的避水丹。终于有一天，乔萍儿被过量的避水丹药性摧毁了大脑，完全不记得自己是谁，更不记得她是为何而来。为了得到更多的避水丹，她甚至不惜牺牲身体来勾引洪豹。

洪豹并非正人君子，有美女主动上门，哪有不应的道理。

乔萍儿由清纯的大姑娘变成了风情万种的少妇，避水丹令其性情变得极为暴躁，而且阴晴不定，除了令人上瘾的避水丹之外，任何事情她都不放在眼里。

这次她陪洪豹与狄仁杰交易时，看到乔忠良后也只是感觉有些熟悉，却记不起他就是自己的父亲。

乔萍儿自打离开乔家之后，就再也没了消息。乔忠良甚至动用了大理寺的所有力量，也没能找到乔萍儿，乔萍儿的母亲思念女儿，茶不思饭不想，要不是还有个小儿子需要照顾，怕是早就死了。

乔忠良也后悔，当初就不应该非得要她们学医术，她们俩就不会那么叛逆，也就不会有乔灵儿当捕快和乔萍儿失踪的事儿了。

眼看着女儿的眼神里早已没有了当年的清纯，又和最大的夙敌洪豹成了情侣，最令人痛心的是，乔萍儿居然不认识他，若非有任务在身，他就是拼了老命，也要把乔萍儿从洪豹手上抢回来。

"萍儿！"隐藏在暗处的乔忠良流下了眼泪。

"乔头儿，齐门主赢了，三招！"一名捕快走到乔忠良身边汇报着。

乔忠良急忙转过身，假装打了一个哈欠，伸了一个懒腰，这才转过身："早知如此，可把老子给困死了。"

捕快看着乔忠良鼻涕、眼泪一大把，嘿嘿一笑，说道："齐门主留了一组白鸽门的弟兄在宅子里陪他们，我也留一组弟兄在外围看着他俩，其他人就撤了吧。"

"好，撤了，回去喝酒！"乔忠良强颜欢笑着。

等捕快们都走了之后，他的脸色又难看了起来，叹了一口气，朝着不远处的小六子招了招手，两人对视一眼，心领神会地朝着白鸽门的秘密据点方向走去。

第二十一章　危机

　　狄仁杰遇到的最大劫难并非来俊臣，也不是令人恐惧的地支组织的十二杀手，而是来自乔灵儿的油泼面。

　　厨师最大的幸福莫过于别人吃光他做的饭菜。

　　首次当厨师的乔灵儿见狄仁杰很快吃完一碗，便又兴致勃勃地做了一碗。狄仁杰看着油泼面哭笑不得，又不好意思违了对方的好意，正当他为难之际，乔忠良和小六子敲门而入。

　　"大人，您的身体怎么样了？"乔忠良关心地问道。

　　"避水丹的毒性散得很快，现在只是没力气、没精神，瘾头我还能停住，其他的倒也没什么。"狄仁杰瞥了一眼面前的油泼面。

　　乔忠良点点头，上前给狄仁杰把脉。

　　小六子看到油泼面后脸上一笑，冲着狄仁杰说道："大人啊，我和老乔大半夜的回来，一点东西都没吃，您看……这面要是凉了就不好吃了，老乔你们肯定要说事儿，所以这面条……"

　　狄仁杰正愁着怎么处理这碗面，见小六子主动要求吃面，便立刻点头，说道："我刚吃了一碗，有些饱了，这碗你吃吧！"

　　小六子正要上前，却见乔灵儿瞪了他一眼，随后哼了一声："人家这是做给大人的，你跟着凑什么热闹，想吃自己做去！"

　　小六子看了看狄仁杰，又转向乔灵儿："可是大人让我吃了呀，那我也不能抗命啊！"

　　乔灵儿见狄仁杰没说话，只好抿了抿嘴，撇过脸去。

　　小六子追随狄仁杰多年，早已和他混熟，也没客气，上前拿着面走到一旁，用筷子挑了挑，却只发现一些面疙瘩，惊讶之后试着吃了两口，一股生油味和又咸又苦的味道充斥了整个口腔，他苦着脸转向狄仁杰求助，却见狄仁杰冲着他做了个"嘘"的手势，顿时他明白了一切，但又不敢轻易得罪暴脾气的乔灵儿，只得苦着脸继续吃着。

狄仁杰见乔忠良愁容未展，便想起和洪豹交易时他的异样，于是问道："老乔，和洪豹交易时我看你有些异样，究竟是怎么回事？"

乔忠良慢慢收回手，叹了一口气，冲着乔灵儿和小六子说道："你俩先出去一下，我有话要和大人说。"

小六子正愁如何摆脱困境，听到乔忠良的话后立刻走了出去。乔灵儿虽心有不甘，却也只能离开。

"洪豹身边的阿萍是我失散三年的女儿乔萍儿。"

狄仁杰心中一惊："我听大理寺的兄弟们说过这事儿，和洪豹交易时，我就觉得她有些眼熟，却想不到她就是萍儿！"

乔忠良起身退后一步，双手抱拳缓缓地跪了下去。

狄仁杰忙阻止乔忠良："老乔，我知道你的意思，这事儿我管定了。我答应你，一定把萍儿救出来，并把洪豹绳之以法。"

乔忠良又想起头脑混沌、疯疯癫癫的阿萍，眼泪"唰"的一下流了下来。

狄仁杰叹了一口气，劝道："老乔，你别急，先和我说说萍儿的事儿！"

乔忠良转过身去缓了好一阵，擦干了眼泪，这才转过来，一五一十地讲述起来。

……

"都是这孩子要强，那洪豹岂是一两个人能抓的。"乔忠良唉声叹气地说着。

"这事儿也怪不得萍儿。"狄仁杰听后直叹气。

"还不是重男轻女的思想作怪，无论男还是女，那都是我的孩子，偏偏在传承这儿非要分出个男女来。"乔忠良对乔家的长辈们颇有怨言。

"男女虽有别，但只是在社会分工上的不同，身份地位却是一样，哪有男尊女卑的道理！"狄仁杰对此风俗亦有不满。

乔忠良正要说话，却听见小六子在院子里喊了一声："谁？"

"是我，袁客师！"话音未落，却见袁客师推门而入，冲着狄仁杰抱了抱拳，见狄仁杰面色极差，愣了一下，"大人，您的面色极差，这……"

"不碍事，你来得这么急，想必是有所收获，快说说吧！"狄仁杰摆了摆手。

小六子和乔灵儿也跟着走了进来。

袁客师端起桌子上的茶杯一口喝了下去，呛得他咳嗽了好一阵，等平息下来之后才看着茶杯说道："大人何时好这么浓苦的茶水了？"

狄仁杰未说话，只是用眼睛瞥了瞥门外。乔忠良心中明白，无论是油泼面还是茶水，肯定都是出自乔灵儿之手，灵儿是他从小看着长大的，哪里会做什么饭菜！

袁客师把他俩智斗、武斗铁爪和雄鹰的事儿详细地讲述了一遍。

狄仁杰听后赞许地点点头，说道："有你们相助，这才化险为夷，否则，我们这几条命就算交待了。"

袁客师并未在意狄仁杰感激的话，接着说道："大人，灵芝和铁爪对赌赢了，赢了三个问题，那铁爪真是根墙头草，谁给钱谁就是爷爷。这厮还异常狡猾，生怕我会说话不算，弄出按江湖规矩比武这一出，要是我以后翻脸，定会遭到灵芝的痛恨，他还以为我看不出！"

说到这里，他看了看乔忠良。

乔忠良知道袁客师所说的事关机密，正要离去，却见狄仁杰摆摆手："不碍事，老乔是自己人，你说吧。"

虽说只是狄仁杰的一句话，乔忠良却听得内心一暖，感激地看了狄仁杰一眼，又坐了回来。

"据铁爪说，有一次来俊臣喝多了，透露出皇帝密旨要他杀了所有和洛水大坝……相关的人。"袁客师说道。

狄仁杰听后并未立刻表态。

建造洛水大坝的总人数达到数万人，上到水部的官员，下到营地的苦工们，除了两个出事的营地之外，其他的劳工和工头儿们早就遣散了，来俊臣能耐再大，也不可能杀光这些人。

袁客师看出了狄仁杰的疑惑，解释道："来俊臣喝多了，铁爪等人自然也喝多了，可能在说的时候有些遗漏，铁爪听的时候也有遗漏。但至少出事的两个劳工营地的人和王巍禾都死了，只有一个知情的赵安东活了下来，现在也是生死不明。王巍禾可是水部郎中，官职虽然不高，却是肥差，没有背景的人绝坐不上这个位置。来俊臣敢动王巍禾，就只能说是皇帝授意。"

"圣意难测呀！"狄仁杰苦笑一声。

"大人，既然来俊臣奉密旨做这件事儿，也就意味着……"袁客师看了看乔忠良。

乔忠良立刻说道："意味着咱们现在的处境非常不妙，要是被来俊臣抓到，怕是会落个和王巍禾一样的下场，被打死在天牢中。"

"第二个消息呢？"狄仁杰问道。

袁客师顿了顿后才接着说道："第二个消息是有关洪豹的，这人绝不简单，他能在大理寺的通缉下活这么多年，说明大理寺内部有奸细！"

"这不太可能吧！"乔忠良颤着声音说道。

乔忠良这么多年一直未抓到洪豹，要是按照袁客师的说法，怕是也说得过去，但内奸这事儿绝不可轻易说出来，更不能光明正大地查找。否则，奸细没抓到，反倒会影响大理寺的内部团结。

"铁爪是如何知道的这件事？"狄仁杰问道。

袁客师摊了摊手："这就不知道了，但从他说话时的神态来看，这事儿十有八九是真的。"

"我每次针对洪豹的行动都会落空，现在想想，应该是出了内奸，但有几次行动我都是一个人，无论如何，就算有奸细也不应该知道才对。"乔忠良疑惑地说道。

"奸细自然有奸细的手段，否则，也不能称之为奸细了。"袁客师说道。

要是大理寺内部真有奸细，那乔忠良和狄仁杰等人的行动亦有可能随时暴露。若洪豹知道了所有事情，他还能隐忍，就说明他还有更大的图谋。

想到这里，狄仁杰立刻问道："老乔，这次针对雄鹰和铁爪的行动大伙可知内情？"

乔忠良立刻明白过来，摇了摇头，说道："我没说，但有人负责监视宅院里面的情况，想必也瞒不过大伙吧。"

"弟兄们都是老捕快了，哪有看不出的道理！"小六子说道。

狄仁杰立刻转向袁客师，却见袁客师嘻嘻一笑，冲着他使了个眼色，说道："大人，灵芷早将他们转移了，留下的只是两名身材相貌年纪相仿的替身。"

狄仁杰点点头，问道："转移到哪里了？"

袁客师毫不犹豫地说了一个地址。

小六子听后瞪大了眼睛："原来已经转移走了啊，我还以为……哈哈……"

此时，乔忠良看袁客师的眼神又不一样了。以前他还有些不服，毕竟袁客师这么年轻，智慧再高还能高到哪去，还不是借着狄仁杰的势当了大理寺金牌捕快。但今日一看，袁客师的确有两下子，绝非浪得虚名。

"大理寺内部出了奸细的事儿就有劳乔大哥了！"袁客师抱了抱拳。

乔忠良点点头，思绪却全在大理寺的官吏和捕快们身上，他实在想不出谁会和洪豹沆瀣一气。

"你不说灵芷和铁爪对赌了三个问题吗，第三个是什么？"狄仁杰好奇地问道。

袁客师从怀里掏出那副刀枪不入的玄铁手套，递给了狄仁杰，说道："第三个问题和本案无关，亦与大人无关，所以不听也罢。"

狄仁杰见多识广，一眼就看出这副手套的不凡，便把玩了起来。但他没想到的是，正是这第三个问题，和另一桩惊天大案息息相关，此时若是袁客师能够说出，说不定可以避免那件惊天大案的发生。

"小袁神捕，避水丹呢？"乔忠良问到了关键问题。

袁客师嘻嘻一笑，说道："我着急回来向大人禀报，所以是空手回来的，灵芷会带着避水丹回来。"

令乔忠良佩服的不单是二人的智慧，还有他们视财物如粪土的那份心境。

"大人，下一步怎么办？"乔忠良望向有些疲倦的狄仁杰。

狄仁杰望了望窗外的月亮，说道："避水丹在灵芷手里我就放心了，不如睡个好觉，明天去找徐莫愁，不管如何，得先让他研制解药才行。"

第二十二章　烦恼

洛阳的雨令气温降了一些，大雨过后的凉爽却并未令徐莫愁心情舒畅，他坐在院子里，眼睛瞪着地面上的一汪水发着愣。

雨水带走的不单是高温，也把徐莫愁精心布置的毒陷阱一扫而空，但他却没有心情再布置，因为有两个让他无可奈何的人找到了他。

一个是权倾朝野的来俊臣，一个是掌控整个洛阳黑市地下交易的黑豹帮帮主洪豹。

来俊臣是市井流氓出身，玩的是死缠烂打、耍赖犯浑，就算徐莫愁再喜怒无常，也不敢和这种人纠缠不清。要是来俊臣中了毒陷阱，弄不好他会一把火把这里烧了，然后再写一个奏章，说徐莫愁炼丹药导致失火，烧毁上林苑，定他一个大不敬之罪。

来俊臣的相貌还算端正，但浑身上下都透着一股邪气，让人看了很不舒服。他的目的只有一个，就是警告徐莫愁要远离狄仁杰。

徐莫愁自然不会承认狄仁杰来过的事儿，但出乎意料的是，来俊臣把管理上林苑的官吏找了过来。当初狄仁杰来找徐莫愁时，正好被这名官吏看到，而这名官吏居然和来俊臣穿一条裤子，向他告了密。

徐莫愁白了官吏一眼，却无可奈何，只得承认了狄仁杰来找过他的事儿，但两名老友之间的聚会也算不上什么。

那名官吏再次出卖了他——与狄仁杰同行的还有乔忠良、乔灵儿，而且时间恰好是劫天牢救赵安东之前。

徐莫愁被出卖得内心冒火，但那官吏说的是事实，他又不善于撒谎，只得默认。

令人奇怪的是，一向蛮不讲理的来俊臣居然只是出言警告徐莫愁，不得帮助狄仁杰。否则，他会让徐莫愁在这里住不下去，并公布他的行踪，让他的生活永无安宁。

徐莫愁躲在上林苑就是过怕了被人骚扰的生活，要是让他离开这里，怕是又要永无宁日了。

来俊臣虽是流氓地痞出身，情商却极高，临走前，给徐莫愁留了几样非常稀罕的药材。要是留的金银之物，定会遭到徐莫愁的拒绝，然而这几样药材正是徐莫愁千金难求的，他想拒绝也无法拒绝。

洪豹并未直接找上门，而是用足了江湖规矩，找了一个让徐莫愁无法拒之门外的中间人，传达的意思只有一个，就是想让徐莫愁出山，帮助他炼制避水丹，要是不答应，就断了黑市对徐莫愁的供应。

徐莫愁炼制丹药需要很多稀罕之物，有些只能在黑市这种地方才能买到，要是真的断了黑市的供应，他就很难再炼制各种丹药，这对于痴迷于此的徐莫愁来说是绝对接受不了的。

五石散虽说是禁药，会炼制的人不在少数，但毒性太强，人体很难将毒性排出体外，久服之人必定短寿。避水丹由五石散改良而成，去除了五石散的大部分毒性，却比五石散更为燥热，药物组成和炼制手法都极其复杂，除了龙神之外，世上并无其他人会炼制。

徐莫愁一生都在玩毒，只要给他足够的样本，炼制避水丹对他来说，也算是件轻而易举的事儿。他有些想不明白的事儿，除了毒手药王任国娣和师兄毒蛇任天翔之外，还有谁能够炼制这么复杂的药物呢？

"老毒虫子，我来了！"

狄仁杰的声音令徐莫愁从愁苦中回到现实，他叹了一口气，有气无力地说道："进来吧，大门上没有毒！"

狄仁杰等人推门而入，小六子把装有避水丹的箱子放在徐莫愁面前。

看到徐莫愁的满脸愁容，狄仁杰哈哈一笑，半开玩笑地说道："莫愁，莫愁，你的名字叫莫愁，为何又愁容不展？这名字不是白叫了！"

徐莫愁白了狄仁杰一眼："都多大岁数了，还玩这些文字游戏，我可没心情。"

狄仁杰一看事情有些不对，急忙冲着乔忠良等人使了个眼色，三人立刻向另外一个院子走去。

"哎，咋回事？"狄仁杰见三人已经离开才小声地问道。

"哼，还不是因为你。来俊臣来了，洪豹也托人捎来口信儿。"徐莫愁把来俊臣和洪豹威胁他的事儿一五一十地讲述出来。

"来俊臣和洪豹居然在同一天找到你，怕不是巧合吧！"狄仁杰思索着。

"来俊臣找到我，就说明他已经怀疑你了，更何况还有那家伙告密。"徐莫愁说到此人气得牙根痒痒。

狄仁杰听后亦皱起眉头，他来找徐莫愁时遇到了上林苑的官吏，却没想到这人居然丝毫不怕徐莫愁报复，将此事暗中报给来俊臣。来俊臣本来就是以诬陷人为生，现在有了怀疑，怎么肯放过狄仁杰！而且喜子的尸体现在还在来俊臣手上，早晚会查到他身上。

想到喜子牺牲后都无法安葬，他心里倍加难受，叹了一口气："看来我得加快破案的步伐了，要是被来俊臣占了先机，怕是没什么好果子吃！"

"要不我弄些毒毒死他得了，以免后患！"徐莫愁对这些人没有一点好感。

狄仁杰摇摇头："你呀，只会鼓捣这些毒药和解药，一点城府都没有。要是来俊臣莫名其妙地死于毒发，朝廷第一个想到的就是你！皇帝现在正用着他，你把他弄死了，皇帝能放过你？"

徐莫愁白了狄仁杰一眼，说道："我这不也是为你好嘛！"

狄仁杰感激地看向徐莫愁，欣慰地点了点头。他曾任宰相，桃李满天下，但真正能在他落难时还敢称他是朋友的，除了齐灵芷、袁客师等人外，就只有徐莫愁。

"老徐，洪豹为啥找你？"狄仁杰问道。

"让我给他炼制避水丹！"徐莫愁说道。

"想必是他寻找龙神无果，但又想做避水丹的生意，这才来找你。"狄仁杰说道。

"怎么办？我答应还是不答应？"

狄仁杰呵呵一笑："你见过谁能一直控制洛阳黑市？"

徐莫愁脸上愁容逐渐消失，说道："黑市一直都在，掌控黑市的人却一直在换。一旦眼前的案子破了，洪豹就会伏法，也就没人能威胁到我了。"

"没错，另外，黑市的存在是为了利益，你对稀罕药材和各种矿物的需求量很大，谁会放着生意不做！"狄仁杰说道。

徐莫愁又恢复了常态，捋着胡子问道："哎，我有个最大的疑惑。"

徐莫愁属于小孩子脾气，愁来得快，但去得也快。前一刻还是愁容满面，现在却是一脸春风得意。

"你快赶上说书先生了，快说！"狄仁杰催促着。

见狄仁杰都着了急，徐莫愁脸上显出得意，说道："龙神是从哪里弄到避水丹的配方的？如果没有配方，他得有多大的能耐，才能炼制出避水丹来！"

"你的意思……"

"你不是和龙神交易过嘛，凭你这双慧眼，没看出他有什么问题吗？"徐莫愁瞥了一眼箱子。

狄仁杰仔细想了想他和龙神交易的过程，他发现龙神也就三十来岁的年纪，身上也没有长期炼丹熏染的药材味道，绝不像能炼制成避水丹的人。

"照你这样一说，龙神还真有问题，要是他不是炼制避水丹的人，那谁才是？再看他的状态，绝非常年接触炼丹炼药之人，那配方……"狄仁杰说到这里看向徐莫愁。

两人几乎同一时间想到了一本书——《炼丹宝录》。

《炼丹宝录》原本是道教中的丹派的宝物，几乎囊括了所有丹药的配方，其中就包括人人想得到的长生不老丹的配方，此书最初被神秘客所拥有，神秘客利用此书制造铁尸，打败了江湖上所有门派的高手，并将失败者也炼制成铁尸，一时间，江湖腥风四起，人人自危。

齐灵芷的师父清玄师太为了避免神秘客继续为害江湖，便潜伏在神秘客身边，久而久之，两人竟然生出情愫，双双退隐江湖，《炼丹宝录》随着江湖客的隐退而不知所踪。

想不到的是，若干年后，这本书又落入了地支杀手毒蛇任天翔手上。

"铁尸迷案"中，任天翔炼制出令人闻风丧胆的铁尸丹，帮助胡元雄制造出一支铁尸大军，若非狄仁杰及时破案，并和小莲、齐灵芷、袁客师等人击败胡元雄，怕是又要天下大乱。铁尸丹正是出自这本《炼丹宝录》，而随着任天翔的死亡，此书再一次不知所踪。

如今龙神的避水丹药方很可能也是出自这本书，这就意味着《炼丹宝录》再次重现天下！

狄仁杰同时发现一个规律，只要这本书出现，便会有一场罕世灾难降临，但书代表着知识，知识无罪，有罪的是贪婪的人心。

徐莫愁拍了拍箱子："我师兄死了，他的尸体还是你处理的，我想不明白的是，这龙神究竟是何方高人，又或说他背后的高人是谁？"

"你的这些问题等我破了案，就全都弄清了。"狄仁杰打开箱子，露出里面的避水丹，"留下你所需的，其他的还得发给劳工们续命。"

"你别忘了给自己留一份。"徐莫愁看到狄仁杰面色很差，就知道这是吃了避水丹的后遗症。

狄仁杰拍了拍腰间："早就留好了。"

"老狐狸！"

"老毒虫子，你需要多久才能研制出解药？"狄仁杰笑着问道。

"上次都说了，最快也要半个月。"

"七天！"

"十天！"

"一言为定！"

徐莫愁知道又上了狄仁杰的当，却并不怪他，狄仁杰给他的时间也是那些劳工们最后的时间，医者父母心，就算狄仁杰不逼他，他也会尽快研制出解药来。

"老伙计，有件事我不得不提醒你。"徐莫愁吧唧吧唧嘴，却停住了说辞，意思是狄仁杰只要开口求他，他就会说出来。

狄仁杰一笑，说道："是不是提醒我发放避水丹的事儿？"

徐莫愁瞪大眼睛看了狄仁杰好一阵，才无奈地摇摇头，说道："和你聊天真没意思，反正你知道就好。虽说做大事不拘小节，但最终令你失败的，可能就是这些小节。"

避水丹是禁药，要是以大理寺官员的身份发放避水丹，不出半日，来俊臣就会带人找上门，要是洪豹知道了，怕是要对狄仁杰等人下黑手。而且这次侥幸从龙神和洪豹手里弄来一箱，绝不会有下一次，这些是唯一的一箱避水丹，瘾君子们觉得避水丹来得容易，定会大量服用，不会当做续命的药来珍惜。

"我已经有了人选，不过，可能会费一番工夫，但也可以一石二鸟。"狄仁杰嘿嘿一笑。

徐莫愁白了他一眼："如果我问你是什么人选以及什么计划，你一定会让我拭目以待对吧？"

狄仁杰没说话，却笑着冲徐莫愁竖起了大拇指。

第二十三章　倒霉的崔大炮

父母给孩子起名字时，都会选择吉庆的名字，比如姓崔，可以叫崔福生，可以叫崔国强，等等。崔大炮看起来是个绰号，实际上是他的真名，据说崔大炮刚出生时，哭声特别响亮，堪比过年燃放的炮仗一般，父母就给他起了崔大炮这么个名字。

崔大炮成年后，也没改了声音大的毛病，说话声如洪钟，加上说话时喜欢瞪眼睛，久而久之，便给人一种爱发飙的感觉。

闻其声但三里不见人，说的就是崔大炮。

崔大炮一直有个梦想，就是能像黑豹帮洪豹那样，在江湖上名震四海，可以在洛阳黑市说一不二。他一切行为都在模仿洪豹，却没有洪豹的功夫和机遇，只能在黑市外围混混。不知走了什么狗屎运，洪豹居然派人联系了他，并让他负责避水丹的外围销售。

避水丹是禁药，一旦被洛阳府或大理寺抓到定会斩首抄家，但这次机会难得，崔大炮毫不犹豫地答应了洪豹，并利用一切资源贩卖避水丹。这样一来，他不但能接近偶像洪豹，还能赚很多钱。

崔大炮有了钱，便开始挥霍，赚多少花多少，绝没有存钱过日子的想法，只要傍住洪豹，就有避水丹卖，钱就会源源不断地流进他的口袋里。

流通到市面上的避水丹越来越少，原本一颗一两银子的避水丹涨到了十两一颗，随着时间推移，现在的价格是十五两一颗。崔大炮手上有些存货，借着这一波涨价，他大赚了一笔。

不过，最近他有些苦闷，因为他这几天卖出的避水丹是假的，颜色、口感都和真避水丹完全一致，却一点药性也没有。花了大价钱买来的丹药是假的，人们自然不干，纷纷堵在崔大炮家门口讨要说法。

　　崔大炮也不是好糊弄的，当场从剩余的避水丹中挑了一颗吃了下去，令他惊掉下巴的是，避水丹的确没有任何药性。有可能是药物过了期，有可能是哪个仇家暗地给他的药掉了包，却不敢想洪豹提供假药这种可能。

　　铁证如山，他就算再耍赖，也不敢犯众怒，无奈之下，他只得答应众人退货退钱。但众人却不答应，他们要的是避水丹，绝不是银子，因为避水丹能续命，而银子不能！崔大炮只好答应众人，说会去找洪豹弄真药，好说歹说才把众人劝退。

　　可洪豹是什么身份，岂是他想见就能见的。再说，就算见到了洪豹，万一人家死不承认，他也一点办法都没有。

　　"只能跑路了！"崔大炮眼珠一转，打定了主意。

　　他惹不起洪豹，更没法和瘾君子们交代，至于家人，他也顾不了那么多了，而且他原本也是混一天是一天，从没有家人的概念。想到这里，他开始收拾细软，令他想不到的是，他手上的银两居然不足五十两，按照他以往的消费水准，不出三天，这些银子就会花光。

　　"以后要攒点钱才行！"他对自己花钱大手大脚的事儿后悔不已。

　　在道上混，跑路是一种常态，出了事儿先跑为敬，等事态平息了再回来，只要活着，就有东山再起的机会。

　　"要跑路了吗？"

　　崔大炮被突如其来的声音吓了一跳，他下意识地把银袋子揣在怀里，这才看向四周寻找声音的来源。他收拾细软时已经把门窗都关严了，怎么还能有人出现，难不成是那些服用避水丹过量而死亡的鬼魂来索命不成！

　　门窗依然关着，可他面前却出现了一个身穿青袍的年轻人。袁客师呵呵一笑，把大理寺金牌掏了出来，在崔大炮的眼前晃了晃："认识这个吗？"

　　崔大炮早已顾不上袁客师是如何进来的，吓得两腿如筛糠般，眼珠左右不断地转动着，冷汗从额头上流了下来。他在道上混了十几年，自然知道大理寺金牌神捕的厉害。

　　他咽了咽唾沫，强作镇定地说道："我就是一介平民，和大理寺好像也没什么瓜葛吧！"

袁客师看了看他的包袱和怀里揣着的鼓囊囊的银袋子，一笑："避水丹可是禁药，朝廷三令五申，如果贩卖量大者，可斩首抄家，你……"

崔大炮的头摇得如同拨浪鼓一般："什么避水丹，我不知道啊！"

"那今天来你家门口堵你的那些人你怎么解释？"袁客师笑着问道。

"我只是卖给他们一些普通的大力丸，不是避水丹。"崔大炮狡辩着。

"哎呀，还大力丸！看来我是应该请你到大理寺坐坐了，也许，来俊臣的那些刑具会让你清醒一些。"袁客师突然变了脸。

崔大炮看了看四周无人，眼中遂冒出凶光，把手伸向腰间的匕首。

袁客师毫不在意他的举动，说道："你知不知道成为大理寺金牌神捕的基础条件是武功位列江湖一流高手之列？"

崔大炮还没回答，只见对方身形一闪，随即又回到原地，再看袁客师时，却见他手上多了一把匕首。崔大炮急忙摸向腰间，发现原本插在腰间的匕首没了！

"神捕大人，你就饶了我吧，我现在什么都没有了，就剩下这点钱，就当是孝敬您的茶钱，以后小人赚到一文钱，都会孝敬您一半儿！"崔大炮知道自己打也打不过，逃也逃不掉，便立刻服软，把怀里的银子掏了出来，双手递给袁客师。

"你跑路的原因无非就是卖了假避水丹，人家找上门，你拿不出真避水丹，也没钱退，又不敢去找洪豹讨要说法，对不对？"袁客师接过银袋子掂了掂。

崔大炮叹了一口气，算是回答了袁客师的问题。

袁客师从怀里掏出一个瓷瓶，递给崔大炮："这是一瓶真的避水丹，足够你明天应付那些人，后面我还会给你提供更多的真避水丹。"

崔大炮将信将疑地接过瓷瓶，倒出一颗刮下一点放进嘴里，片刻后，他眼睛一亮，说道："神捕大人，您这是……这是唱的哪出戏呀？"

大理寺神捕是皇帝亲封，每个月都会领取堪比朝廷高级官员多数倍的俸禄，应该生活无忧。而且既然是神捕，就要懂法守法，现在他却带头做违法的事儿，实在令人有些费解。

"神捕也需要钱过日子对吧，朝廷发的那点钱够干啥的？不过，这种事

第二十三章　倒霉的崔大炮

161

以我的身份不能大张旗鼓地做，但你可以，我只要我的那份钱就行，至于大理寺那边，我会替你打点一切的。"袁客师小声地说道。

崔大炮脸上露出为难之色。虽说袁客师是金牌神捕，但在洛阳黑道上混，绝对不能得罪洪豹，否则，他会死得很惨。

袁客师立刻看出门道，说道："我知道你为难。洪豹也蹦跶不了多久了，大理寺早就盯上他了，只是想牵出他背后的保护伞，这才没动手抓他。再说了，有本神捕罩着你，你还用怕洪豹吗？黑市第一把交椅早晚是你的！"

此刻的袁客师扮演了一个以权谋私的捕快，他的任务就是通过崔大炮把避水丹卖给那些需要的人，直到徐莫愁研制出解药。

见崔大炮依然还有疑虑，袁客师继续说道："洪豹手上的避水丹都是假的，以假冒真来坑你们，这算是哪门子道义？再说，你不找他算账，他就烧高香了，怎么可能来找你麻烦。"

崔大炮犹豫好久后才点点头。

"我可以先把药给你，你卖了银子后分我两成就行。"袁客师说道。

袁客师的条件非常诱人。首先是不用崔大炮花钱进货，再者就是袁客师要的分成不多，大部分利润都在他这儿。

"好，那就说定了！"崔大炮有些激动。

"需要多少药？"

"越多越好！"崔大炮的唾沫星子差点喷到袁客师的脸上。

袁客师嫌弃地向后退了一小步，说道："今晚子时，我会把避水丹放在你家后院。"

"好，好！"

"我还有个条件，就是卖这些丹药的钱先别花，攒起来。"袁客师这样说是为了日后抓捕他时把这些银子拿回来，还给那些受害者。

"那是一定的，你看我，冒着杀头的风险卖了那么多避水丹，跑路时也就剩下这点钱。"崔大炮毫不知情，有意无意地看向袁客师手上的银袋子。

袁客师微微摇摇头，把银袋子放在桌子上，又拿着匕首用力一掰，精钢打造的匕首竟然应声而断，他又捏着匕首尖部随手一掷，匕首尖部射中房间中的柱子，整个匕首尖部全部陷入柱子中。又拿出一锭银子，用手轻

狄仁杰之
亢龙有悔

162

轻一搓，银锭子变成了银棍。

传闻大理寺的金牌神捕武功都极为高强，现在一看果然如此。崔大炮看得目瞪口呆，更加庆幸刚才没有贸然出手。

"记住，大理寺的人随时盯着你，若有异动，让你立刻丧命！"话音未落，袁客师身形一闪，消失在房间中。

崔大炮瞪大眼睛愣了好一阵，才缓过神来："好快的身法。"

……

袁客师如同说书人一般，把和崔大炮打交道的经历添油加醋地讲出来，听得狄仁杰和齐灵芷入了迷，连喝干了的茶水都舍不得腾出时间去倒，要不是他最后那句"欲知后事如何，且听下回分解"，两人还会聚精会神地听下去。

齐灵芷白了袁客师一眼，转向狄仁杰问道："大人，徐御医正研制解药，避水丹也已经通过崔大炮卖到市场上，下一步我们该做什么？"

狄仁杰略加沉思，说道："赵安东离开后活不见人死不见尸，这点很奇怪。"

齐灵芷立刻接道："我已经让白鸽门全力以赴寻找赵安东，却没有任何线索，除非他真的死了。"

"大人，当时您说龙神对赵安东动了杀机，这是怎么回事？"袁客师问道。

狄仁杰说道："不知为何，我和龙神交易时，完全感受不到他的气势，但当交易完成，他和随从离开时，我发现他看赵安东的眼神充满杀意。"

"也许龙神真的把赵安东杀了，可惜了，案子最后一个人证也没了！"袁客师说道。

赵安东是一名工头儿，就算有些力气，也绝不可能是龙神随从的对手，要是落在龙神手上，必定是十死无生。

狄仁杰叹了一口气，心中亦替赵安东可惜。虽说他参与了避水丹的贩卖，却是无奈之举，他们哥俩好不容易有了稳定的生活，却因为一场灾难，哥哥丢了性命，赵安东陷入一个巨大无比的漩涡中，到现在活不见人死不见尸。

"大人，劳工营地的案子明显是灭口，从目前搜集来的证据来看，是王巍禾从良酿署弄来了美酒，在酒里下了足量的避水丹，又利用大坝合龙安排了庆功宴，赵安西哥俩和不知情的劳工们都喝了酒，毒发之下，浑身燥热无比，极高的体温令人呼吸困难，只好下水降温，却发现劳工营地大门已经被人从外面用铁链锁上。很多人没等到大门撞开便窒息而死，撞开大门后，还活着的人冲入水库中，却遭遇了不明生物的袭击，赵安西只留下了一条胳膊，赵安东却因为避水丹之毒导致窒息昏迷。"袁客师说道。

狄仁杰点点头，接着说道："事情大抵如此。就是王巍禾提供的，因此可以断定酒里的避水丹就是王巍禾放的，但他又被来俊臣以莫须有的罪名刑讯致死。现在只剩下赵安东这一条线索，却也断了。"

"难不成这件案子要成为悬案了？"齐灵芷说道。

"还有一个谜没有解开，就是赵安东所说的黑龙。"袁客师说道。

"没错，若真的是龙，赵安西不可能还留下一只胳膊。"齐灵芷说道。

龙是传说中一种极为强大的生物，喜欢将食物一口吞下，绝不是撕咬。狄仁杰并未说话，反而皱着眉头陷入了沉思中。

"姐姐相信这世界上有龙？"袁客师转向齐灵芷问道。

"你也没法证明没有吧！"齐灵芷反问道。

龙是一种抽象的神话生物，人们向往龙的腾云驾雾，向往龙的吞云布雨，便有了华夏大地龙的传人这一说法，而高高在上的皇帝，为了统治天下，便以真龙天子自居。

有一种说法是在远古时期，人类还处于部族时期。每个部族都有膜拜的图腾，在各个部族相互征讨和吞并过程中，胜利的一方总会将对方的图腾吸纳到本族原本的图腾中，成为其中的一部分，时间久了，图腾便有了蛇的身、狮的头、鹿的角、牛的耳、羊的须、鹰的爪、鱼的鳞，人们将其称之为龙。

有既是无，无既是有。

袁客师虽说精通玄学，却也从未见过龙，也无法证明龙不存在。

一向口齿伶俐的袁客师被齐灵芷的反问噎得说不出话来，只好岔开话题："那个……铁爪和雄鹰那儿有没有动静？"

齐灵芷见袁客师答不上来，满意地笑了笑："放心吧，安全着呢。"

狄仁杰缓缓睁开眼睛，说道："案情复杂，咱们得一点一点来解决，既然所有线索都断了，那咱们就先解决王巍禾贪污案。"

袁客师呵呵一笑，说道："说道贪污，朝廷上哪个官儿还没点事儿……"

话还没说完，便被齐灵芷悄悄地掐住了胳膊扭了一下。他立刻反应过来，急忙向狄仁杰说道："当然，大人是例外。"

狄仁杰笑着摆了摆手："不碍事，不碍事。我问过水部的官吏，按说洛水大坝的建造费用七百万两也就足够了，却硬生生地多出三百万两来，要说主事的王巍禾没贪污，任何人都不会相信。现在只有去水部查账才知道到底那三百万两花到哪里去了！"

"那就去查呗！"齐灵芷站起身。

袁客师揪了揪她的衣袖，说道："要查也是大人带着捕快去查，你一个白鸽门门主，去查衙门的账肯定不合适。再说，想调查水部的账，怕是只有大理寺卿宗大人出面才行吧！"

"还是客师了解朝廷啊。"狄仁杰叹了一口气。

水部虽说隶属于工部，比大理寺要低一个级别，但也绝不是想查就能查的。

"大人桃李满天下，是不是可以利用一点关系去查呢？"袁客师笑着问道。

狄仁杰无奈一笑，说道："我是什么都瞒不过你。我和老乔去查账，你俩帮我盯着点铁爪和雄鹰，千万别让他们再出现问题。"

"没问题！"齐灵芷和袁客师异口同声道，随后两人身形一闪便离开房间。

第二十四章　消失的卖家

面对如山一般的账本，小六子和乔灵儿不禁皱了皱眉头，看着正在认真查看的狄仁杰和乔忠良，乔灵儿有些自愧不如，长吸了一口气，稳定了情绪后，又拿起一本。

严密的推理需要大量的走访和调查，推理是精彩的，但走访和调查却枯燥无味。四人几乎花了一整天时间才算勉强把账本看完，但他们都是外行，也只能查个大概数字，却看不懂其中玄妙，更何况四人早已看得头晕眼花。

管账的小吏是狄仁杰的学生，若非看在老师的面子上，他是绝不肯把这些账目给别人看的。

"老师，有什么问题吗？"小吏小心翼翼地问狄仁杰。

狄仁杰反问道："你在水部管了这么久的账目，能看出这里面有什么问题吗？"

小吏看了看乔忠良等人，轻咳了几声，却并未答话。

"他们都是自己人，绝不会出卖你，有话你可以尽情讲。"狄仁杰安抚道。

听了狄仁杰的话，小吏还是犹豫了好一阵，才下定决心说道："账目中有一笔大支出有问题，但藏得很深。"

小吏把一摞子厚厚的账本拿出来，翻开后说道："就是这笔采购。"

狄仁杰拿过账本仔细看了一下，果然看出了问题。

"青条石有什么问题？三十万两采购青条石太贵了吗？"乔灵儿和乔忠良、小六子三人有些不明所以。

"在采购的物品和价格上看不出问题，是时间。这笔采购是在大坝几乎快建完时，哪还需要这么大量的青条石，明显做的是假账。"狄仁杰说道。

此话由狄仁杰口中说出来，小吏仿佛是松了一口气。万一狄仁杰看不出来，他就要点破，要是后面出了问题，都会怪在他身上。

乔灵儿拿起一本账本，看到采购批准栏目上印章是王巍禾的："这还不能说明王巍禾贪污吗？"

"现在还不好说，将这笔款项挪作他用也是有可能的。"乔忠良说道。

狄仁杰点点头，说道："这个项目关乎着以洛阳为中心的大粮仓的建设，工期时间、质量都要求很严，加上觊觎的人很多，王巍禾就算再大胆，也不敢挪用这么多银两。咱们是外行，只是粗略一看就能看出问题，这要是在工部那帮老家伙面前，一个回合就能给王巍禾扣上贪污的帽子，将其绳之以法。更何况还有来俊臣这帮佞臣，就算没问题的大臣们，他们也会罗织一些罪名，要是真有问题，他们定会蜂拥而上，拿王巍禾换取更高的官职。另外，这笔采购款项和三百万两的差额还差好多。"

"大人的意思是，王巍禾动这笔款项有人在背后支持？"乔忠良小心地问着。

小吏在水部管账多年，知道乔忠良所说的背后支持的人至少是皇亲国戚或者是重臣以上级别，所以他下意识地撇过头去以示回避。

"这么一大笔钱，无论是购买什么，都不可能一点痕迹不留。"狄仁杰说道。

"没错。"乔忠良回应着。

"文俊，遇难和失踪的劳工名册在你这里吗？"狄仁杰声音变得柔和了很多。

小吏叫余文俊，虽说是狄仁杰的学生，也是拐了七八个弯才拜入门的，见狄仁杰还能记得他的名字，心中万分感激，立刻说道："名册我这儿没有，但水部发了抚恤银，应该有记录。"

狄仁杰拱了拱手："那就拜托文俊帮我找一找。"

"好，请老师稍等。"余文俊立刻答应着，随后转身离开，小跑着向另外一个房间疾奔而去。

乔忠良听到余文俊的脚步声消失后，才小声说道："大人，有什么发现吗？"

狄仁杰赞许地点点头，拿起一卷账本，指着卖家的位置说道："你看这里，卖家是南城宋家，这宋家原本是以水部的生意为生的，自打王巍禾上任后，宋家因为是上任水部郎中的关系，便被他排挤在采购商范围之外，早就搬离洛阳回老家谋生了，怎么可能还出现在这儿。"

狄仁杰任宰相时，和南城宋家有过一些交集，对宋家的印象不错。可惜的是，水部的生意全靠关系，正所谓一朝天子一朝臣。宋家曾经的关系要是升迁了倒还好，要是外调或者是致仕，基本上就是人走茶凉，他所附带的关系网也会随之崩塌。

乔忠良向门外看了看："那就意味着我查也查不到！"

狄仁杰笑了笑，重重地在采购栏上南城宋家这四个字上点了点，说道："南城宋家只是个幌子，要是去查他肯定没有任何收获。但既然是幌子，就得一用到底。"

"明白。灵儿、小六子，把卖家是南城宋家的所有账目都找到，看看银两数目能不能对应上三百万两。"乔忠良说道。

话音未落，就听见余文俊急促的脚步声想起。

狄仁杰冲着乔忠良使了个眼色："咱们到院子里说话。"

两人刚出门，便看见余文俊迎面走来，手上拿着一个账本："老师，这边是抚恤金的发放名册。"

狄仁杰接过账本，叹了一口气，说道："文俊啊，屋子里太闷了，有股发霉的味儿，咱们在院子里看吧。"

余文俊看了看房间里忙碌的乔灵儿和小六子，点点头说道："洛阳不比长安，又潮又热，账本要是保管不好，肯定要发霉的。"

狄仁杰翻开账本，看到了很多人的名字，抚恤银分两个档次，已经确认死亡的人发放二百二十两，失踪的人发放一百两。

"为什么要分档次发放？"乔忠良问道。

余文俊摇了摇头，叹了一口气："在还未找到失踪劳工尸首之前，就不能按照死亡抚恤银发放，这一百两还是王大人亲批的，要是再晚批一天，怕是一百两也没有。"

王巍禾定了抚恤银发放的标准后,第二天就被来俊臣抓走了,从那天起他就再也没回来过,水部侍郎的位置就一直空着。

"为何不去水库把尸骸捞上来?"狄仁杰问道。

余文俊苦着脸说道:"那些苦主们也来闹,不但讨要银子,还要水部出面把人都捞出来,水部也找了很多渔民,但渔民们都不敢下水,说水里有黑龙,下了水就是有去无回。"

"得想办法把尸骸捞上来,对苦主们和死者都有个交代。"狄仁杰说道。

他要打捞尸骨还有一个目的,就是想通过尸检知道黑龙究竟是什么东西。

"下水打捞肯定没人敢去,但我听说有些渔民用渔网打鱼时,会捞上来一些残缺的骨骸。洛阳府出了银子,让渔民去打捞尸骨,但奇怪的是,尸体都已变成一块块骨头,无法确认死者身份,只好放在河边,任由苦主们去挑选。都变成骨头了,谁能认出是谁家的来!"余文俊无奈地说道。

"那些尸骨还在水库边吗?"狄仁杰急忙问道。

"在,府尹刘大人应该也在那儿。苦主们无法辨认其身份,所以都不敢带走,刘大人担心那些苦主会闹事,所以就带了洛阳府的捕快在河边守着。对了,老师……在水质特别清的时候,有渔民说可以看到水底的骸骨和游动的黑龙。"余文俊说道。

"又是黑龙!走,咱们去河边看看。"狄仁杰说罢便向外走去。

余文俊看了一眼正在忙碌的小六子和乔灵儿,犹豫片刻后跺了跺脚,向狄仁杰的方向追去。

……

狄仁杰等人还未到水库边,便听到一阵阵悲戚的哭声传来。

河滩上有很多破旧席子,席子上摆放着一些散碎的人体骸骨,苦主们围着席子双眼无神地哭着。洛阳府尹刘守正和几名衙役陪在一旁,不敢劝也不敢驱离众人。离岸边不远处有几条渔船,渔民们不断地撒网、收网,不时地有渔船靠岸,把一些人体骸骨送上岸。

"狄大人,您可来了。"刘守正原本苦着脸,一见狄仁杰来了,眉心的疙瘩立刻舒展了一大半。

狄仁杰向刘守正拜了拜，随后问道："府尹大人，可命仵作对尸骨进行验尸了？"

刘守正眼睛瞪得溜圆，说道："都成一块块的骨头了，还有什么可验的！"

狄仁杰叹了一口气。刘守正当官还行，但对破案是一窍不通，手下的捕头祝光兵也是整天泡在酒坛子里，只要有难一些的案件，他们一贯的做法就是推给大理寺。

"狄大人，你也知道本官……我对这个一窍不通的……"刘守正说话时有些不好意思。

狄仁杰疾走了几步，来到其中一个席子前，蹲下来捡起一块大腿骨看着。乔忠良也拿起一副胸骨骨架仔细端详着。

"狄大人，尸骨的肉怕是都被黑龙吃了。"刘守正也蹲了下来。

狄仁杰摇摇头，说道："要是真有黑龙，那黑龙身躯庞大，定然是以吞食为主，不太可能留下这些骨头。刘大人，您看这根腿骨上的痕迹。"

刘守正觑着眼睛看向大腿骨，发现大腿骨上有很多非常浅的痕迹，又用手摸了摸，说道："是不是在河底被水冲走时，在河底的砂石上刮出来的？"

狄仁杰拿起另外一块骨头，冲着太阳看了看，说道："不像，好像是被牙齿咬过的痕迹。"

人骨非常坚硬，尤其是大腿骨，因为要承受整个身体的重量，所以格外坚韧，就算是狗狼之辈，也很难在腿骨上留下齿印。

"怕是鱼虾啃食人骨上的残余肉造成的吧？"刘守正说道。

人失足落水淹亡后，一段时间后会漂在水面上，河中的鱼虾只能等待尸体腐烂时，才会前来啃食，尸体需要数月时间才会变成骸骨状态。可从案发到现在，也不过寥寥几天，怎么可能变成骸骨状态，而且仔细观察后，发现骨头上并无一丝肉的痕迹，甚至连骨端的软骨也被啃食干净，这绝非寻常鱼虾所为。

"这黑龙究竟为何物？"狄仁杰身体像是被电击了一般，倒吸了一口凉气，随后陷入思考中。刘守正刚想说话，却被乔忠良阻止。

赵安东和渔民们所说的黑龙，被吞食的劳工人骨上的牙齿印，合龙时空中出现的龙神显圣，这些场景不断地在他的脑海里闪现，他感到距离真相只有一步之遥，可这一步却始终差那么一丝意思，这一丝意思仿佛飘在空中，能感知到它的存在，却无法捕捉。

"唉！"狄仁杰站起身，身体却摇晃了几下，眼前一黑，险些没晕倒过去。

乔忠良知道是狄仁杰吃了避水丹的副作用，连忙放下尸骨扶住狄仁杰。

"大人……"

狄仁杰急忙摆了摆手，小声说道："我没事。"

乔忠良知道狄仁杰好面子，不愿意在他人面前露出病态，遂慢慢地松开他，见他无恙后，转身走向苦主们。

"那个狄大人，你身体没事吧？"刘守正小心翼翼地问着。他并不是真正关心狄仁杰的身体，是害怕狄仁杰真的身体不适会影响断案。

狄仁杰苦笑一声："没事，身体硬实着呢，刘大人，可否将部分尸骨送到大理寺，也便于下官日后验尸所用？"

"这个自然，哎，你送一些尸骨到大理寺，说狄大人要的！"刘守正冲着一名衙役喊着。

衙役立刻答应着，随后开始捡一些尸骨放在一块席子上。

水部小吏余文俊见刘守正去指挥衙役弄尸骨，便来到狄仁杰跟前，小声地提醒着："老师，今天您到水部查看那个的事儿，可千万别……"

"好，好，你放心，此事绝不会有任何人知道。"

"老师，您看大坝下游。"余文俊指着大坝下游说道。

狄仁杰有些眼花，问道："看什么？"

"下游是洛阳城啊，洛阳城河对岸的是祭龙台，再过些时日，皇帝就要在那里祭鼎，可能会大赦天下。"余文俊的弟弟因为一点小事被来俊臣等人抓进天牢，他位卑言轻，数次找过来俊臣协调，却吃了数次闭门羹，若天下大赦，他弟弟就有出来的可能。

狄仁杰听后却隐隐感觉有些不妙，但这也只是感觉，哪里不妙却说不上来，正苦苦思索着，乔忠良走了过来，说道："大人，卑职询问了一些苦主，他们提供了一些消息，应该和案子有关。"

府尹刘守正立刻凑了过来："乔头儿，快说说。"

乔忠良被刘守正叫做乔头儿亦是脸上一红，冲着他抱了抱拳："苦主们提供了一个消息，说遇难的劳工们在施工期间都未回过家，也从未和外界接触过，甚至连封家信都不让写，营地管理极为严格，都是整队伍去工地，整队伍回来，从不落下一人，但这两个营地的工钱却比其他的营地高三倍有余，劳工的工钱有人会按月送到家中！"

"这的确很奇怪，劳工营地不比军营，再说，就算是军营也不会这样严格！"刘守正嘀咕着，却理不出个头绪来。

从一开始，这件案子就充满了很多不可思议。先是大坝合龙出现龙神显圣，两个劳工营地庆功宴的酒中被人下了避水丹，一部分人死于窒息，另一部分人逃到水中，却死于传说中才出现的黑龙，现在又调查出两个营地的管理堪比军队，这一件件不寻常的事儿凑到了一起，便成了一桩罕世奇案。

乔忠良又说道："据其他的劳工说，出事的两个营地是做水下工程的，所以工钱格外高。招工的时候要求也比其他营地要高一些，水性好、身体强壮，家庭负担不重，可以长期接受在外施工。"

"水下施工？"刘守正有些疑惑。按说建造大坝首先要建造导流临时河道和截流坝，主河道水位降到极低的情况下，才开始建造主坝，等大约建造完成后，再拆除截流坝，恢复正常河道流水。就算有水下施工，也是在坝体出现问题后极少量的修缮和探查等，绝不可能有大范围的水下施工。

"大人，大人！"小六子跌跌撞撞地跑了过来。

狄仁杰见他状态不对，连忙迎了上去："有话慢慢说。"

小六子看了看刘守正等人，便知狄仁杰的意思，拉着他走到一旁，才小声说道："关于南城宋家的账本都找到了，灵儿已经送到秘密据点了。另外，仵作老杨说，喜子的尸体被送到了义庄，咋办？"

喜子的尸体一直在来俊臣手里，现在却送到了义庄，这其中一定有诈，但眼见着同伴的尸体不去处理，也绝不是狄仁杰的风格。

第二十五章　内伤

若是生在乱世，洪豹必定是一代枭雄。可惜的是，遇见了唐朝盛世，数次科举不中后，洪家终于耗光了家产，无力再供洪豹考举。洪豹自尊心极强，落榜后自觉无颜面对家人，不愿意再回家，便流落洛阳街头。

从要饭开始，铁匠学徒、店小二、倒马桶，再到加入黑豹帮当一名打手，他凭借着一股狠劲儿硬生生做到了掌控洛阳黑市的黑豹帮帮主，这其中的艰辛绝不是一两句话能说清的。

虽说他吃了大量避水丹，导致头脑有些混乱，但智商还是有的。在和狄仁杰交易的时候，他就觉得有些不对劲儿，现在他终于明白了，和他交易的人并不是龙神，因为龙神绝不会提供假的避水丹。

他原本不在乎这一箱假避水丹，他的想法是直接找到龙神，买下避水丹的配方，炼制、贩卖一条龙，这样才能让利润最大化。但当他跟踪龙神被龙神随从识破，龙神毫不客气地回绝了他，并一再警告他，若是稍有异心，便让他在洛阳无法生存，弄得他灰头土脸。

在他眼里，这个世界上没有不能，只有不想，只要想做的事儿，就能做成。他从一个流浪汉做到了黑豹帮帮主在当年也属于痴心妄想，他还不是一样做到了。既然龙神不肯伸出橄榄枝，那就想办法研究配方。放眼天下，能研制出配方的，也只有隐居在上林苑的徐莫愁。

徐莫愁炼制丹药需要很多稀罕药材和物品，洪豹向来是有求必应，在他看来，他和徐莫愁的关系很近，徐莫愁定会答应他的请求，只是代价大小的问题。

想不到的是，徐莫愁从未瞧得起他，在得到狄仁杰的答复后，干净利落地拒绝了洪豹。

洪豹发现他靠避水丹发财的路已经断了，更可气的是，一向唯他马首是瞻的崔大炮居然背叛了他。

按说崔大炮知道避水丹是假的，就应该及时向洪豹汇报，不料他不但没汇报，而且还继续从事着避水丹的生意。洪豹派人从他手上买了一些回来，发现避水丹居然是真的。崔大炮只是外围的一个小混子，哪来的这么多避水丹？他一度怀疑是崔大炮找了人假冒龙神黑了他的货。

谋定而后动。

洪豹并未把崔大炮抓来审讯，而是对他进行暗中调查。他发现围绕着崔大炮的有两批人，一批是大理寺的捕快们，另外一批人不明身份，但从行为举止和武功来看，应该是白鸽门的门人。

无论是哪一批人，都和狄仁杰有了关联。

他带着疑惑把崔大炮抓来，严刑逼供之下，崔大炮再也顾不得和袁客师的约定，把避水丹的来历和袁客师悉数招了出来。

在神都洛阳，人人都知道袁客师是狄仁杰的左膀右臂，他的大理寺金牌神捕也是因为追随狄仁杰破了"铁尸迷案"和"绝地旱魃"两件大案后，皇帝颁发给他的。既然避水丹是袁客师给他的，也就意味着当初假扮龙神骗他的人就是狄仁杰。

但狄仁杰是大理寺丞，专门办案的，手下的捕头乔忠良每天都在思考着如何抓到洪豹。狄仁杰是官，他是贼，法制之下，贼就是再大胆也不敢明目张胆地找官算账。更何况，狄仁杰黑的那批避水丹已经通过崔大炮卖了出去，银子又回到他手上，也算是没损失。

他不敢回到青龙大街柳条巷的落脚点，那是他经营了多年的据点，可惜在和狄仁杰交易时被他一言点破。大理寺追捕他这么多年，都没找到他的老巢，狄仁杰是怎么知道的呢？

是白鸽门，一定是白鸽门！

只是一个乔忠良就够他头痛了，现在又加上狄仁杰和白鸽门，弄不好多年积攒的产业将灰飞烟灭。

就算避水丹的生意不做了，也要把狄仁杰等人拉下马。否则，以后将永无宁日。

来俊臣早就听说洪豹大名，早在前几年，就向他伸出橄榄枝。怎奈来俊臣的名声太臭，就连一向走黑道的洪豹也不敢沾。现在情况有了极大的变化，相对而言，狄仁杰对他的威胁要远远大于来俊臣。

洪豹想到这里，牙根直痒痒，蓄积心火难以释放。

"嗯……"

阿萍的声音引起了他的注意。

"哼哼！"洪豹双眼冒着精光朝着媚态十足的阿萍扑了过去。

……

除了死人之外，很少有人去义庄。令狄仁杰想不到的是，仵作老杨居然也在。由于是夏天，尸体很快发臭，整个义庄散发出一股浓浓的尸臭味，哪怕在脸上蒙了数块麻布，也挡不住令人作呕的味道。

狄仁杰等人还好，就是苦了乔灵儿，想吐又不敢吐，只好不时地咳嗽两声，强行压住呕吐的感觉。令她惊讶的是，仵作老杨不但没有任何不适，而且绝不在脸上蒙布，用他的话说，除非碰到因瘟疫而死的人，才会蒙上脸以防止感染，否则，再腐烂的尸体，他也能毫不在意。

"狄大人的动作好快呀！"仵作老杨停下手上的工作，转向狄仁杰抱了抱拳。

仵作老杨是洛阳城的老牌仵作了，早年便和狄仁杰共事过，除了阐述验尸报告之外，老杨很少和人说话，却和狄仁杰谈得来，两人成为了莫逆之交，狄仁杰愿意学，老杨愿意教，狄仁杰从老杨这儿学习了大量的验尸技巧。

仵作老杨还有一项兼职，就是看守义庄，当他看到来俊臣的人把一具尸体送来，便认出是跟随狄仁杰的喜子，于是立刻找到小六子，让他马上转告狄仁杰，同时他立刻开始验尸，因为他知道狄仁杰定会问起死者的死因。

喜子的尸体已经有些肿胀，大量混合着褐色血液的泡沫从口鼻不断冒出来，胸腹已经被老杨切开，内脏已经开始腐烂液化。

乔灵儿终于挺不住，"呕"了一声后急忙向外跑了出去。

小六子和喜子感情颇深，看到喜子现在这种状态，他的眼泪不受控制地流了出来，若不是狄仁杰等人在场，他肯定会扑上去大哭一场。

"他是怎么没的？"乔忠良实在不愿意说"死"字，便用了"没"字代替。

老杨指着心脏说道："一箭穿心，没遭罪。"

狄仁杰上前仔细观察着，喜子的尸体并无外伤，胸腹有几个羽箭刺穿的伤口，伤口肿胀着，不断地有血沫子从其中冒出。

"咦？"狄仁杰发现喜子的肋部有些怪异，遂用手按压了几下。

"此伤是新伤，两侧肋骨断了好几根，其中有三根断了之后刺入内脏中，造成瞬间大量出血，就算没有穿心这一箭，他也活不了。"老杨说道。

"手套！"狄仁杰举起手。老杨急忙把另外一副手套给他戴上，随后在一旁伺候着。

狄仁杰仔细地检查了内脏部分，发现一部分内脏因腐烂而液化之外，还有一些内脏是破碎的。乔忠良也暗暗惊讶，说道："大人，这……这是内伤，是高手用内力震碎的！"

"老乔，若让你来出手，能不能在一击之下将人伤成这样？"狄仁杰问道。

乔忠良摇摇头，说道："至少徒手是绝对做不到的。能造成这种内伤可以有两种途径，一种是巨大的外力打击两肋，强烈的震荡令内脏破碎，但此法会令两肋皮肤淤青肿胀。另一种是内家高手用内力直接震碎内脏。看他两肋处皮肤并无外伤、淤肿，应该是内家高手所为。"

"是来俊臣的护卫吧，虽说他们只是护卫，却是江湖上一等一的高手，都是堪比铁爪的存在。"小六子说道。

狄仁杰缓缓摘下手套，回想着劫天牢的整个过程，好半天才说道："喜子驾着马车掩护咱们时已经身受重伤，那两名高手没必要再多此一举，来俊臣和天牢守卫又没有那么高的内功……难道是他？"

"是谁？"小六子双眼通红地问道。

狄仁杰思索了一番后，才缓缓说道："六子，你来背我！"

小六子听了一愣，虽不知道狄仁杰是何用意，却还是走到他面前，将狄仁杰背了起来，刚走了两步，狄仁杰用双腿用力一夹，小六子哎哟一声，差点没把狄仁杰扔下去。

"两肋相对较软，我并未用太大的内力，你便如此，若是武功高手，这一下……"狄仁杰说到这里看向喜子的尸体。

"原来是他！"愚钝如小六子也明白了那人是谁。

狄仁杰说道："现在还没有证据，这只是我的猜想。无论怎样，还是先让死者入土为安吧，老杨，让他走得体面一些，银子我来出。"

老杨看得出狄仁杰心中的哀伤，暗中叹了一口气。

"老杨，此件事情了结之后，我还有些疑惑向您请教。"狄仁杰谦虚地说道。

老杨白了他一眼，说道："和我一个糟老头子客气什么，有事尽管找我。"

狄仁杰对落水劳工骨头上的齿印有些疑惑，老杨当仵作多年，说不定会看出些端倪来。

天色昏暗，乌云盖顶，天气竟然意外地凉爽起来。众人心事重重，一路上谁都不愿意讲话，路过朱雀大街时，热闹的夜市才让众人的心情平复了一些。乐观的乔灵儿早就忘了之前的不愉快，蹦蹦跳跳地在各个摊位之间窜来窜去。

乔忠良无奈地摇摇头。乔灵儿虽说已经成年，又成了大理寺捕快，但在乔忠良眼里，她依然是个长不大的女孩儿。

"这个戒指多少钱？"乔灵儿站在一个卖首饰的摊位上，兴致勃勃地拿起一枚戒指问道。

乔忠良看了一眼，便知道这是一枚水晶制成的戒指，看着好看，但实际上并不贵。

"姑娘是真有眼光啊，这戒指的托是银托，上面是最好的水晶石，我们家祖传了八百年的手艺打磨而成，有眼光啊！"小贩看到乔灵儿和狄仁杰等人气质非凡，语气异常兴奋。

"本姑娘问你多少钱？"

小贩伸出手，笑嘻嘻地说道："五两！"

乔忠良听得一惊，看向小贩，发现此人一脸精明，无商不奸说的就是这种人，遂无奈地摇了摇头，不再理会他们，径直向前走去。

乔灵儿对价钱没有概念，直接还价："二两银子！"

二两银子是乔忠良一个月的薪酬，而乔灵儿作为一名新晋捕快，一个月还不到一两银子，但她的家庭收入主要来自家族的医馆，所以从小对钱就没有概念。

"不行，少四两不卖！"小贩从乔灵儿手里把戒指拿了回来。

"四两就四两，我……"乔灵儿摸了摸腰间，却发现自己身上没有那么多银两。

狄仁杰停住脚步，好奇地向小贩问道："小哥，水晶又不是稀罕物，怎么会这么贵？"

银托的水晶戒指再好也不过一两银子，看小贩的戒指制作粗糙，想必连三钱银子都很难卖得上，他却有胆量喊这么高的价格。

"贵客认为应该多少？"小贩反问道。

狄仁杰瞥了瞥小贩，说道："水晶以纯净无杂质为上，你这个水晶略显浑浊，银托色泽不润，银色中还带着暗红色，显然是有铜的成分，不是纯银，所以最多三钱。"

小贩耸了耸肩膀，冲着狄仁杰竖起大拇指，说道："贵客好眼力，您所言极是，但您说的那是半年前的价格，正所谓物以稀为贵，现在市面上水晶紧缺得很，别说纯净无杂质的水晶，普通的水晶都成了稀罕物，水涨船高啊，这戒指我是二两银子进的货！贵客，我看你器宇轩昂、气度不凡，咱们也算有缘，这戒指我二两平价卖给你了！"

"大人，算我借你的银子好了，从我的薪酬里扣。"乔灵儿眼巴巴地看着小贩手里的戒指说道。

狄仁杰犹豫了好一阵也没说话，气得乔灵儿转身就走。

……

女人生气多半不是真的生气。

狄仁杰追上乔灵儿，乔灵儿的气已经消了大半儿，好像已经忘记了买水晶戒指的不快。乔忠良想起狄仁杰交给他的任务，便向乔灵儿问道："灵儿，关于南城宋家的账本……"

"都弄好了，采购的金额是两百九十三万两，和三百万两所差无几。"乔灵儿说道。

"大人，南城宋家既然是幌子，那该怎么查这笔银子的出处？"乔忠良问道。

狄仁杰听后一顿，站定身形，说道："如果王巍禾按照叛乱顶罪，抄家是必然的，怎么没听宗大人说这件事？"

"去王巍禾府上看看不就知道了！"乔灵儿未加思索便说道。

狄仁杰竟然破天荒地点点头，说道："有道理。老乔，咱们兵分两路，你和小六子回大理寺拿劳工骨骸去找老杨，请他看看，晚点时间咱们在据点会合。"

乔忠良点点头，和小六子一同离去。

"王巍禾这么大的官，府邸得多大呀，肯定能抄出很多财宝出来。"乔灵儿毫无心机地说着。

令他们想不到的是，王巍禾刚被抓进天牢，他的家就被来俊臣抄过了，基本是抓人和抄家同步进行。现在整个府上除了无法拆走的，早就被搬空。据王巍禾府上的人说，来俊臣奉的是皇帝的密旨！幸运的是，除了王巍禾之外，其家人并未受到牵连，只是被抄了家，将所有人赶出了府邸，只留下一个老管家看着。

老管家一把眼泪一把鼻涕地向狄仁杰哭诉着，他知道狄仁杰曾任宰相，而且是人人敬重的神探，要是能搬倒来俊臣，王巍禾的冤案就会得以昭雪。

"来俊臣的动作好快！"狄仁杰说道。

乔灵儿跺了跺脚："这来俊臣定是把抄家所获都据为己有了，咱们再想从其中获得线索，怕是不可能了。"

王巍禾毕竟是水部侍郎，就算有问题被抓进天牢，说不定下一刻还能被放出来。但来俊臣前脚抓人，后脚就把王巍禾的家抄了，这说明他有十足的把握让王巍禾出不来，天下只有皇帝才有这样的权力，因此来俊臣定是皇帝授意，才敢做出了"先斩后奏"的事儿来。

"事情越来越复杂了！"狄仁杰一想到此事和皇帝有关，就有些头痛。

老管家抹了抹眼泪，向狄仁杰问道："狄大人，您相信我家老爷谋反吗？"

狄仁杰摇了摇头："越王之乱是多年前的事儿了，这明显是欲加之罪。"

"传闻我家老爷在洛水大坝的水利工程上贪污，这您相信吗？"老管家又问道。

狄仁杰皱着眉头犹豫了好一阵，他不知道该如何回答这个问题。当初就是有人举报王巍禾贪污，才有的乔老五前去劳工营地卧底，而且他们现在又在账目上查出三百万两的差额，他们此次前来就是想查查王巍禾究竟有没有贪污。

"我们就是来查这件事的，洛水大坝的账上有三百万两的异常，可惜……"乔灵儿心直口快。

老管家听后有些气愤地说道："大人，来俊臣抄家只拿值钱的，府上所有值钱的财物和金银加一起也没有一万两，这些钱还是老爷的娘家给的，要说老爷贪污那么多钱，那就是天打五雷轰！"

狄仁杰叹了一口气，说道："老人家，我没说王大人贪污，只是有人举报，而且在账目上查出三百万两的差额。"

老管家咬着牙急速地喘了一阵，最后定下神来，说道："老爷的书房都是书卷和墨宝，来俊臣连看都没看一眼，要不是夫人在书房里死命拦着他，估计能把所有的书卷都烧了，总之他是不肯给我们留下什么。唉……书房里也许有你们要的线索，说不定哪天来俊臣把府邸卖了，那时你们再想找也没的找了，老爷的冤也就永远沉在河底了。"

第二十六章　水晶石的秘密

来俊臣大字不识一个，但抄家的能力绝对世界第一。

走进府邸后，狄仁杰发现院子中好看一些的花花草草都被拔走了，房间几乎被搬空了，值钱的带走，不值钱的直接砸烂。

老管家颤颤巍巍地打开书房的门锁，推开门后，一股墨香味道传了出来。想不到的是，王巍禾居然写得一手好字，连狄仁杰看了都赞叹不已。

"府上所有的东西都在这里了，每天晚上我就睡在旁边的房间，防止有人来偷东西。"老管家说道。

"有没有关于大坝建设的书卷？"狄仁杰问道。

老管家径直走到一个书架旁，拿起几卷图纸放在桌案上："这些是老爷从衙门带回来的，说是大坝原始图纸。"

展开图纸后，发现图纸只是普通的施工图，并没有任何可用线索。

"你家老爷最近有没有异常行为或者……"狄仁杰问道。

老管家低头思索一番，才说道："异常到是很少，只是有一次我看到他拿了一块亮晶晶的宝石回来，当晚我巡夜的时候，听到老爷唉声叹气，原话我记不住了，意思是说这一笔烂账弄不好又要算在他的头上了。"

"水晶？"狄仁杰急忙问道。

老管家摇摇头，说道："拳头大小，应该还在书房里，我找找。"

从王巍禾的话来分析，他所说的烂账很可能是这三百万两银子，因为无法说明银子的去处和购买何种物品，只能做假账，赖在早已搬离洛阳的南城宋家头上，就算日后查起来也是无据可查。联想到刚才街市上摊贩的话，王巍禾用三百万两银子所购买的物品很可能就是水晶。

这也验证了卖水晶戒指小贩的话：物以稀为贵！

三百万两银子能把洛阳市面所有的水晶买光，水晶石自然成了稀罕之物。但建造大坝用的是青条石、木桩、铁链、黏土、糯米等物，哪里会用到水晶！

"找到了，就是这块！"老管家拿着拳头大小的一块水晶石从地上爬起来，双手递给狄仁杰。

"果然是水晶石。"乔灵儿说道。

"如果是水晶石，这笔账就好查多了。"狄仁杰松了一口气。

民间市场的水晶石多用于制造奢侈品，做水晶石买卖的就那么几家，水晶石虽说是稀罕之物，三百万两也绝对能在水晶市场上掀起大风浪。

"老管家，这块水晶作为证物我就先带回大理寺了。"狄仁杰说道。

老管家点点头，有些沮丧地说道："人都没了，这些身外之物还有什么用，大人觉得这里什么有用，可以一并带走。"

狄仁杰叹了一口气，遂和乔灵儿对整个书房进行了细致的搜索，在书架暗格里发现了一本账簿，上面记录的是一些货栈的名字和购买所需银两，至于购买的是什么却并未标明。

老管家看到暗格中有账簿后心中一惊，急忙问道："狄大人，这是……"

"应该不是你家老爷贪污的证据，至于是什么，明天只要到这几家货栈一调查便可得知。"狄仁杰安抚道。

老管家这才松了一口气。

狄仁杰脑子一直在高速运转着，并未在意老管家的情绪，直到回到白鸽门的秘密据点，他才看了一眼身边的乔灵儿，问道："老乔和六子呢？"

乔灵儿看了看四周，说道："他俩没跟着咱们，应该去大理寺拿劳工骸骨了，你不是让他们去找老杨验尸嘛！"

一提到验尸，乔灵儿的眉头就皱了起来。当捕快并不容易，单就和尸体接触这一项就难住了她。

狄仁杰一拍脑门："看我，都糊涂了。灵儿，你替我去一趟洛阳府找府尹刘守正，把近二十年的洛阳县志都借来。"

"好。不过，你都饿了一天了，要不要我给你做些吃的再去？"乔灵儿盯着狄仁杰问道。

狄仁杰一愣，随后急忙双手连摆："我还不饿，你先去借县志，急！"

乔灵儿有些失望，抿了抿嘴说道："那好吧，等我从洛阳府回来时，从酒馆给你买一些吃的吧。"

狄仁杰立刻点头应允："好，一斤牛肉两个馍馍就好。"

乔灵儿转身离去，狄仁杰正要关门，却见一青一黄两条人影从院墙飞了进来。

"大人！"袁客师和齐灵芷向狄仁杰抱拳施礼。

"有门不走总是飞来飞去的，不怕被人看到吗？"狄仁杰无奈地摇了摇头。

"这大半夜的，哪有人走动啊。再说，凭我俩的隐身术，除非是顶级高手，要不没人能发现，大人，您就放心吧！"齐灵芷大大咧咧地说道。

"大人，先说正经事，是关于大理寺内奸的。"袁客师关上门，走到狄仁杰身边小声说道。

狄仁杰一听立刻来了精神："是谁？"

"老乔这么多年一直想抓洪豹，连女儿都搭上了，他绝不可能和洪豹沆瀣一气做内奸，毫无心机的乔灵儿也不可能。喜子已经死了，现在就剩下……"袁客师虽然没说出最后的答案，但也等于给出了人选——小六子。

"这不太可能啊，这孩子……"狄仁杰皱着眉头思索着。

"就知道您一定会这么说，所以我命白鸽门对小六子进行了调查。他原籍是神都洛阳以南的邓州，爷爷奶奶和父母尚在，家中有六个兄弟姐妹，靠种地为生，家庭经济状况很差，可是，去年他家居然翻盖了房子，两个弟弟相继娶了媳妇，也都独自盖了房子。他的父母摇身一变，变成了当地有名的富户。当地的衙门因此调查过他家，但知道小六子在大理寺当捕快后，调查就不了了之了。"齐灵芷说道。

小六子是大理寺捕快，一个月一两三钱的薪酬，除了正常的花销之外所剩无几，怎么可能攒下盖房子的钱！

"呃……"

狄仁杰刚要说话，又被袁客师打断："大理寺捕快和洛阳府的捕快不同，大理寺捕快专职破查案，洛阳府的捕快主要负责洛阳城的治安，如果单从油水来说，大理寺捕快就是个清水衙门，想要通过收受贿赂拿银子，怕是万万不可能的。"

"所以他的银子只有一个出处——洪豹！"齐灵芷说道。

狄仁杰被二人一唱一和弄得没了脾气，只得叹了一口气，问道："老乔知道这件事吗？"

袁客师摇了摇头。

"此时暂时保密，退一万步说，就算小六子真的是……那个，也暂时不要动他，有些事还需要他。而且，咱们现在也只是猜测，没有任何实证。"狄仁杰说道。

"凭大人的智慧，安排一场戏揭穿他易如反掌，只是您不愿意那么做罢了！"袁客师笑着说道。

袁客师的话的确说到了狄仁杰的心里，自打他来大理寺任大理寺丞，就一直和小六子在一起共事。小六子为人朴实，性情直爽，干活从来没有怨言，除了看起来有些笨拙之外，绝没有吃喝嫖赌的恶习。要说小六子一直和洪豹勾结，他无论如何都不会相信。

"好了，此事先不谈，他们回来了。"狄仁杰说道。

袁客师呵呵一笑，竖起大拇指赞道："大人这份听力怕是我等江湖高手也自愧不如。"

话音未落，乔忠良和小六子走了进来，小六子手里拎着一个袋子，里面装的是劳工的骸骨。

"大人，老杨对骸骨进行了检查，得出了结论……齐门主、小袁神捕，你们也在呀！"乔忠良急忙和众人打着招呼。

"老杨说啃食人骨的怪物体型不可能太大，但牙齿极为坚硬，他从未听说洛水有这种动物。"小六子抢着说道。

仵作老杨是洛阳本地人，是洛阳通，既然他说没有就一定没有。

"让我再看看那些尸骨。"狄仁杰说道。

小六子径直把袋子放在桌子上，从里面拿出一块人骨递给狄仁杰。

狄仁杰拿在手上看了好一阵，又拿起一旁的水晶看了一阵，自言自语道："这其中有什么关联呢？"

说完这句话，狄仁杰闭上了眼睛，除了喘气之外，再无动静。众人一看，便知道了他正在冥想，对视一眼后，相继退出了房间。

狄仁杰不知自己是清醒还是已经睡着了，总觉得魂魄和肉体时而结合，时而剥离，对案件的了解也时而清晰时而模糊……

他看到了雄伟的洛水大坝，看到了万名劳工劳作的场面，看到了在水库里游动的黑龙，看到了映在天空的龙神显圣，看到了搂着阿萍的洪豹，看到了狞笑的来俊臣和绑在刑架上奄奄一息的王巍禾，看到了冷笑的龙神和浑身是血的赵安东，看到了在营地内窒息而死的劳工们，看到了在水中被吞噬的赵安西，看到了皇帝武则天那张肃杀的脸，看到了大理寺卿宗华在向他招手……

……

在这个佞臣当道的时代，宗华已经做得很好了。在他的保护下，很多被来俊臣等栽赃陷害的官员只得到了很轻的惩罚，为大周江山保住了很多贤臣良将。可他对于狄仁杰劫天牢这件事却坚决反对，因为劫天牢是死罪，就算大理寺卿也无法保他平安无事。

宗华的书房很大，两个人站在桌案的两侧，桌案上放着一张天牢地图。

狄仁杰把假冒来俊臣进入天牢劫走赵安东的计划如实禀告，宗华听了之后并未发表意见，只是皱着眉头看着天牢地图。

狄仁杰打破沉默："宗大人，我知道您是为我好，劳工营地那么多无辜的人死因不明，现在只有赵安东一个人知道事情的内幕，要是他再死了，真相就会永沉海底。您是大理寺卿，肩上担着维系大周律例的重任，要是对这件事不闻不问，那就是失职！"

"你……"宗华被狄仁杰一番话气得直翻白眼，但他知道狄仁杰说得对，正因为想不出如何反驳，所以才生气。

"宗大人，这件案子我不以大理寺的名义查，只以狄仁杰个人名义查，这样就不会牵连大理寺了。"狄仁杰从腰间把大理寺丞的腰牌拿了下来，放在桌案上。

"你这是干什么！"宗华瞪着狄仁杰，猛用手指在桌子上敲着。

"这件案子我怀疑和皇上有关，若咱们不管不问，万一涉及朝政变动，引发天下大乱，咱们怕是成了天下的罪人，大唐的罪人！"狄仁杰说道。

宗华长出一口气，整个人像泄了气的皮球一般："我也怀疑这案子和陛下有关，因此才不敢太深入其中，另外我不是非要阻拦你查案，只是……不希望你有事，但我知道我拦不住你。老狄，若你来查，有几分把握？"

狄仁杰笑了："原本一分把握，现在得到大人的支持，已经有了三分把握。"

宗华无奈一笑，说道："你怎么知道我会支持你？"

"如果大人不想让我沾这件案子，又何必单独约我？"狄仁杰说道。

宗华哼了一声，从怀里掏出提审凭证和一个金鱼袋，放在桌子上："这是来俊臣的金鱼袋和大理寺的提审凭证。"

狄仁杰一笑，伸手去拿凭证等物，却见宗华一巴掌捂在凭证上，严肃地说道："狄仁杰，此事决不能牵连到大理寺，如果你失败了，大理寺也绝不会承认你的行动。如果你有异议，这件案子就算了。"

"没问题！不过我还有件事求大人。"

宗华无奈地摇摇头："说吧。帮你劫狱的事儿都做了，还有什么不能做的。"

"万一我失败了，还请大人给个痛快，免得我落在来俊臣手上遭罪。"狄仁杰严肃地说道。

"这个自然，你毕竟是我大理寺的人，我绝不会让来俊臣折磨你！"

狄仁杰耸了耸肩，收起了自己的腰牌，并把来俊臣的金鱼袋和提审凭证拿到手："大人，这金鱼袋和凭证做的和真的一样啊！"

宗华咂了咂嘴："这就是真的！"

狄仁杰一愣，抬头看宗华："你怎么有来俊臣的金鱼袋？"

宗华学着狄仁杰的样子耸了耸肩，张开双手把手心和手背展示给狄仁杰看了看，随后在空中一抓，再张开手时，狄仁杰的腰牌出现在宗华手上。

狄仁杰心里一惊，急忙摸向腰间，发现刚刚收好的腰牌不见了："大人好手段！单凭这一手妙手空空，就算您丢了官职，怕是也饿不着！"

宗华瘪了瘪嘴："谁还没个特长！"

……

当他再次醒来时，发现自己身上披着一件衣袍，衣袍带着一股幽香，他坐起身，看到那袋骸骨已经放在了地上，桌案上摆着一盘牛肉和几个馍馍，他笑了笑，站起身把衣袍抖了下来，整齐地叠好放在一旁的椅子上，伸了一个懒腰，随后狼吞虎咽地吃了两个馍馍和所有的牛肉，但依然感到自己没有精神，手不自觉地伸向怀里装有避水丹的小瓷瓶。

他急促地呼吸了几下，咬了咬舌头，疼痛感令他暂时忘了那种欲罢不能的感觉。

"这避水丹的瘾头还真不小。"狄仁杰自觉意志力还算强，却也时不时地想吃一颗避水丹缓解一下精神上的萎靡。

"大人，您醒啦！"乔灵儿从外面走了进来，她换了另外一件衣袍，手上抱着很多县志，一股脑放在椅子上，将了将有些凌乱的头发，说道，"大人，这些可够你看上一阵的了。"

"灵儿认字吗？"狄仁杰笑着问道。

"当然，我父亲一直想让我学习家传的医术，不识字哪行！"乔灵儿拿起一个馍馍吃了起来。

狄仁杰有些愧疚，刚才一股脑把牛肉都吃了，只剩下干巴巴的馍馍。

"那你帮我一起查查这些书可好？"狄仁杰问道。

"没问题。"乔灵儿咬着馍馍，拿起一本书翻了起来，又把馍馍从嘴里拿出来，歪着头问道，"查什么？"

狄仁杰看着她大大咧咧的样子呵呵一笑，说道："洛水流域、蜃景。"

"洛水流域、蜃景？"

"对。"

"什么是蜃景？"乔灵儿好奇地问道。

"蜃是蛟龙的一种，传说它呼出的气可以形成楼台城郭，大约和之前劳工看到的龙神显圣差不多。"狄仁杰解释道。

乔灵儿一副恍然大悟的样子，随后一边吃着馍馍一边翻看着书。

狄仁杰心中明白乔灵儿对他有男女之间的感情，但两人年纪相差太大，加上和他父亲乔忠良又是朋友，无论如何都不能接受这段感情。

想到这里，他叹了一口气，拿起一本县志翻看着。

第二十七章　警告

看书对于乔灵儿来说，无异于一剂催眠药，加上昨晚因为照看狄仁杰没休息好，只看了十来本县志，便哈欠连天，趴在桌子上不大一会儿便睡着了。

"大人，我们回来了。"乔忠良和小六子走进房间，看到狄仁杰做了一个"嘘"的手势，这才放轻了脚步。

狄仁杰指了指院子，三人蹑手蹑脚地走了出去。

"这孩子，没心没肺的。"乔忠良看着睡得正香的乔灵儿愁得直皱眉头。

"无妨，无妨。"狄仁杰看了一上午的书，感到十分疲劳，精神头儿也严重不足，下意识地想起怀中的避水丹。

"大人，这避水丹还真是厉害！"小六子说道。

"我怕是也扛不了多长时间。"狄仁杰说道。

乔忠良说道："按照您的吩咐，我和六子去查了贩卖水晶的几个商家，但他们都说没给王巍禾提供过这么大量的水晶。我和六子去了一趟黑市，找了线人询问，也没听说有哪家买卖过这么大量的水晶。"

"那就只剩下一种可能了。"

"不会是从皇宫买来的吧？"小六子胡乱猜测着。

狄仁杰和乔忠良相视一笑，说道："还真让你给蒙对了，既然民间没有这么大量的水晶买卖，那就一定来自皇宫，皇宫的生意一般都是由内卫垄断着，只要找到内卫府，便可知道一切。"

武则天称帝后，为了巩固政权，监视反武势力，便成立了内卫，内卫府只隶属于皇帝一个人调度。但皇帝的时间有限，因此内卫的权力非常大。

在"铁尸迷案"中，便是内卫首领胡元雄利用职权之便阴谋作乱。而周兴、来俊臣这样的佞臣也只能算是内卫府的外围人马，真正的核心都是围绕着皇帝转的。

和各州的府库一样，皇宫也有专门存放贡品和财宝的地方——国库。自打武则天称帝以来，国库便由内卫府掌握着，内卫府行事极为缜密，就算和民间有交易，也不会大张旗鼓，以免为人所知。

"那可是内卫府，咱们哪能接触上？"小六子说道，刚说完，便捂上了嘴。

狄仁杰曾任宰相，和数任内卫府大阁领都打过交道，尤其是现任大阁领贾威猛，和狄仁杰算是莫逆之交。

"走，咱们现在就去。"狄仁杰想起贾威猛，便感觉精神了很多。

乔忠良看了看还在睡觉的乔灵儿。

"让她休息一下吧，她醒了之后还会继续查看县志，这是我布置给她的任务。她这个年纪还应该是在阁中做女红，现在却承受了不应该承受的压力。"狄仁杰说道。

乔忠良向狄仁杰一抱拳："谢谢大人理解。"

……

贾威猛名字很威猛，但人却长得又矮又瘦，一张惨白的脸配合着几根山羊胡子，和算命先生的气质非常相似，要是走在人群中，没人能想到这样一个人居然是内卫府大阁领。

"眼皮子直跳，怕是有什么坏事要发生！"贾威猛放下茶杯，在房间里踱来踱去。

"报！"一名内卫飞奔而来，施礼后禀报道，"大阁领，狄仁杰来了！"

贾威猛咂了咂嘴，又翻了翻白眼："就知道没好事儿！"

内卫抬起眼睛看了看贾威猛，小心翼翼地问道："大阁领，见还是不见？"

"你就说我不在！"贾威猛挥了挥手。

内卫低下头去，说道："狄仁杰说你一定会这样说，他还说你要是不见他，他就带着大理寺全体捕快躺在你府门前晒太阳。"

贾威猛"切"了一声："这个老无赖，罢了罢了，让他滚进来！"

内卫偷笑一声，随后说道："这句话狄仁杰也料到了，他说他现在瘦了，不再像原来一样胖成球，没法滚进来，只能走进来，让您老人家失望了！"

贾威猛笑了，笑得很无奈。

他武功和智慧皆属一流，但在狄仁杰面前，他的智慧却屡屡吃瘪。

当狄仁杰来到他面前时，他也吓了一跳，原本白白胖胖的狄仁杰现在却是又黑又瘦，双眼无神、脸颊无光，若非那份独特的气质，怕是他也认不出这是他的老朋友狄仁杰。

"老伙计，你这是咋了？"贾威猛顾不得和狄仁杰打嘴仗，急忙迎了上去，伸手就要给他把脉。

"不碍事，一点小毛病罢了。"狄仁杰给他使了个眼色。

"哦！"贾威猛刚才全部注意力都在狄仁杰身上，疏忽了同来的乔忠良和小六子。

贾威猛冲着乔忠良抱了抱拳，却只是瞥了小六子一眼，眼神中满是不屑之意。

"我今天来是有事向你求证。"狄仁杰开门见山地说道。

"可以，不过他们二位不能进入我内卫府议事厅！"贾威猛说道。

内卫府议事厅是绝密的存在，除非皇帝、内卫府大阁领和狄仁杰，否则，哪怕是皇亲国戚、王公大臣，也不得轻易进入。

"两位大人，我和六子在院子里等候。"乔忠良向贾威猛抱拳施礼。

狄仁杰听出贾威猛话里有话，便没再坚持，做了个请的手势，随后跟着贾威猛进入议事厅。

议事厅很大、很高，主位座椅后的墙上画着一只雄鹰，寓意可以监视天下一切。下位是两排椅子，左右各六把，是内卫核心成员的座椅。

贾威猛随便找了两把椅子，拉着狄仁杰坐了下来，问道："你和我说，天牢的事儿是不是你做的？"

狄仁杰看向贾威猛，犹豫了一阵才说道："是我做的。"

贾威猛愣了一下，随后哈哈地笑了起来，笑够了之后，才拍着狄仁杰的手背说道："好个狄仁杰呀，把来俊臣耍得团团转，到现在他都不知道假扮他的那人是谁。"

狄仁杰摊了摊手。

"哎，你是怎么躲过他的搜查的？"贾威猛又问道。

狄仁杰并未打算隐瞒，立刻说道："我就躲在来俊臣府隔壁的宅子里。"

贾威猛再次笑出声来："灯下黑，这傻子肯定想不到。还有，避水丹的事儿也是你做的吧？"

狄仁杰叹了一口气，说道："都说内卫府是一个可怕的存在，今天一见果然不错。你说得对，那也是我做的，我骗了洪豹的交易凭证和龙神的避水丹。"

贾威猛摇摇头，笑道："这种事儿不用查也知道，当世能做出如此大胆计划的，也只有狄仁杰了。"

"那你有什么打算，准备告发我吗？"

"你这老胖子，说什么呢？咱俩啥关系，我怎么可能告发你？我就想看看你还能折腾点啥花样出来。"贾威猛笑得有些不正经。

"我还不是为了查案！"

贾威猛又笑了好一阵，才说道："老胖子，你可不知道，大阁领这官儿不好玩，太闷了，整天不是面对皇上，就是面对战战兢兢的内卫，特没意思，啥时候我致仕了，跟你混几天，我看你活得比我精彩多了。"

狄仁杰惨笑一声，自嘲道："你看我现在的样子，半条命都没了，哪点精彩？"

"看你的样子，怕是吃了避水丹了吧？"

狄仁杰点点头，随后正色道："说点正经的，我想让你打听一件事，关于水晶石。"

贾威猛收起笑容："嘿，你还真别说，这事儿你是找对人了，要是换一个人问，保证你什么都问不出来。"

贾威猛故意卖了关子，等狄仁杰发问。

"好嘛，那你说说。"狄仁杰知道贾威猛是个老顽童，只要弄得他高兴了，让他去把天捅个窟窿他都敢。

"是王巍禾，他拿着密旨找到我，让我采买了大量的水晶石，是密旨

狄仁杰之亢龙有悔

啊！”

“三百万两？”

贾威猛瞪大眼睛看着狄仁杰：“厉害呀，这都被你查出来了！”

狄仁杰思索一番后问道：“密旨有没有说这些水晶石是做什么用的？”

贾威猛一咂嘴，捋了捋下巴颏上的几根胡子：“密旨就是密旨，我还能啥都和你说呀？密旨，懂吗？”

狄仁杰有些失望，但知道贾威猛有难处，并未追问。

“哈哈，其实我也不知道，因为密旨只说让我提供水晶石，也没说用途。不过，他要的水晶石都是很大块的，品质也不高，绝不是做首饰和收藏品用。”

狄仁杰点了点头：“看来王巍禾并未贪污银两！”

贾威猛不屑地笑了笑，说道：“这就是你的不对了，王巍禾是洛阳最富有的王家长子，王家的生意大着呢，哪会在乎那点银子。”

自打“阴阳变”一案后，神都洛阳首富黄家因皇帝武则天的需要而败落，一直虎视眈眈的王家悄然崛起，全面接手黄家的生意，遍布各行各业，两年后便成为洛阳首富。没人知道王家崛起的资本是如何来的，只知道王家只要想做哪行生意，就会以垄断的形式碾压其他商家，要是不被收购，就会被挤垮。

商业的本质是垄断。黄家成为首富走的是这条路，王家自然也不会例外。

可惜的是，王家好不容易出了一个王巍禾，当了水部侍郎，结果却因为某种不可告人的原因死在酷吏来俊臣手上。

“明白了，告辞！”狄仁杰对王家的崛起并不感兴趣，他现在着急求证一件事，因此起身就要离开。

“哎哎，等等！”

狄仁杰转身向贾威猛抱拳施礼：“下官谢谢大阁领！”

“我不是要你抱拳施礼，而是……”贾威猛看了看门口，才小声地说道，“两件事。第一，洛水大坝劳工营地的案子见好就收，千万别刨根问底。第二，乔忠良身边那小子有问题，相信你应该知道。”

第二十七章 警告

193

当贾威猛说出王巍禾是奉密旨购买水晶石时，狄仁杰就知道劳工营地的事儿和皇帝有关，但小六子的事儿却出乎了他的意料。都知道内卫厉害，却想不到连小六子这样一个小角色，他们都要查个底朝天。

"小六子有啥问题？"狄仁杰明知故问。

"被洪豹收买了，要不，乔忠良怎么这么多年都抓不到洪豹。"贾威猛说道。

"既然你们内卫知道洪豹的恶性，为什么不把他抓了绑到大理寺？"狄仁杰质问道。

贾威猛一脸无辜地说道："内卫只对皇帝负责，除此之外，其他事情一概不管。再说了，抓洪豹是大理寺和洛阳府的事儿，我要是做了，岂不是狗拿耗子。"

"多谢提醒，不过，这件案子涉及甚广，已经由不得我了。"

"你就嘴硬吧，等你知道真相时，一定会后悔，这个世界上可没有后悔药啊，这事儿你可以问问徐莫愁，看他能不能炼制出来！"贾威猛撇了撇嘴。

狄仁杰耸了耸肩，转身离开。

贾威猛看着狄仁杰的背影叹了一口气，他知道，无论他警告他什么，他都会继续去查案。

倔强是超越极限的挑战，也是置之死地而后生的救赎，狄仁杰在做一件他认为对的事儿，任何困难险阻都无法阻挡他的意志，哪怕粉身碎骨，他也要捍卫律法和对生命的尊重！

第二十八章　启示

人生苦短。在聚散分离的人生旅途中，能找到一个相遇、相知、相敬的朋友，可以说是一种幸运。

狄仁杰对贾威猛的提醒是怀着感激的，在这个佞臣当道的年代，还敢和狄仁杰这样的"危险人物"接触，绝对是值得信赖的真朋友。

狄仁杰从他的话里可以听出三点。第一，内卫实时掌握着洛阳黑市的情况，甚至可以左右谁来管控黑市。第二，内卫知道小六子被洪豹收买，但未做出危害狄仁杰的事儿，否则，贾威猛定然不会只是轻描淡写地一说。第三，劝说狄仁杰查洛水大坝案见好就收是因为案件背后可能涉及皇帝，若是他人，贾威猛就没必要提醒狄仁杰了！

他查过的大案要案很多都和武则天有直接或间接的联系，就算真的查到了真凶，可能武则天一句话就免了死罪，待日后风声过去，甚至可能重见天日。要是触及武则天的权力，甚至查案人可能还会遭到牵连。

最典型的就是来俊臣，此人不但利用职权贪污腐败、买官卖官，还随意栽赃陷害朝中大臣，就连武氏和李氏诸王诸侯也难逃其手，大字不识一个的他还编撰出一本书，美其名曰《罗织经》，制造了很多错假冤案。就是这样一个人，居然在神都洛阳活得非常滋润，甚至还成为九卿之一——太仆卿。

无论做了多少恶事，只因为武则天需要他的存在，便屡次对他的罪行轻描淡写地加以处罚。

狄仁杰被贬彭泽就是因为来俊臣的诬陷，就算他想尽办法脱了罪，依然免不了被贬，而来俊臣只是被皇帝训斥了几句而已。

不过，万事万物都逃不了一个理字，兔死狗烹也是道理。来俊臣因为被皇帝需要，这才有了如此地位和权力，一旦皇帝巩固政权的目的达成，来俊臣定会被拿出来问罪以平息民愤。

"大人，如何？"乔忠良见狄仁杰脸色凝重地走出来，急忙迎了上去。

"那三百万两果然买了水晶石，但水晶石是质地很差的大块晶石，不太可能用于制作金银首饰，也不可能做家中摆饰，就剩下一种可能！"狄仁杰说道。

"是什么？"小六子问道。

狄仁杰说道："你还记得大坝合龙当天出现的神异吧？"

小六子苦思一番后说道："是蜃景！"

狄仁杰点了点头："没错，所以秘密就在大坝之下。"

小六子听得云里雾里，挠了挠脑袋，说道："大人，您的话我没听懂！"

狄仁杰呵呵一笑，说道："来不及细说，现在咱们得去验证我的推理。"

"到哪里去验证？"

"自然是去找灵儿，相信她应该找到答案了。"狄仁杰自信满满地说道。

……

乔灵儿是个单纯的女孩儿，没啥太多的心事，睡醒之后见狄仁杰等人已经离开，便按照他的吩咐继续查看县志。查看县志是很枯燥的，以至于其间她睡了好几觉。这让她想起了小时候父亲让她背医书，背着背着她就睡着了。

想到这里，她哑然一笑。她对狄仁杰是仰慕的，其中还掺杂着一些男女方面的感情，但她知道两人无论是身份、地位、年纪都相差很大，哪怕她敢爱敢恨，也不敢轻易表露。一旦说破又不能在一起，怕是以后连在一起查案都不可能了。

"县志中哪有什么洛水流域的蜃景啊！"她无聊地翻着书，翻着翻着，她的目光停留在一页书上，她又翻回去几页，反复看着，"还真有啊，这是……十二年前，日子是八月十五日的午时一刻左右！"

她越来越敬佩狄仁杰了。

……

垂拱元年（公元685年）八月十五日午时，洛阳城南刘姓的渔家正在船上卸刚刚打捞上来的鱼虾，八岁的儿子突然指着远处的河水兴奋地叫着跳着。

刘姓男子开始并未在意，在上船准备再次取货时，发现远处洛水河河面上竟然出现了河底的景象，河水中水草茂盛，有鱼有虾，还有很多不知名的水底生物，五彩斑斓、生机勃勃，正当刘姓男子喊自己妻子从船舱出来时，奇异景象却消失不见。

从孩童发现蜃景到消失不见，大约不到半炷香的时间。

……

唐咸亨四年（公元673年）八月十五日午时，任中书令的阎立本登高画洛阳城全貌，作画过程中，他看到洛水方向生出神异，只见天上出现一座仙岛，岛上云雾缭绕，还有很多白衣术士饮酒作赋，白衣仙子击鼓跳舞，白衣武士比剑竞技。阎立本立刻提笔作画，可惜的是，仙境只出现了半炷香时间，便消失不见。

阎立本凭借记忆继续作画，却无论如何也画不出那种韵味，最终只得作罢。

阎立本向皇帝李治和武则天禀报此事，但朝中很多大臣都看不起阎立本，一直有"左相宣威沙漠，右相驰誉丹青"之说，来讽刺他不具备丞相之器，认为他是作画成魔，可能是想象出来的景象。阎立本又拿不出像样的证据，只得作罢。

然而，洛阳有很多百姓同样看到了神异。

……

龙朔元年（公元661年）八月十五日，洛阳南城门守军在城楼上看到洛水河蜃景。

……

乔灵儿毕竟是女孩儿，行为上看起来大大咧咧，但实际上依然心细如发，她把每个和洛水蜃景有关的县志都挑了出来，做好了标记后放在一旁。

当狄仁杰等人回来时，标记的县志已经摞了厚厚的一摞子。

"大人，你们回来了！"乔灵儿兴奋地拍了拍那摞县志，并把所获向狄仁杰如实做了汇报。

狄仁杰并未立刻做出回应，而是静静地看完了挑出来的县志，转身回了自己的房间，关上门后便没了动静。

"爹，大人没事儿吧？"乔灵儿看着狄仁杰的房门问道。

"大人应该是在思考问题，等他再出来时，也许案子就破了。"乔忠良说道。

"蜃景和水晶石有什么关系？"小六子好奇地问道。

乔灵儿皱着眉头想了好一阵也没想通，遂摇了摇头。

乔忠良正要说话，却见一青一黄两道影子由远至近，看袁客师和齐灵芷一脸焦急，他便知道有紧急事情。

"小袁神捕，白门主，大人正在闭关思考案情。"乔灵儿上前说道。

袁客师点点头，向乔忠良抱拳施礼，说道："崔大炮死了，死前受到了长时间的酷刑，尸体被抛在城外的荒山上，卖避水丹的银两也不翼而飞。"

乔忠良甚至都未加思考便说道："是洪豹！"

袁客师看了看小六子，犹豫后说道："若是洪豹，他应该已经猜出你们的事儿了，为了报复，他很可能会向来俊臣告密！"

乔忠良听后脸色异常严肃，遂看向狄仁杰的房门。小六子低下头，眼珠却一直左右转动不定。小六子是为了养活家人才被洪豹收买，原本他心里就怀着愧疚，若是这次因为洪豹的报复，让乔忠良一家和狄仁杰受难，怕是他要悔恨终生了，更何况，一旦事情暴露，来俊臣发起狠来，他和家人也很难独活。

乔忠良本来想敲门，征求狄仁杰的意见，却被小六子的异常所吸引，看向他："六子，你没事吧？"

"哦，没事，我身体有些不舒服，想必是这几天劳累加上吹了凉风，得了风寒了。"小六子语气中有些不安。

"你先回房间休息吧，反正今晚也没有要紧事了！"乔忠良并未意识到小六子有问题。

小六子看了看袁客师等人，才点了点头，拎着腰刀向自己的房间走去。

袁客师和齐灵芷看着小六子的背影相视一笑，乔忠良看到后，立刻小声问道:"二位,不妨有话直说,小六子这儿有什么问题吗?"

袁客师看了一眼乔灵儿,说道:"乔大哥,那我就有话直说了,您听后先别着急。"

看到乔忠良点头后,袁客师这才不缓不慢地把小六子被收买的事儿说了出来,并告诉乔忠良,洪豹杀了崔大炮后就带着银子躲了起来,要是此时再不把洪豹抓捕归案,一旦洪豹逃逃离开洛阳,救阿萍这件事就会变得更难,而且阿萍有服食避水丹的习惯,毒瘾越来越大,跟洪豹的时间越长,她的状况就会越糟糕。

"所以你们就故意透露出洪豹要出卖我们的假消息,小六子担心他会向来俊臣告密,便会去找他?"乔忠良震惊过后深吸了几口气,努力地平复着心情。

"每个人都怕死,除了愧疚之外,一旦事情被来俊臣所悉,小六子也难逃一死,他去找洪豹,无非就是想告诉他,到目前为止,我们对他无法产生任何威胁,他大可不必和来俊臣联手,大家可以相互平安无事。"袁客师说道。

"而且现在我们还无法确定通过小六子就能找到洪豹!"齐灵芷说道。

"这只是你们的猜测。"乔忠良不敢相信袁客师所说的是事实,他更希望小六子是被冤枉的。

"是不是猜测很快就会有结果。"齐灵芷朝着小六子的房间方向努了努嘴。

"无论是不是猜测,咱们都不能冒险,洪豹一天不除,案子便算不上告破,阿萍也不能回来,不是吗?"袁客师道出要害。

乔萍儿是乔忠良内心最痛的痛处,当他第一眼看到阿萍头脑浑浑噩噩,并委身于洪豹,作为父亲的他,就如同心放在油锅里煎炸一般。但阿萍在洪豹手上,投鼠忌器,一旦计划不完善,很可能会害了阿萍。

正当四人都拿不定主意时,只见狄仁杰从房间走了出来,说道:"客师说的有道理,我已经窥破了大部分案情,也该到收网的时候了。"

乔灵儿立刻说道:"青龙大街柳条巷朱红色大门?"

狄仁杰摇摇头,说道:"交易避水丹时,我当着洪豹的面点破了他的这个秘密住所，洪豹那么狡猾，怎么可能再用。"

乔忠良冲着乔灵儿使了个眼色，两人迅速向小六子的房间走了过去。

被最信任的人出卖是一种无名的痛，痛到整个内心世界崩塌。

当乔忠良发现身体"不舒服"的小六子并不在房间，小六子的床铺和被子，压根儿就没有动过的痕迹。他的心一下子凉透了。

"真的是他！"乔忠良的声音有些颤抖。

第二十九章　死战

小六子内心是怀着愧疚的。他现在要找到洪豹，就算拼了一条命，也决不能让他和来俊臣联手。

可惜的是，小六子太高估自己的能力，也低估了洪豹的狡猾。他按照原本和洪豹见面的方法尝试联系洪豹，却未得到任何回应。

他想起狄仁杰当初和洪豹交易时说出的那个地址，便趁着夜色来到青龙大街柳条巷，找到了朱红色大门的宅子。宅子的大门虚掩着，他小心翼翼地进入宅子，探查一番后发现早已是人去楼空。小六子一屁股坐在客厅的椅子上，双眼无神地望向桌案上还算新鲜的水果。

他想起了父母从小对他的教导：人可以没钱，却不能没有道德底线。

他最初是带着梦想和激情来到神都洛阳的，在他看来，洛阳遍地是黄金，只要肯努力，一切都将唾手可得。理想是丰满的，现实是残酷的，他在洛阳举目无亲，除了流落街头以乞讨为生，再无其他生计，甚至在乞讨这个行业也备受排挤，若非遇到了乔忠良，他怕是早就饿死在洛阳街头了。

小六子本质淳朴，但也带着那股倔强，他宁可死在洛阳，也决不回家。

乔忠良好心收留了他，并将他引荐到大理寺做杂役，几年后，小六子如愿以偿地成为大理寺正式捕快。

原本以为可以光宗耀祖时，他却发现捕快只是大理寺最低贱的行业，工钱也只够自己生活，莫说娶妻生子、成家立业，就连喝顿小酒都是件非常奢侈的事儿。乔忠良等人相继给他介绍了很多姑娘，但洛阳城本地的姑娘高傲得很，没人愿意嫁给一个外地来的穷捕快。

过了几年后，他发现就连回家娶媳妇安家的愿望也无法达成。父母以为他在洛阳飞黄腾达，便屡次写信催他给家里拿些银子，翻修老房子，盖新房子给弟弟们当婚房。他要是空着手回家，别说是成家，可能连家门都进不去。

就在他发愁的时候，洪豹找上门来。小六子嫉恶如仇，若是平时，他早就拔刀相向，将洪豹绳之以法。可他经历了这么多，现在眼睛里只有银子！

洪豹的要求不高，只是乔忠良有针对他的行动，小六子便要提前告知。只要不被乔忠良抓到即可，绝不会危害到乔忠良以及小六子等人的人身安全，也绝不会出卖他。

小六子虽说敬重乔忠良，但他现在更需要钱，于是他答应了洪豹，这也是这么多年洪豹逍遥法外的主要原因。

黑帮就是黑帮，在受到威胁后，做事便不会再有底线。现在洪豹要翻脸，不但想要乔忠良的命，还想要狄仁杰的命，小六子不得不铤而走险。

可惜的是，洪豹并不想给小六子机会，放弃了曾经的秘密落脚点，也绝不和任何线人联系，避免被大理寺抓到尾巴。

"你在愁什么？"

突如其来的声音吓得小六子立刻站起身，抽出腰刀警惕地看向四周："谁？"

"你在找洪豹！"神秘的声音一语道破他的心事。

"我找谁和你有什么关系？有本事出来说话，躲躲藏藏算什么本事？"小六子壮着胆子喊着。他早已观察了房间数遍，却并未发现神秘人的存在，这说明此人功夫极高，用的是千里传音来和他对话。

"你明他暗，他不想见你，你是绝对找不到他的。"神秘声音充满揶揄。

小六子并未答话，反而深吸一口气，屏住呼吸仔细地听着，企图通过听声辨位发现对方所在。

"我也讨厌洪豹，他太自私了，这样的人就该死。我……可以给你提供他的地址。"神秘人说道。

"我要他的地址干吗？"小六子依然嘴硬着。

神秘人冷笑了几声，说道："你和洪豹的事儿已经被白鸽门怀疑，齐灵芷派了门人跟踪你，他们想通过你找到洪豹。"

小六子急忙走出房间，向四周看了好一阵，又回到大厅。

"不过他们的算盘打得不对，因为洪豹要躲着你，你也找不到。"

"你知道的可不少！"小六子语气中带着威胁。

"事已至此，你还可以将功补过，狄仁杰和乔忠良仁厚，定不会追究你。"

"我哪还有机会将功补过？"小六子说话间带着哭腔。

"你把地址给了他们，就算将功补过了吧……呃……他们快来了，这是地址，你自己看着办吧！"

"你到底是谁？"

话音未落，一把匕首从窗外射了进来，正好钉在一根柱子上，匕首上还扎着一张纸。小六子来不及多想，急忙上去把匕首拔下来，打开纸，看到上面有一个地址。

"我还是无法面对老乔……"小六子抹了一把眼泪，把匕首和纸放在桌案上，又把自己的腰刀解了下来，犹豫后抽出腰刀割破了手指，在纸的背面写了一些字，把腰刀和纸都放在桌案上，这才出了大厅，朝着后门的方向疾奔而去。

……

当狄仁杰等人来到大厅时，袁客师和齐灵芷早已搜遍了整个宅院，并未发现任何异常后，才回到大厅和众人会合。

"大人，果然如你所料，洪豹早就放弃了此处。"齐灵芷说道。

狄仁杰把腰刀放下，拿起那张纸："这是小六子的腰刀，想必这纸上的血字也是他留下的。"

纸上歪歪扭扭地写着："我对不起狄大人，对不起乔大哥，这是洪豹的藏身地址，算是小六子将功补过吧。"

一直跟踪小六子的白鸽门门人进入大厅，向齐灵芷抱拳施礼，脸上满是愧疚："门主，属下跟踪小六子到此，他刚才离开，我准备继续跟踪时，却被一个神秘高手阻拦……"

齐灵芷正要训斥，却见狄仁杰摆了摆手："无妨！"

"大人，快做决定吧！"乔忠良脸上满是焦急。

对狄仁杰而言，眼前的线索好像来得太过容易了，地址有可能是洪豹的藏身地，也有可能是洪豹利用小六子所设的陷阱，更有可能是来俊臣设下的埋伏。但目前形势迫在眉睫，只能走一步算一步。

"召集人马，和弟兄们交代一下，洪豹是危险人物，可以不用缉捕归案，若有反抗格杀勿论！灵芷、客师，探查的事儿还要劳烦你们了！"狄仁杰吩咐道。

……

令狄仁杰意外的是，字条上的地址真的是洪豹的藏身地，这一点得到了齐灵芷和袁客师的证实。

"洪豹和阿萍在里面，还有十二名打手。"齐灵芷说道。

"老乔，咱们得详细商量一下抓捕方案，"

"还商量啥，先拿了洪豹再说！"乔忠良救女心切，已经顾不了许多，他带头冲了进去，一刀便结果了一名帮众的性命，与其他几名帮众搏杀起来。

捕快们亦跟着乔忠良冲进宅院内，与抵抗的帮众捉对厮杀着。狄仁杰叹了一口气，冲着袁客师和齐灵芷使了个眼色。他知道这一天早晚会来，只是没想到会来得这么快。

这座宅子是洪豹最为隐蔽的住所，除了他自己之外，没有任何人知道，带来的十二名帮众也是他的心腹死党，他的计划是晚上在此落脚，明天一大早便派人去找来俊臣，把狄仁杰的所有如实禀告，拿到赏赐后便带着阿萍离开洛阳。

他不清楚狄仁杰等人是怎么得知他的落脚点的，但这一切都不重要了，现在他要大开杀戒，只要杀了武功最高的齐灵芷，其他人全然不在话下。

擒贼先擒王。袁客师和齐灵芷自然不会和小喽啰纠缠，径直冲进大厅中，当他们看到洪豹时，却并未从对方的眼中看到恐惧。

洪豹推开依偎着的阿萍，慢慢地朝着齐灵芷二人走去，只见他浑身肌肉膨胀，双眼通红，露出的手臂、脖子和脸上亦长满了鳞片状物质。

"他吃了避水丹！"袁客师提醒着齐灵芷。

"我倒要看看，这丹药的效果还能比我勤学苦练的效果更好吗？"齐灵芷把青霜宝剑扔给袁客师，运气提掌，以师门绝学百花掌攻向洪豹。

百花掌以招数繁杂著称，技巧性招数居多，只求伤敌，不求一击毙命。她之所以选择以百花掌对敌并非轻敌，而是根据对手的状态而定。她的剑法是回风雪舞剑法，以轻灵加上锋利的宝剑为主，看洪豹浑身长满鳞片，必定对宝剑的伤害有很强的抵抗力。而掌法则是以内力伤敌，几乎可以忽略鳞片的防御能力。

齐灵芷浅浅一笑，一招"自在飞花轻似梦"若有若无地拍向洪豹的面部。

"嘿嘿，你可比阿萍漂亮多了，不过招数却不咋地！"洪豹嘿嘿一笑，仿佛疯魔一般，丝毫不顾及对方的掌势，举拳便打向齐灵芷，虽说毫无章法，却携带着一股无可匹敌的力量。

一力降十会。

洪豹的气势让齐灵芷想起了"铁尸迷案"中的食人魔关老二，不但力大无比，还有可能刀枪不入，这一拳虽然没有招数，但绝对有开碑裂石之力。

她不敢大意，撤回了原本的招数，身体一扭正好躲过对方的一拳，来到洪豹身侧，只见她双唇紧闭、面色凝重，一招"此花开尽更无花"全力击向洪豹的肋部。

洪豹果然未躲开，硬生生地承受了这一击，却见他只是扭动了一下身子，随后嘿嘿一笑，转身飞起一脚踢向齐灵芷。

齐灵芷暗中叹了一口气，纤腰一摆，陡然滑出数尺，左脚一点地，身体如同鹰隼般腾空而起，右手一招"黄菊枝头生晓寒"往洪豹的头顶拍去。

洪豹竟然不躲不闪，反而头部向前一倾，迎着齐灵芷的掌力顶了上去。

人头顶的百会穴是致命穴位，哪怕练的是刀枪不入的金钟罩，头顶的百会穴也无法练到周全，更何况像齐灵芷这样的内家高手，内里吞吐之下碎石断金。

齐灵芷惊讶之下却并未收回掌力，实实在在地拍在了洪豹的头上，她感到自己的手掌好像拍在一块巨大的岩石上一般，一股巨大的力量反震回来，若非收的及时，怕是要震伤手骨。

洪豹的情况也好不到哪去，他倒退了十来步，最后撞到一堵墙上才算停了下来，他怒吼着，摇晃着有些迷糊的脑袋，从怀里掏出一个瓷瓶，打开塞子后一股脑倒进口中。

是避水丹！

洪豹敢于用脑袋硬抗齐灵芷的掌力，并非他有绝对的把握，只是避水丹的药性令他的脑袋有些混乱，这才做出如此疯狂的行为，这也是他出拳没有任何章法的原因，否则，以洪豹的武功，绝不可能像流氓打架一般胡乱出拳。

不等洪豹反应过来，齐灵芷再次蹿身而上，身形一晃，使出移形换影的功夫，一瞬间来到洪豹面前，纤纤五指直拂洪豹的双眼，此招正是"百花掌"之杀手"一枝红杏出墙来"。

功夫就算再厉害，身体抗击打能力再强，眼睛依然是要害。

洪豹因脑子混沌，并未在意对方的招数，不顾迎面而来的手指，硬生生地一拳朝着齐灵芷的胸部打去，力道奇大无比，其中还夹杂着连绵不断的内力，要是齐灵芷被击中，就算不死也要重伤。

齐灵芷只好撤回招数，以掌抵住洪豹的拳头，硬生生接了这一招。齐灵芷被打退数步，被在一旁观战的袁客师扶住，洪豹却未受到丝毫影响，反而再次扑向二人。

袁客师拔出青霜宝剑，以剑做刀，青霜宝剑迎风一晃，剑锋带出裂锦般的声音，万马奔腾般地砍向洪豹的脖颈。

袁客师这招刀法来自汪远洋的蝉翼刀法，经过齐灵芷和他的改进后，演变成了他的专属刀法——风云刀。汪远洋的蝉翼刀法无招无式，只凭借快速的身法和刀法克敌制胜。风云刀法继承了蝉翼刀法的基本属性，却被袁客师硬生生地演变出五招，在他的内力加持下，居然隐隐炼出了刀气。

洪豹只是微微一笑，身形一矮，宝剑贴着他的头皮而过，他一拳打向袁客师的肚子。

袁客师并未躲闪，他知道齐灵芷定会替他挡下攻击。齐灵芷硬生生地和洪豹对了一拳，强大的拳力震得她连连后退。

袁客师趁机施出风云刀法第二招，只见他手中的青霜宝剑像狂风中的流云，忽聚忽散地砍向洪豹的脖颈、胸腹。洪豹躲闪不及，双臂护住脖子，胸腹却硬生生地承受了这一招。可惜的是，袁客师的剑仿佛砍中了木头一般，洪豹甚至连一滴血都未流！

"再看这招！"袁客师被激起了骨子里的倔强。

他晃动手中的宝剑，居然产生了传说中的剑气，剑身忽隐忽现，像秋风中的落叶，一剑连一剑地散向洪豹的全身要害。

"这个还有点意思，不过依然没用！"洪豹双腿一较劲，以极高的速度脱离袁客师剑气的攻击范围，挥起拳头砸向齐灵芷。

洪豹只要一出手便是全力，袁客师和齐灵芷的策略是"耗"，只要耗到避水丹的效力过去，或者是洪豹的内力耗尽，便是将其击杀的那一刻。

……

此时的阿萍也和乔灵儿和乔忠良战在一处，虽说她脑袋混沌，功夫却高明得很，加上服用避水丹后力量极大，几乎将乔忠良父女二人打得毫无还手之力。

因为害怕伤了乔萍儿，乔忠良和乔灵儿始终不敢全力出手，若是其他捕快偷袭阿萍，乔忠良还要为其挡下招数，几十个回合下来，乔忠良和乔灵儿已经浑身伤痕累累。

"萍儿，你快住手！"乔忠良挡住了阿萍的攻击，双手勉强控制对方的一只手臂。

阿萍没有丝毫犹豫，飞起一脚把乔忠良踢飞，又转身一拳打在乔灵儿的脸上，乔灵儿打了两个转后倒在地上。

"嘿嘿嘿嘿！"阿萍从身旁一个打手处夺来一柄钢刀，朝着乔灵儿砍了过去。

乔忠良心急如焚，正要起身阻拦，却见一个人闪电般冲到乔灵儿身边，以肩膀挡住了阿萍的刀，随后一手抓住刀身一手抓住阿萍的手腕，吼道："乔大哥，快动手！"

是小六子。

原来小六子并未逃离洛阳，反而一直暗中跟着狄仁杰等人，当他看到乔灵儿遇到危险后，不顾一切地冲了过来。阿萍这一刀用尽了全力，几乎将小六子的肩膀砍断，鲜血顺着衣袍淌了下来，瞬间把半边身子染红。

"六子！"乔忠良爬起身来，一个鞭腿把一名冲过来的打手放倒，随后合身撞向阿萍。

阿萍原本和小六子胶着，被乔忠良撞飞，落地时脑袋撞到了院子里的水缸上，水缸碎裂，水瞬间流了一地。

剧痛和水带来的凉意令阿萍有了一瞬间的清醒。

"爹，姐姐，你们……"阿萍用手抹了抹脸上的水，愣愣地看着倒在地上的乔灵儿和抱着小六子的乔忠良。

阿萍猛地用手拍了拍脑袋，恍惚间她看到了和齐灵芷、袁客师搏杀的洪豹。

"是他，洪豹！"阿萍几乎想起了一切。

当年，她为了反抗乔家长辈对女孩儿的偏见，只身一人潜伏在黑市，准备把洪豹抓捕后送到大理寺，为自己和姐姐争口气，为父亲争口气。想不到的是，洪豹的功夫和智慧远远超出了她的想象，不但没抓到洪豹，反而被洪豹以避水丹弄坏了脑子，成了他的情妇。

她成了他最得力的助手，也是黑豹帮最凶狠的杀手，只要敢和黑豹帮作对，洪豹便会派出阿萍刺杀。她已经记不清杀过多少人，手上沾了多少鲜血。

她看着自己手上的鲜血大声狂叫着。

对于那个对女性并不友好的年代，她知道，她永远回不去了，就算洪豹伏法，她也无法回到乔家大院，回到曾经的日子。

乔灵儿摇晃着站起身，一瘸一拐地走向乔萍儿："萍儿，你……想起来了？"

乔萍儿再也控制不住泪水，眼泪噼里啪啦地流了下来："姐，我……"

"不怕，不怕，有姐在！"

洪豹和阿萍相好数年，说没感情那是假的。他见阿萍被乔忠良撞倒在地，又见乔灵儿慢慢走向阿萍，以为乔灵儿要杀阿萍，便奋起全力逼退齐灵芷和袁客师，从地上捡起一柄钢刀，人刀合一冲向乔灵儿，力量如疯牛一般，速度快如闪电。

就算乔灵儿在巅峰状态也无法躲开，更何况她还受了伤。

阿萍却动了，在钢刀刺中乔灵儿的瞬间推开了她，钢刀毫无阻碍地刺穿了阿萍的胸膛，她看着眼前的洪豹，心中说不出是什么滋味来。

"阿萍！"洪豹也被这突如其来的意外惊得呆住了。

齐灵芷和袁客师趁机冲上前去，拳掌交加，倾尽内力打在洪豹身上。虽说洪豹吃了避水丹长出了角质鳞片，令身体变得皮糙肉厚，却并非真正的刀枪不入，在两人全力攻击之下，全身经脉悉数断裂，他倒地后勉强爬起来，却感到身体一阵空虚，吐了一大口鲜血，但他依然不顾一切地冲向阿萍。

"萍儿！"乔忠良放下奄奄一息的小六子，冲向阿萍。眼见着女儿清醒过来，却为了救姐姐被洪豹用钢刀贯穿胸膛，乔忠良心中的痛无以言说。

"爹，我回不去了。谢谢您的养育之恩，萍儿只能来世再报了。"阿萍勉强冲着乔忠良笑了笑，就在洪豹即将冲到她身边时，她突然转过身，手握着贯穿胸膛钢刀的刀柄，拼尽全力向后疾速退着。

"啊！"钢刀刺穿了洪豹的胸膛，洪豹却并未反抗，反而伸出手抱住阿萍，两人轰然倒地。

"若有下一世，我还会去找你。"洪豹在阿萍的耳边轻轻地说着。洪豹虽说走的是黑道，但他也是人，是人就有七情六欲。他和阿萍的爱是畸形的，是基于对乔忠良的恨，但时间久了，他发现自己竟然爱上了阿萍，要是一天见不到她，心里就会空落落的，吃多少避水丹也无法填补。

可惜的是，阿萍再也听不到他的任何话了。

"萍儿！"乔忠良发疯似的冲向洪豹，掏出随身匕首刺在洪豹的脖子上。

洪豹冲着乔忠良笑了笑，吐出了最后一口气。

第三十章　陨落的神

神仙有法力，可以飞天遁地，有无穷无尽的寿命，可以和天地同寿。这种神仙只出现在传说里，现实中的"神"却不能。

正当狄仁杰、乔忠良等人沉浸在失去阿萍和小六子的悲伤中时，一把洛阳城郊的大火引起了洛阳府捕头祝光兵的注意。

中国古建筑以木质为主，加上消防设施比较少，一旦着起火来必定是连成一片。幸运的是，失火的宅子和周边宅院的距离很远，宅子烧光了之后火便灭了。

宅子很大，人口却非常少。洛阳府的捕快们对宅院进行了搜索，一共找到了六具烧焦的尸体。捕头祝光兵虽说在洛阳府是出了名的混日子，但基本常识还是有的，他让仵作老杨验了尸，却发现口腔和肺部没有一点灰烬，气管部分也没有灼烧过的迹象。

"根据我的推理，这是典型的死后焚尸，是他杀！"祝光兵拎着酒瓶说道。

老杨扬了扬眉毛，指着一具尸体说道："这都明摆着呢，推什么理，学什么狄仁杰！"

"我没学狄仁杰，就是推理，你看……"祝光兵打了一个酒嗝，熏得连尸臭都不怕的老杨都不禁皱起眉头。

"我不用看，你来看，这具尸体的喉咙有一处伤痕，是贯穿伤！"老杨指着尸体的喉咙部位说道。

祝光兵灌了一口酒，蹲在尸体旁看了看，嘴角抽了抽，伸手抓向尸体的脖子部位。老杨急忙伸手打在祝光兵的手背上："哎，这是尸体，不是烤肉。"

祝光兵手上吃痛，摇晃了一下脑袋，嘻嘻一笑："我看花眼了！"

老杨哼了一声："都像你这样混日子，真想不明白洛阳府为什么会是百分之百的破案率！"

祝光兵一本正经地说道："破不了的案子不接，推给大理寺不就好了吗！"

老杨叹了一口气，从现场转了一圈后，又回到祝光兵面前，说道："祝头儿，我觉得这件案子不简单，要不要请狄大人来？"

祝光兵喝光了最后一口酒，喷出一口酒气，说道："据本捕头观察，此案必定有蹊跷……那就……那就请狄大人来吧！"

……

狄仁杰是一个人来到火灾现场的。

乔灵儿和乔忠良还未能从失去阿萍的情绪中脱离出来，小六子身死，齐灵芷和袁客师大战洪豹，需要一段时间恢复功力。他第一次感到了孤独，一种孤立无援的孤独！

"哎哟哟，狄大人，您可来了！"府尹刘守正急忙迎上前，并未在意狄仁杰脸上的疲倦。

狄仁杰抱了抱拳，看了一眼走路歪歪扭扭的捕头祝光兵。

"您就别看他了，他不学无术，和您比不了！"刘守正对祝光兵的行为亦有些不屑，但碍于某种关系，只能让他在捕头的位置上混着。

"老杨，验尸结果如何？"狄仁杰问道。

老杨向两人抱了抱拳，说道："现场发现六具尸体，衣物都已经烧毁，只剩下烧焦的尸身。其中一具尸身喉咙部位有外伤痕迹，其他五具尸体体表无外伤。查看六具尸体的口腔、气管和肺部，并未发现灼烧痕迹和灰烬。"

狄仁杰边听着验尸结果边在现场转着，当他回到院子里时，捕头祝光兵已经蜷在一个角落里打起了呼噜，他用随身带的银针刺入了死者的喉部、胃部和腹部，并未发现银针有变黑的迹象，排除了中毒的可能。

"刘大人，这是一起杀人纵火焚尸案。"狄仁杰说道。

"这么严重！"刘守正听后一惊。

狄仁杰指了指几个房间，说道："要是寻常失火，通常只会有一处着火点，然而在这个宅子里，却发现了四处。"

主房中剩下的只有六个炼丹用的青铜鼎和四周一圈残缺的墙壁，其他房间除了墙壁之外，都烧成了灰烬。

"什么是着火点？"祝光兵突然醒了过来。

"就是引发失火的源头，一般来说，在失火现场，出现燃烧到白色灰烬的地方，极大可能就是着火点。"仵作老杨解释道。

"要是意外失火，在没有大风和易燃物品的情况下，很难形成两个以上的着火点，而这件宅子居然有四处着火点，说明很可能是人为纵火。"狄仁杰说道。

"从主房的灰烬来看，应该是大量木炭燃烧产生的，偏房中应该存放了很多中草药之类的。"老杨指着从各个房间取出来的灰烬说道。

有些木炭并未完全燃烧，还有些灰烬残存着中草药的香味儿，细闻之下还可以辨别出草药的种类。

"此间是谁的住宅？"府尹刘守正问道。

祝光兵听到刘守正的声音后立刻站起身，愣了一阵后才说道："这间宅子是一个姓朱的人买的，外来户，绝不是本地人，好像是做药材生意的。他家人很少与人接触，吃喝都是由家中下人出外采购，这家人家神神秘秘的。家里的烟囱总是冒烟，一到这周边就能闻到浓浓的中药味道……呕……"

"现场并未发现有任何药丸之类的残骸，只发现了六个炼丹用的青铜鼎。"仵作老杨说道。

狄仁杰蹲在喉咙有伤的那具尸体前仔细看着。

喉咙伤口附近有些肿胀，伤口是贯穿伤，伤口又细又窄，呈四棱状，这一击刺断了第四和第五脊椎，再贯穿至喉部。两截脊椎之间非常紧密，加上成年人骨质很硬，要想刺断两截脊椎，不但要对人体非常熟悉，还需要巨大的力量才行。

"一击致命！是高手或者是职业杀手才能做到。"狄仁杰说道。

听到杀手两个字，祝光兵几乎蹦了起来，抽出腰刀，红着眼睛向四周看着："哪里有杀手？"

众人并未理会他，目光都集中在狄仁杰身上。

"大人您看这里！"仵作老杨指着喉咙前后的伤口说道。

狄仁杰心领神会，看到喉咙前面的伤口的肉向内卷，后脖颈伤口的肉向外凸出，从痕迹来看，是凶手从后脖颈刺入再拔出形成的。

"偷袭！"狄仁杰说道。

老杨点了点头："如此说来，死者和凶手应该非常熟悉。"

"甚至非常信任！"狄仁杰说道。

"这一点从其他死者身上也能看出来。"仵作老杨指着其他五具尸体说道。

另外五具尸体并无明显外伤，脖颈部位并无勒痕，内脏完好，因此致命伤只能在头部，很可能是凶手背后一掌击打在死者后脑，导致死者立刻死亡。

"要查看死者颅脑内的情况，只能回义庄。"老杨说道。

"能看出是什么兵器造成的吗？"狄仁杰问道。

老杨摇了摇头："狄大人，在下只是仵作，不是江湖高手。"

"我是高手，让我看看！"祝光兵又醒了过来，摇摇晃晃地走到焦尸面前，用手扒着伤口看了看，随后说道，"应该是……"

他想了好半天也说不出个究竟来，最后坐在一旁又睡了过去。在案发现场睡觉，恐怕也只有洛阳府捕头祝光兵能做得出来了！

"来人，把他给我抬回去，别在狄大人面前丢人现眼！"府尹刘守正终于爆发。

几名捕快七手八脚地把祝光兵抬了出去，空气中没了熏人的酒臭味，一股人肉烧焦的味道却显得格外重了起来。

"咦，这个人我看着有些面熟！"狄仁杰把死者的嘴唇扒开，看到了一对小虎牙，他心中一惊："是他！"

"谁呀？"刘守正急忙问道。

"龙神。"

"哪个龙神……是他，无所不知的龙神，制造避水丹的龙神？"刘守正突然反应过来，瞪大眼睛看向烧焦的尸体。

江湖传言，龙神不但武功极高，还精通炼丹术，耳目遍布整个江湖，消息极为灵通，就连以贩卖消息为生的白鸽门也自愧不如。但龙神行踪极为神秘，从未听说有人见过他的真面目。按照狄仁杰的经历，目前见过龙神的除了赵安东之外，就只有他们几人。

想到这里，狄仁杰又仔细地观察焦尸的右胳膊，发现右大臂上方隐约有一个龙形的刺青痕迹。

"刘大人，您再让人好好找找，看有没有地窖或者密室之类的地方！"狄仁杰立刻说道。

若此人是龙神，那他最熟悉、最信任的人就是他的随从，那他脖颈上的伤口就应该是峨眉刺造成的。而这里定是龙神炼制避水丹的药庐，有储存避水丹的密室或者地窖。

刘守正连忙点头，冲着身边一名捕快说道："让人把房间里的灰烬都铲出去，仔细搜索有无密道、密室或者地窖。"

捕快应声离去。

狄仁杰又仔细察看了尸体的伤口，果然发现伤口就是峨眉刺造成的。上次交易完成后，龙神便带着赵安东离开，还对赵安东起了杀意，擅长追踪的乔忠良最终还是没能找到赵安东。

令人意想不到的是，赵安东依然没有消息，龙神却死了。从对宅院的勘查来看，此处便是龙神炼制避水丹的场所。

"嗯……"老杨走到龙神的尸体前拿起烧焦的胳膊和腿比画了一下，随后才疑惑地说道，"狄大人，既然你说龙神武功极高，想必他应该四肢粗壮才是，可你看这具尸体的四肢，和文人相差无几，连寻常的练武把式都不如，哪里像高手？"

狄仁杰思索一番后点了点头："可从他的牙齿特征和脸部的轮廓来看，此人就是和我当……"

他本想说"此人就是和我当天交易避水丹的龙神"，说了一半便知自己差点说漏嘴，便停了下来，硬生生地圆场道："就是龙神！"

刘守正听得一愣，听出狄仁杰的话有些不对劲儿，正要追问，却见一名洛阳府捕快跑了过来，他脸上手上都染上了黑色，笑的时候露出一口白色的牙齿，还未跑到近前，便喊道："大人，找到了！"

"还真找到密室了？"刘守正瞪大了眼睛，听到找到了密室后，便把注意力转到捕快身上。

捕快朝着狄仁杰竖起大拇指，说道："狄大人真是神了，在西厢房地下找到了一个地下密室，里面并未遭受火灾……"

见捕快语气兴奋，刘守正按捺不住地问道："里面有什么？"

捕快差点笑出声："满满一屋子的避水丹，满满一屋子！"

避水丹是禁药，朝廷三令五申任何人不得制造、贩卖五石散以及避水丹等药物。能查获这么一大批避水丹，肯定是大案要案，涉及的捕快、官员都会加薪晋职，哪有不兴奋的道理。

狄仁杰的推理得到了验证，暗自叹了一口气。

龙神随从不知什么原因杀了龙神，然后毁尸灭迹再畏罪潜逃，一屋子的避水丹甚至一颗都没拿！神秘的龙神就这样不明不白地死了。随着龙神和洪豹的死，这件案子也就破了，可他隐隐约约觉得案子不会这么简单，冥冥之中还差了一点什么！

龙神随从杀害龙神的动机？

王巍禾将劳工们灭口的动机和指使者？

三百万两购买的水晶石的用途？

这些都不是！疑点的确存在，却在狄仁杰的意料之中，他担心的是隐藏在案件背后的真相。

狄仁杰感到有些头痛，身体也变得无比慵懒，他知道这是避水丹的作用，他摸了摸怀里的避水丹。

"徐莫愁的解药也该做出来了吧？这样，案子才算是圆满！"狄仁杰自嘲着。

第三十一章　破了一半

世界本无真正的巧合，但狄仁杰的确就遇到了。

一天之内，解决了最难缠的洪豹，找到了龙神炼丹的药庐和龙神本尊，斩获了历史上最多的避水丹，徐莫愁也传来了好消息，解药研制出来了！

正如狄仁杰所预料的，一切都完美了！

至于整件案子的几个谜，也随着案件的告破而变得无关痛痒。

瘾君子们来上林苑不但能领取解药，还能目睹皇帝游玩和打猎的场所，因此蜂拥而全，队伍弯弯曲曲排了十几里，其中包括劳工营地的劳工们以及寻常百姓。

也有凑热闹单纯为了看上林苑的人们，被徐莫愁一句"若没服用过避水丹，解药就是毒药"吓得仓皇而逃。

人们吞服解药后并无太大的反应，以至于狄仁杰带着质疑的语气向徐莫愁问道："老毒虫子，你这解药好用吗？"

徐莫愁白了狄仁杰一眼："你吃一颗不就知道了嘛！"

狄仁杰捏着一颗药丸，却久久都没放入口中，其间却不停地叹着气。

"你这人，洪豹伏法了，制造避水丹的元凶龙神也死了，药庐也找到了，现在避水丹的毒也解了，一切皆圆满，你唉声叹气的是为啥？"徐莫愁捋着他的几根山羊胡子问道。

"我问你个问题啊！"

"请问！"

狄仁杰不缓不慢地问道："假如避水丹的毒你解不开，你会怎样？"

"那肯定继续研究，绝不肯罢手！"

"要是你只能解一半的毒，另外一半解不开呢？"狄仁杰又问道。

"解毒怎么可能只解一半？"

"我是说假如。"狄仁杰歪头看向徐莫愁。

"那我肯定还是不会罢手，直到完全解开为止！"徐莫愁想了想。

狄仁杰呵呵一笑，说道："我也是！"

徐莫愁突然明白了狄仁杰的逻辑，遂无奈地摇摇头，说道："我能解百毒，唯独你的死心眼儿解不了。"

"你先把自己的死心眼儿解了再说！"狄仁杰调侃着徐莫愁。

"有句俗话说得好，见好就收，这句话我送给你！"徐莫愁说道。

"已经有好几个人送过这句话给我了，我收下了。另外，你再给我弄两瓶避水丹！"狄仁杰并不想和徐莫愁争执。

"都给你解毒丸了，还要避水丹干啥？要是让来俊臣那帮人知道了，可是大大不妙！"徐莫愁满脸的不解。

狄仁杰咂了咂嘴："你给不给吧？"

"我就是问问，又没说不给，你急啥！"徐莫愁从怀里掏出几个瓷瓶，挑了两个递给狄仁杰，又问道，"到底干啥用？"

乔灵儿从一旁走了过来，从狄仁杰手里抢过一瓶把玩着："徐大哥，你就别问了，大人肯定不是做坏事！"

徐莫愁所用的瓷瓶都是皇家御用的，就算是用作收藏也属极品，因此乔灵儿一眼便看中了。

"哎，问你一个问题。"狄仁杰说道。

"女娃子，药可以给你，瓶子得还给我！"徐莫愁指着乔灵儿手上的瓷瓶说着。

"除了你之外，还有谁能研究出解药？"

徐莫愁连想都没想便答道："我师父。"

"我说的是还在世的人。"

徐莫愁想了一阵，说道："江湖上用毒的行家倒是有不少，但用毒和解毒本就是两个行当，用毒容易，解毒难。我解这避水丹之毒已经倾尽所学，若还有人能解毒，那就只有制造避水丹的人。"

"绝对吗？"狄仁杰质疑道。

徐莫愁摇摇头："天外有天人外有人，也许会有还比我厉害的高手呢。不过，在我的认知范围内还没有！"

徐莫愁在太常寺的下属部门太医署任职，太常寺卿与大理寺卿同为九卿之一，官职至正三品。而作为下属单位的太医署最高职务为从七品下。徐莫愁官职却是正四品上，竟与太常寺少卿（太常寺副职官员）为同一官职，原因是皇宫内院涉及的斗争太多，下毒是最常用的手段，而徐莫愁解毒术天下无双，守护着众人保命的底线，因此才受到如此高的待遇。

徐莫愁愁的也是这个，他既是众人保命的底线，同时也可能成为斗争的牺牲品，若非江湖事端太多，他绝不会在太医署任职。

但由此可以看出，徐莫愁的解毒术已经达到巅峰状态，天下无人可出其右。

"狄大人！"

"狄大人和徐御医正在说事儿，你不能过去！"

"狄大人救了我们的命，我代表百姓们过去给他磕个头！"

正在思考的狄仁杰被争吵声拉回现实，冲着维护秩序的捕快招了招手。劳工冲着狄仁杰一笑，拨开捕快的手，疾走几步后，跪倒在狄仁杰和徐莫愁面前。

"老人家，您快请起！"狄仁杰急忙扶起年长的劳工。

"狄大人，您还记得草民吧？"

他记得刚刚查案时，在劳工营地遇见过这名年长劳工，提供了很多有用的信息，遂冲着他点了点头，说道："您和您侄子的毒解了吧？"

"解啦，解啦。多亏了徐御医和狄大人。"年长劳工笑得很开心，随后他收起笑容，小声说道，"狄大人，草民还听说了一件事，可能和您现在查的案子有关。"

徐莫愁脸上露出好奇之色，问道："老哥，你怎么知道狄仁杰在查案？"

"洛阳城谁不知道！好多家地下赌坊还下了注，说狄仁杰破不了这件案子！"年长劳工说道。

狄仁杰心里清楚，现在的案子看起来破了，但涉嫌的王巍禾、洪豹、龙神等人已经身死，查无可查，说破了案也对，说没破案也对。

"这帮人，闲的。"徐莫愁显然对这些事没啥好感。

"听洛水河附近的渔民们说，最近两年所打上来的鱼越来越少，已经难以为生了，很多渔民卖了船改行，或者干脆做起了河两岸摆渡的生意。"年长劳工说道。

"是不是打鱼的渔民越来越多，把洛水河的鱼虾打捞干净了？"徐莫愁除了解毒术之外，几乎不谙世事。

年长劳工故作神秘地说道："应该是那条黑龙作祟，是黑龙吃光了河里的鱼。"

"这……有什么证据？"徐莫愁不解。

"渔民们说，河里原本有一种非常凶猛的鱼，俗称铜头鱼，也叫水老虎，大一些的能和人一般重，专门吃其他的鱼类，是洛水最厉害的鱼。铜头鱼的肉质非常好，打捞上来后可以卖很高的价钱。自打黑龙出现以来，渔民们连铜头鱼也打不到了。要不是黑龙，在河里哪有能敌得过铜头鱼的！"年长劳工说道。

"比铜头鱼还厉害的黑龙……"狄仁杰自顾思考着。

"渔网的破损也比以往要严重很多，要是遇到黑龙，一大张渔网怕是只能剩下一点点。"年长劳工说道。

按照年长劳工的话，黑龙定然是吃肉的，只要用肉吸引它，就可以把葬身水底的劳工骨骸打捞上来，也可以探查大坝水下的秘密。若狄仁杰的推断不错，这桩秘密将和皇帝及即将举行的祭鼎大典有关。

一名捕快从远处跑了过来，边跑边喊道："狄大人，狄大人，宗大人请您回大理寺，说是有要事相商，乔头儿他们已经赶回大理寺了！"

狄仁杰叹了一口气，向徐莫愁抱了抱拳："发放解毒药的事儿就拜托老伙计了。"

徐莫愁微微摇头，说道："看你的样子怎么像是要和我永久告别似的。"

狄仁杰苦笑一声，朝着乔灵儿挥了挥手，两人跟随捕快离去。

……

作为九卿之一的宗华并未感到高官厚禄所带来的乐趣，反而在这个位子上坐得是战战兢兢。在这个皇帝专权的时代，皇帝的意志便代表着一切，甚至高于律法。

所谓的天子犯法与庶民同罪，那也只是说说，要是皇帝犯了罪，一个小小的大理寺卿还真能带着捕快到皇宫将她抓进天牢不成？

大理寺卿的书房中摆满了案件卷宗，狄仁杰进入时需要小心翼翼，万一碰倒了哪一摞子，都会被宗华赖上，要他破了这一摞子的悬案！

"宗大人！"狄仁杰向宗华抱拳施礼。

宗华背对着狄仁杰久久没有说话，过了好一阵，才指着书房中高高挂着的一幅字说道："怀英，你说这字说的是什么意思？"

宗华并未叫狄大人，反而叫他怀英，以示此处属于私人空间，两人是朋友关系，大可不必以官职相称。

书房中悬挂着的是武则天的墨宝，当初狄仁杰协助宗华破了"阴阳变"一案后，武则天为了表彰宗华为大周社稷所做出的贡献，便亲自写了这幅字：善治善能！

"善治善能，这是陛下赐给你的，意思是处理政事善于梳理，遇事善于变通。"狄仁杰说道。

宗华苦笑一声："这话要是给其他的官员还尚可，可我是主管大周律例的大理寺卿，这不是一种讽刺吗？"

律法就是律法，需要严格执行，要是连执法者都开始变通，法将不法，国将不国。

"我明白你的意思。"狄仁杰说道。

"如果这件案子涉及皇帝本人，你如何处理？"宗华把这个世纪难题踢给狄仁杰。

狄仁杰思索了好一阵，最终只是一笑，他的笑中带着一种无奈："咱们连来俊臣这等佞臣都无可奈何，更何况是高高在上的皇帝。"

"好，洛水大坝劳工死亡案就此告破，此后不得再查。"宗华把狄仁杰的大理寺丞的腰牌递给他。

狄仁杰伸手去接，快拿到腰牌时却停住了，把手又缩了回来："腰牌先放你这儿保存着。"

宗华不满意地看了一眼狄仁杰："你的意思是还要查下去？"

"人都有好奇心的，这件案子元凶都已伏法，但我却好奇案子背后究竟是什么。"狄仁杰说道。

"你我心知肚明，无论背后是什么，都和皇帝有关，你查来查去，只是自寻烦恼，绝讨不到好结果！"宗华说道。

狄仁杰只是耸了耸肩，并未与宗华争执，随后看向房间墙上挂着的亢龙铜。

"陛下已经下了圣旨，表彰大理寺众人，同时追授喜子、小六子为大理寺银牌捕快，乔萍儿为大理寺铜牌捕快，你由大理寺丞升任大理寺少卿，从四品上！"宗华说道。

狄仁杰叹了一口气，他最不愿意听到的词就是追授，而这回却一次追授了三个人！

"皇帝知道我冒充来俊臣劫天牢的事儿吗？"狄仁杰问道。

宗华摇摇头，说道："奏章要是如实写，你早就被来俊臣抓到天牢了。"

狄仁杰苦笑一声："来俊臣早晚会查到我头上。"

"只要你不继续查案子，就算来俊臣查到你也无妨，因为有我在。"宗华说道。

"要是这么简单就好喽！"

"行了，你也别倔了。明天一早你随我进宫面圣领旨谢恩，而后随同皇帝一同参加祭鼎大典。"宗华说道。

"祭鼎大典什么时辰？"狄仁杰急忙问道。

"午时开始！"

"八月十五日，午时！"狄仁杰心中隐隐感到事情有些不对劲儿，遂向宗华抱了抱拳，"宗大人，我还有事，先告退了。"

"哎，下午上官大人会来大理寺宣读圣旨，她特意要求你必须在场。"宗华说道。

上官大人指的是上官婉儿，此时，她已经成为武则天的左膀右臂，处理百司奏表、参决政务、军国谋略以及杀生大权，几乎成了武则天的替身。

“没问题。”话音未落，狄仁杰已经离开了书房。

　　“答应得这么敷衍，定是不会来了，还不知道如何向上官大人解释！”
宗华看着狄仁杰离去的背影叹了一口气。

第三十二章　皇帝的计划

在狄仁杰眼里，弄清楚一切真相才算是破案，而不是敷衍了事，他回到白鸽门的秘密据点后便钻进了书房中，提笔在纸上写写画画起来，数张纸上写着狄仁杰所查获的线索。

※大理寺得到匿名举报，说王巍禾利用职权贪污，乔老五奉命潜伏在劳工营地搜集证据。

※原定十月份才能勉强完工的大坝提前到祭鼎大典前完成，也就是八月十五日之前。

※为了让大坝按时完工，王巍禾命赵安东做中间人，和龙神、洪豹共同经营避水丹生意。

※安排大坝竣工庆功宴的是王巍禾，令劳工丧命的良酿署的酒是王巍禾提供的。

※大坝合龙当天，洛水河附近出现了短暂的龙神显圣事件。

※王巍禾是洛阳本地人，又身为司天监正，熟悉洛阳水域的一切天文、水文、地理等，他负责建造祭龙台和洛水大坝。

※赵安东是两个出事工地的工头儿，却在灭口事件中意外活了下来。哥哥赵安西遭"黑龙"吞噬而死。

※从不查凶杀案的来俊臣竟然不顾洛阳府和大理寺的反对，强行带走赵安东，并将其关押在天牢，如无意外，赵安东定会被来俊臣刑讯致死。

※狄仁杰救出赵安东，赵安东为了给哥哥复仇，决定帮助狄仁杰。提供与避水丹相关的情报，配合狄仁杰在洪豹和龙神之间周旋，与龙神交易

完成后失踪。

※来俊臣以莫须有的罪名把背景极强的王巍禾抓进天牢并刑讯致死。

※王巍禾刚被抓进天牢，来俊臣便带着人来抄家！

※皇帝密旨内卫府大阁领贾威猛证明王巍禾购买三百万两银子的水晶石，否认王巍禾贪污。

※在被黑龙吞噬的劳工遗骨上发现咬噬过的痕迹，咬噬遗骨的生物牙齿异常坚硬。

※从县志来看，每隔十二年的八月十五，洛水就会有一次蜃景出现。

※八月十五日午时，皇帝将带着文武百官和百姓们在祭龙台举行祭鼎大典。

……

半个时辰后，整个案件的脉络已经趋于清晰，狄仁杰看着满桌子的线索叹了一口气，他知道他现在已处于两难之地。

事情要从武则天当政开始说起。

在封建时代，女性的地位很低，武则天是有史以来的第一位正统女皇帝，作为曾为皇族的李氏王侯，要是让女人做了皇帝，颜面何在。

于是一场场围绕武则天的刺杀、谋反、渗透相继展开。

武则天凭借着过人的智慧和强悍手段化解了一次又一次的危机，但她心里明白，对方在暗，她在明，对方为攻，她为守，对方在先，她在后，她只要有一次失败，便会全盘皆输。

为了稳固政权，她所用手段几乎无所不及。

她设立铜匦，置于洛阳宫城前，用以接纳天下表疏，又鼓励告密，且修订律法，告密若属实便加官晋爵、大肆奖赏，若告密有误，绝不加以责罚。

有奖无罚，于是众多的告密者应势而生，并巧妙地利用了铜匦，把一封封告密信送到了武则天面前。告密者当了官、得了奖赏，武则天清除了异己，只可惜了那些冤死在大牢里的良将忠臣们！

周兴、来俊臣便是最典型的告密者，他们不但寻找王公大臣们的错误、疏漏，甚至还编制了《罗织经》，专门为诬陷人提供相应的套路。

狄仁杰便是被来俊臣诬陷谋反，虽经过抗辩，最终洗清嫌疑，却还是被贬彭泽，由一名正三品的宰相成了一名七品县令。

政权巩固了，但人心散了，朝中的重臣也并未因此承认武则天，反而在行事上阳奉阴违，使得政令不通。

某位高人得悉了武则天的苦恼，便为其精心设计了一个计划，在祭鼎大典时令龙神显圣，佐证武则天是真龙天子，是顺承天意的九五之尊。

武则天虽对计划满意，却对诸多细节并无把握，细问之下，高人开始陈述计划的细节。

洛水流域的县志显示，每隔十二年洛水就会发生一次蜃景，蜃景所展现的不是洛水河河水的景象，就是洛水河上各河心岛的景色，出现蜃景的地点大约在现在的祭龙台附近，具体时间为八月十五日午时前后。

弄清蜃景的原理后，高人便设计了一套方案，让武则天以建立天下粮仓为由，在洛水河建造洛水大坝，同时以水晶石为材料，在大坝下建造了水晶宫，又在截流坝上方的临时水道中豢养一条"黑龙"待用。武则天钦定祭鼎时间在八月十五日午时，祭鼎时，天上便会出现蜃景——龙神显圣。

随后便是文武百官和天下百姓臣服于武则天的景象！

既完成了天下粮仓的计划，令国家富足、无惧外地，还能令群臣和百姓臣服，巩固政权，此乃一举两得。

武则天对此计划非常满意，命高人立刻实施。

身为司天监正和水部郎中的王巍禾自然成了计划的执行者之一，选择建造祭龙台的地点，以便以最佳的角度来看到龙神显圣。再额外召集两个营地的劳工，专门负责建造大坝下方的水晶宫。高人再豢养一条"黑龙"，为龙神显圣做准备。

这等机密之事自然不能传出去，水晶宫建成后，两个水下做工的营地和知道秘密的人便成了灭口的对象。

当大坝合龙时，王巍禾在良酿署的酒中掺入大量的避水丹，并将两个营地的大门用铁链锁上。喝了酒的劳工龙化，来不及下水的会在岸上窒息而死，下水的劳工会被"黑龙"吞噬。

王巍禾完成了灭口的任务。

最后再利用不知情的来俊臣诬告王巍禾参与谋反，将其抓入天牢刑讯致死。至此，世上便再无人知晓龙神显圣的秘密。

然而，赵安东却成了一个意外，一旦赵安东说出水晶宫的秘密，龙神显圣计划就会成为武则天的污点，给那些反对他的李唐旧臣出兵谋反的借口。武则天急忙让来俊臣介入此案，强行把赵安东从大理寺的手上抢了过去，要是狄仁杰未能及时做出劫天牢的决定，怕是整个案件查无可查。

……

这是狄仁杰根据查出来的线索推理出的结果，他只剩下最后几个疑点待查。其一是给武则天出谋划策的高人是谁？其二是"黑龙"究竟是什么生物？其三是赵安东，他在整个事件中仿佛是一条线，引着整个事件在向前推动，他究竟充当着什么角色？从喜子的验尸结果来看，是赵安东害死了他。但喜子当时是在救赵安东，为何赵安东要夹断他的双肋？其四是小六子留下的那张字条，字迹并非小六子所写，那究竟是谁提供了这条线索？提供者为何要帮助大理寺？最后一点是龙神之死，无论气势、武功、智慧，龙神都不足以支撑整个避水丹产业，而且他还死在了龙神随从的峨眉刺之下。如果龙神不是龙神，那谁才是真正的龙神？

他揉了揉发涨的太阳穴，正要提笔再写时，却听见脚步声响起。

"大人，是您在书房吗？"乔忠良的声音从门外传来。

狄仁杰打开房门，看到了神色有些悲伤的乔忠良和乔灵儿，他心中一痛，急忙把两人让了进来。乔灵儿看到桌案上放着很多纸，便走过去看了起来。

狄仁杰脸色一正，把所推断出来的结论陈述出来。

惊人的真相令乔忠良久久没缓过神来，他只是大理寺最普通的一名捕头，在这个佞臣当道的时代，能保住脑袋有一口饭吃就算不错了，现在这件案子涉及皇帝，要是继续查下去，无论查得对还是查不对，最终都会落个满门抄斩的下场。

"大人，您想怎么办？"乔忠良看着狄仁杰的眼睛小心翼翼地问道。他满心希望狄仁杰会放弃继续查案，等上官大人宣读褒奖圣旨，明天再参加完祭鼎大典，一切平安无事。

"我要下水探查，弄清水晶宫和黑龙的推理是否正确。"狄仁杰说道。

"正确怎样？不正确又怎样？"乔忠良反驳道。

"爹，你咋和大人这样说话？"乔灵儿对父亲的态度有些不满。在她的眼里，无论是查案还是经营家族生意，父亲都是胆小谨慎，不敢冒一点险的。

"不碍事。老乔，我知道这件事很难，无论破案与不破案，咱们都是失败者。"狄仁杰说道。

乔忠良见狄仁杰如此说话，便不好再说什么。

"如果我推断不错，赵安东很有可能是给皇帝出谋划策的那个高人，也是掌控一切的幕后真凶，而他在皇帝的计划之外还有一个计划，一旦实施起来，恐怕天下都要大变。"狄仁杰说道。

乔忠良思索了一番后问道："大人，可否详细说说？"

"王巍禾身为水部郎中，为何要花重金买水晶石？"狄仁杰问道。

乔忠良和乔灵儿摇了摇头。

"结合大坝合龙当天的龙神显圣，可以得出结论是，他在大坝水库的水下建造了一座水晶宫！"狄仁杰说道。

乔忠良思索一阵后点了点头："有这种可能。"

"如果水晶宫还承担了大坝一部分载重呢？"狄仁杰问道。

"建在大坝正下方？"乔灵儿惊道。

狄仁杰点了点头，从桌案上拿起一张地图，指着祭龙台和大坝、洛阳城："你们看，祭龙台正好在大坝的下游，想那水晶质地很脆，在强大的水压之下，时间久了必定会碎裂。如果刚才的推论成立，大坝坍塌，洪水顺势而下，参加祭鼎大典的皇帝、大臣和百姓们就会遭殃！"

"这只是您的假设和推论。"乔忠良说道。

"所以我才要下水探查。"狄仁杰说道。

"嗯……要是这样说……"乔忠良毕竟是大理寺的老捕快了，基本的逻辑思维还是有的。

"咱们再说说龙神。"狄仁杰说道。

乔忠良几乎不假思索地说道："从我初次见到他，我就感觉他有些不对劲儿。但当时我被萍儿的出现打乱了思绪，这才未加分析。"

"没错，无论智慧还是武功，那人都不具备龙神该具备的条件，因此，他很可能是一个替身。"狄仁杰说道。

"这个结论太惊人了！"乔灵儿放下手上写着线索的纸张看向狄仁杰。

狄仁杰接着说道："还有更惊人的。你们还记得徐莫愁所说的话吧？除了他之外，天下就只有避水丹的制造者才可能有解药。"

乔灵儿立刻应声："您不也服用了避水丹嘛，还不是一样安然无恙。"

乔忠良冲着乔灵儿摇摇头："狄大人的金针渡命术出神入化、绝世无双，这才侥幸躲过了避水丹的毒。王巍禾在酒里下的避水丹的量非常大，寻常人喝了之后必死无疑。"

"那么多劳工，不是窒息而死就是跳入水中被黑龙吞噬，为何赵安东无事？另外，龙神当初把赵安东掠走，直到现在赵安东还生不见人死不见尸，龙神却死了，龙神随从亦神秘失踪，这说明什么？"狄仁杰说道。

"赵安东可能是龙神？"乔忠良惊道。

"也只有这个可能才能解释一切！十二地支最神秘的龙神，通晓天下事，武功极高，擅长炼制各种丹药。"

乔忠良心中却有一个疑问，从赵安东的年纪来看，也不过三十来岁，就算从娘胎开始练武功，也不可能有太高的成就，更何况炼丹入门简单，精通很难，像避水丹这种非常复杂的丹药，在江湖上能炼制出来的人寥寥可数。

"好可怕的人！大人，我支持你继续查这件案子，大不了一死！"乔灵儿脸上满是愤怒！

狄仁杰看向乔忠良。

乔忠良犹豫了好久，目光才逐渐坚定起来，下定决心道："事已至此，那就查他个底朝天！"

狄仁杰看了看窗外渐暗的天色，叹了一口气："明天是个关键，晚上好好休息吧！我现在给宗大人写一封书信，老乔，你连夜送给他。"

狄
仁
杰
之
亢
龙
有
悔

第三十三章　黑龙和水晶宫

《周易·乾》中有"上九，亢龙有悔"。乾卦爻位到了上九，以六爻的爻位而言，已位至极点，再无更高的位置可占，孤高在上，犹如一条乘云升高的龙，它升到了最高亢、最极端的地方，四顾茫然，既无再上进的位置，又不能下降，所以它反而有了忧郁悔闷了。这一爻，对物理而言，便将有物极必反的作用。对人事而言，便将有乐极生悲的现象。

亢龙有悔意为龙飞到了过高的地方，必将会遭受灾难。居高位的人要戒骄，否则会因失败而后悔，后也形容倨傲者不免招祸。

来俊臣也有朋友，也有家人，也有敢于和他说真话的人。可人在巅峰时期怎能听得进去不同意见，因此他并不认为自己是佞臣，反而在沉迷于权力和金钱的路上越走越远，渐渐迷失了自我，迷失了人生。

被他盯上的王公大臣，几乎都落个凄惨而死的下场，以至于大臣们提起来俊臣便会浑身颤抖，在每天上朝前都会和家人提前诀别。

然而有两个人却并不畏惧来俊臣，一个是大理寺卿宗华，他位列九卿之一，身份地位仅次于皇帝，而且本家和娘家都有极强悍的背景，绝不是一个来俊臣能诬陷得了的。另外一个是狄仁杰，虽说没有强悍的背景，但他的智慧、能力和百折不挠的精神都令来俊臣胆战。

这两个人不倒，来俊臣就无法在朝堂上独断专行，他们早已成了来俊臣的眼中钉肉中刺！

一想起这两个人，来俊臣的眉头就皱成了一个大疙瘩，端着的茶水早已凉透，却一口未动。

"主人！"一名护卫冲了进来，跪地给来俊臣磕头。

护卫进来的速度太快，吓得来俊臣手上一哆嗦，茶杯落在地上碎成了八瓣儿。来俊臣心生恼怒，起身抬脚就向护卫踹了过去。

"狄仁杰，是狄仁杰！"护卫不敢躲闪，急忙说着。

来俊臣这才收住招式，抓住护卫的脖领子问道："什么狄仁杰？你说清楚！"

护卫立刻赔笑着："冒充您劫天牢的就是狄仁杰。"

来俊臣听后双眼冒光，松开了护卫，歪着脸咬着牙，脸色变得铁青。

"这多亏了您的主意，把那名刺客的尸体送到义庄。小人一直在义庄附近盯着，发现狄仁杰来到义庄，出了银子将尸体安葬。经小人详细调查，那人正是大理寺的捕快，叫周喜子，自打进入大理寺后便一直跟着乔忠良混，在天牢前驾着马车险些伤到您的就是周喜子。主人，这狄仁杰和同党死而不僵，一次又一次地和您作对，坏了多少好事。现在竟然胆敢冒充您的容貌，利用您的威望劫持天牢，真是罪该万死！"护卫献媚道。

狄仁杰自打任大理寺丞后，破案数千起，涉及的人数达到数万人，这其中有很大一部分都和来俊臣等佞臣的诬陷有关，解除了冤案的百姓皆大欢喜，但对于来俊臣来说那便是大大不妙了！

来俊臣思索一阵后说道："狄仁杰回神都后，只是一个小小的六品大理寺丞，要是没有宗华的支持，他怎么敢这样做？"

"那就连宗华一块弄了！"

来俊臣挥手给了护卫一耳光，怒斥道："糊涂东西！狄仁杰一个人就够我对付了，再加一个宗华，本官哪能对付得了，凭借你们这帮废物还能整倒宗华不成！"

护卫被打得有些委屈，却不敢再说话。

"召集人手，先抓了狄仁杰再说！"来俊臣下了狠心。

"大人，反正咱们也知道了是狄仁杰，您刚参加早朝回来，不如先休息一下，小人带着人……"

"休息个屁，午时还要陪陛下去祭鼎大典，在此之前，本官要亲自把狄仁杰送进天牢，在祭鼎大典前，本官找机会在陛下面前参他一本，祭鼎大典一结束，就立刻拿了他的性命，以免夜长梦多！"

……

由于大坝刚刚建成，截流坝拆除时产生了大量的泥沙，使得整个洛水河的水质有些浑浊。

洛水中有"黑龙"这件事令渔民们胆战心惊，别说是下水探查，就连出船打鱼都成了禁忌之事。虽说很多人都受了狄仁杰的恩，却没人愿意为他冒险下水。

无奈，狄仁杰决定亲自下水。

乔灵儿看着渔民们把大量的鱼肉扔进河水中，却并未见"黑龙"前来吞噬，心中有些担忧："大人，黑龙并未被鱼肉所吸引，怕是只吃活物吧！"

"事情总得有人去做，更何况时间不多了！"狄仁杰看了看正在升起的太阳苦笑一声，从怀中掏出避水丹，掂了掂："就知道早晚能用上它！"

乔灵儿眼珠一转，从怀里也掏出一瓶避水丹，是当初徐莫愁给狄仁杰避水丹时抢过来的，她捏着瓶子摇了摇，说道："我也有避水丹，而且我水性原本就比你强，不对，应该说万能的狄大人根本不会游泳，更别提潜到水中去探查水底了！"

洛阳附近水域很多，因此大多数人都擅长游水，乔灵儿和乔萍儿姐妹自小就野性十足，经常偷偷来到城外的洛水河玩水，水性自然了得。

"还是我下水。"乔忠良说罢，便朝着大坝下方走去。

"狄仁杰，你冒充本官劫天牢，快快跪下束手就擒，否则，别怪本官当场将你格杀！"随着一阵阵马蹄声响起，来俊臣的声音从远处传来。

"老乔，灵儿，你们帮我挡住来俊臣，我先下水！"狄仁杰吞下一颗避水丹，从堤坝上跳入水中。

乔忠良和乔灵儿急忙来到堤坝上，拦住来俊臣等人："来大人，狄大人正在查案子，还请不要打扰。"

来俊臣撇了撇嘴，说道："乔忠良，大理寺的人都叫你一声乔头儿是因为尊重你老资格，可你在本官面前，却狗屁不是，滚开！"

乔忠良虽说油滑，但被来俊臣这样贬低，亦感到怒火攻心，更何况还在他女儿乔灵儿面前，这让一名父亲如何立得住脸面！

"来大人，我叫您一声来大人是因为您的官职，但您记住一点，只要有人作奸犯科，落在大理寺手上，再大的官也得老老实实！"乔忠良盯着来俊臣的眼睛说道。

来俊臣被乔忠良的话噎得一愣，竟然不知该如何反驳。一名护卫却走上前，恶狠狠地瞪着乔忠良："赶紧滚开，否则，连你俩一起抓！"

"您说狄大人冒充您劫了天牢，请问证据在哪？另外，狄大人是大理寺丞，我和灵儿是大理寺捕快，要想抓我们，怕是要宗大人发话才行。"乔忠良的手已经握住了刀柄，看样子只要来俊臣等人再上前一步，他便要出手。

乔忠良的武功虽说一般，但有大理寺捕快的身份加持，就算是来俊臣也不敢轻易和他们动手。

"有没有证据，到了陛下面前再说。"来俊臣冷哼一声，抬出皇帝来压制乔忠良。

乔忠良正要说话，却听见大理寺卿宗华的声音传来："来大人，今天怎么有闲情逸致到水库玩耍呀？"

来俊臣脸上显出极其厌烦的表情，深吸一口气，吐出后忽然变了一张笑脸，转身向宗华抱拳："真巧，宗大人为何而来？"

看到宗华后，来俊臣脸上的表情一下子凝固了，因为他看到宗华手上拎着亢龙锏。

亢龙锏是唐太宗李世民根据尉迟恭的兵器九节铁鞭设计，并用天外玄铁打造而成，上可打昏君，下可杀谗臣。李世民曾经下过一道圣旨，亢龙锏所到之处犹如皇帝亲临，可便宜行事。

来俊臣不敢得罪宗华的主要原因也正是因为这根亢龙锏。

"宗大人，您这……"来俊臣苦笑着看向亢龙锏。

"狄仁杰要查案，本官身为大理寺卿，鼎力支持也是理所应当。至于亢龙锏嘛，主要是怕某些人从中作梗，坏了大理寺的名声！"宗华说道。

来俊臣嘿嘿一笑，说道："都说这洛水有黑龙，我听说狄仁杰要下水探查，过于担心他，这才前来阻拦。"

"那我就代表狄仁杰感谢来大人的好心了，不如来大人先回府上，备好酒菜，等狄仁杰出水后，我陪着他到你府上喝两盅去去寒，如何？"宗华笑着说道。

"那……自然好，有宗大人持亢龙铜在此，黑龙又岂敢伤害狄大人，那本官就先告辞了。"来俊臣抱拳后转身离开，边走边小声骂着，又朝着两名护卫使了个眼色。

护卫朝着来俊臣点点头，走到岸上后，径直钻进附近的小树林中。来俊臣朝着宗华的方向冷笑一声，骑马离去。

……

身在水下的狄仁杰自然不知岸上发生的变化，他服用避水丹后，从心口部位开始长出鱼鳞一样的角质鳞片，浑身燥热无比，连呼吸出来的气都是极其燥热的，他屏住一口气，向河底潜了下去，原本不懂水性的他，居然在水里如同一条鱼一般，由于水的缘故，身体的温度也逐渐降了下来。

他立刻想到了劳工营地死在陆地上的那些人，其根本原因不是在陆地上无法呼吸，而是身体来不及排除热量，导致体温过高，令五脏衰竭，表现出来的现象是肺部无法自主呼吸，最终导致窒息而死。

这也和避水丹的来历有关，避水丹改良自五石散，五石散药性极为燥烈，避水丹虽说进行了改良，但燥热的底子却并未去掉，要是服用量过大，就会导致热量无法散出。

更令他震惊的是，不但体能大大增加，并可以长时间屏住气息，他居然能在水下看到很远的距离。

河水上层看起来有些浑浊，意想不到的是，河底居然相对清晰，可以隐约看到坝体下中央位置有一座宫殿的影子。

"应该是它！"狄仁杰已经适应了水的阻力，迅速地朝着宫殿的方向游去。

与此同时，河水中突然涌动起来，一条黑色的龙从远处急速向狄仁杰的方向游来，按照速度来计算，不等狄仁杰游到水底宫殿，"黑龙"便会将其吞噬。

狄仁杰看到了游来的"黑龙"，心中一惊：想不到这世上还真有龙的存在。

他顾不上许多，拼尽全力朝着水底宫殿游去。他争取在"黑龙"到来之前到达宫殿前，查看后再迅速出水。

人毕竟是人，就算吃了避水丹，因为生理结构的原因，在水中不可能游得太快，眼见"黑龙"就要追上他，却突然调转了方向，向他下水的方向游了过去。

狄仁杰隐约看到有人下了水，从身材来看，应该是乔灵儿。他狠了狠心，继续朝水底宫殿游去，越接近宫殿，越发觉宫殿异常雄伟，堪比皇宫一般，而且从建筑样式和格局来说，几乎和武则天新建造的明堂大抵相同，只是材料用的是水晶石。

明堂既明政教之堂，武周时期的明堂始建于垂拱三年（公元 687 年），次年底建成，号万象神宫，公元 695 年被妒火中烧的薛怀义烧毁，次年重建，号通天宫。

宫殿的大部分突出于坝体，剩余部分镶嵌在坝体之下，相当于一部分承重坝体。

"果然是这样！"狄仁杰已经摸到了水晶做成的墙壁。

水晶打磨得非常光滑，甚至可以隐约看到宫殿内部的结构，殿内的布置大约和明堂相似，以八根通天水晶柱和复杂的结构支撑住高耸的穹顶。在后半部分有一架水晶制成的天梯，从位置来看，直通大坝的泄洪控制闸门。突然一个人影出现在宫殿中，他和狄仁杰对视着，过了好一阵后，才摊了摊手。

"是赵安东！"

赵安东朝着狄仁杰笑了笑，敲了敲身边的水晶柱子，随后笑着走向本属于皇帝的龙椅，那是一把水晶雕刻成的龙椅，两条龙盘在两侧的扶手上，看起来不怒自威。

他脸上的笑满是玩弄的味道，就好像一只猫看着老鼠一般。

狄仁杰正要转身上岸，从控制室进入宫殿，却从水晶壁的倒影中看到一条黑色影子疾速冲向他，他转过身后急忙将身体紧贴在水晶壁上，一动也不敢动。

果然，那条"黑龙"游到了狄仁杰的身前。令他惊讶的是，"黑龙"并不是龙，而是一条条长相凶恶的鱼组成的。这些鱼并不是聚成一大团，而是前后首尾衔接，远远看去就像是一条黑色的龙！

鱼群并未吞噬狄仁杰，反而在他一动不动后失去了兴趣，转身又朝着他下水之处冲了过去。狄仁杰趁着"黑龙"掉头，伸手抓住一条位于尾部的鱼，想不到的是，鱼儿异常凶猛，哪怕在狄仁杰吃了避水丹力气大增的情况下，挣扎了几下脱离狄仁杰的手掌后，反过身来咬了他一口，咬掉一块肉才满意地离去。

　　狄仁杰手上吃痛，不敢再打鱼群的主意，急忙向上浮去。

　　令他想不到的是，乔灵儿下水后不断地吸引"黑龙"为他打掩护，而且在水面上接应他的居然是大理寺卿宗华。

　　狄仁杰浑身湿透，水不断地从衣袍流出来，他苦笑一声，冲着宗华一抱拳："大人，事态紧急，来不及多说，请您立刻面圣，叫停祭鼎大典，并转移参加大典和洛阳城所有百姓到附近的山上。"

　　宗华摇了摇头，盯着狄仁杰的眼睛满是质疑。乔忠良和湿透的乔灵儿也赶了过来，向宗华拜了拜。

　　乔灵儿看到狄仁杰的手鲜血淋漓，便急忙上前查看。

　　"那条黑龙是由很多青黑色食人鱼组成的，它们牙齿极其坚固又锋利，咬到后不撕下一块肉来绝不肯罢休，按照食人鱼的数量，转瞬之间便能将一个人吃光。"狄仁杰说道。

　　"这洛水河里哪来的食人鱼？"宗华依然不肯相信。

　　狄仁杰摇了摇头，简短地陈述了水下所见，随后说道："大人，通过这次下水探查，已经证明我的推断是正确的，龙神显圣之际便是灾难降临之时，为了天下社稷，狄仁杰恳请宗大人再相信我一次，若所料错误，任凭处置。"

　　宗华犹豫了好一阵，才说道："昨晚我接到你的书信，而今带着亢龙铜前来助你，已经相信了你，若你推断错了，本官也难辞其咎，咱俩怕是要一起死在来俊臣的冤狱里了。"

　　狄仁杰脸上肌肉抽了抽，正要再次表态，却见宗华双手高举亢龙铜："狄仁杰，请接亢龙铜。"

　　狄仁杰立刻明白了宗华的意思，只要亢龙铜在手，来俊臣绝不敢动他一根汗毛，而且亢龙铜还是一柄名器，敲击之下可以寻找任何物质的破绽，能克所有兵器。

他缓缓地接过亢龙铜，冲着宗华深深鞠了一躬。

"若按照你的分析，赵安东武功深不可测，你们三人怕是很难取胜，有了这亢龙铜，也许还有些胜算！另外，有了亢龙铜，来俊臣亦拿你无可奈何。"宗华说道。

"赵安东再厉害也无妨，还有我们！"话音未落，只见一青一黄两条影子飞奔而至，正是调息完毕的齐灵芷和袁客师二人。

狄仁杰脸上露出喜色，说道："有你二人相助，胜算便多了三分。"

他抬头看了看太阳，脸色一正："宗大人，离祭鼎大典还有一个时辰，时间紧迫，陛下那儿全靠您了！"

宗华点了点头，感激地看向狄仁杰。他不知道今天一别，明天能否再相见。狄仁杰破案无数，其中有很多大案要案，涉及国家社稷安稳，几乎都是九死一生，他为了天下付出太多太多！

第三十四章　龙神怒

宗华赶到祭龙台时，武则天和大部分的文武百官已经到场，君臣和百姓们兴致勃勃地等待着那个时刻的到来。

武则天身穿礼服，站在祭龙台上盯向洛阳城的方向，神色间满是帝王俯视天下的气势。来俊臣在一旁不停地说着话。台下和台上距离太远，文武百官听不到来俊臣说了些什么，但每个人的心都悬着，不知道来俊臣在向皇帝告谁的恶状。

今天对武则天来说至关重要，她的全部精力都放在祭鼎大典上，哪愿意在这种日子听来俊臣念叨，她不断地远离来俊臣，却想不到来俊臣像狗皮膏药一般粘着她。见宗华到场后，武则天仿佛见到了救星，立刻让上官婉儿请宗华上祭龙台。

"宗华，刚才来爱卿说狄仁杰冒充他劫天牢一事，可否属实？"武则天问道。

宗华不知如何回答，便说道："陛下，臣有要事禀报……"

"要事？比祭鼎大典还重要吗？比狄仁杰劫天牢的事儿还大吗？"武则天有些不满。

"回陛下，正是。"宗华有意无意地瞥了瞥侧耳偷听的来俊臣。

武则天叹了一口气，挥了挥手。

来俊臣就算有一百个不愿意，也不敢再忤逆圣意，只得向武则天拜了拜，退下了祭龙台。

"说吧！"武则天没好气地看向宗华。

宗华清了清嗓子，看向上官婉儿："请上官大人暂且回避，此事我只能同陛下一人禀报。"

上官婉儿有些犹豫，却见武则天微微点了点头，这才退下。宗华见祭龙台上再无他人，便上前跪倒，说道："陛下，若臣言语中有触犯之处，还请陛下听臣说完再做处理。"

武则天无奈地哼了一声："准奏！"

宗华便把狄仁杰关于武则天安排龙神显圣的推理讲述出来，武则天在听的过程中脸色亦变了数遍。

她能从一名普通女性成为皇帝，智慧和手段绝不是一般人能比拟的，计划被宗华说破后并未显露情绪，反而问道："宗爱卿，朕即位后，你觉得天下如何？"

宗华立刻答道："国运昌盛、民安居乐业，只是……"

"只是什么？"

"只是李唐的大臣们……"

武则天知道宗华所说内容，遂挥了挥手。

宗华又将狄仁杰推理赵安东的阴谋讲述出来，武则天越听越心惊，思绪转了几万转，脸色逐渐凝重起来。

见武则天仍然犹豫不决，宗华又催促道："陛下，臣请陛下立刻下旨叫停祭鼎大典，立刻上山避险，并命金吾卫疏散城中百姓。"

武则天突然放声大笑起来，好久后才停住，脸色凝重地问道："宗华，朕器重你是因为你的能力，绝不是因为你有背景，但你不能拿这份器重当做筹码，让朕做一些颜面尽失的事！"

祭鼎大典是身为皇帝的武则天以鼎祭天的行为，祭鼎大典天下人皆知，若不明原因突然停止，定会被天下人耻笑，而原本就不服的大臣们会更加质疑武则天的地位。

"臣愿承担一切后果！"宗华语气坚决。

武则天叹了一口气："宗华，你可知这样做后果会怎样？这已经不是你一个人的事儿了。"

宗华闭口不说话，只是望着武则天，一君一臣就这样僵持了好一阵，最后还是武则天打破了沉默："你就这么相信狄仁杰？"

“臣愿以性命担保！”

武则天闭上眼睛半仰着头，过了好一阵，才睁开眼睛，一字一句地说道：“好，朕就依你！若出了纰漏……”

“请陛下立刻上山避险，臣愿留下和金吾卫一同疏散百姓！”

武则天盯着宗华看了好一阵，才缓缓说道：“记得活着回来，朕和你的账还没算完！”

……

看着走进水晶宫的狄仁杰等人，赵安东并没有一丝慌张，反而坐在那张水晶龙椅上，怡然自得地品着茶水。

“赵安东，你才是真正的龙神，避水丹的炼制者！”狄仁杰开门见山地说道。

“没错，我才是龙神，十二地支的龙神。避水丹是我炼制的，天下之大，但能人很少，能够炼制避水丹的人才能解避水丹的毒，经历了灭口事件，我还没死，你早就应该想到的。想那徐莫愁定会惊讶，以我这个年纪，怎么可能成为一名顶尖的炼丹师。”赵安东笑着说道。

“你的计划令你唯一的哥哥也死去了，你就不内疚吗？”狄仁杰问道。

赵安东眼神中流露出杀气，恶狠狠地说道：“灭口事件出乎了我的意料，原本我的计划不包括这个环节。我哥的事儿我很遗憾，但做大事肯定会有些牺牲的，再说，我已经为我哥报了仇，王巍禾已经惨死在天牢里了！”

“这个计划已经死了很多无辜的人，收手吧！”狄仁杰劝道。

赵安东吹着滚烫的茶水，微笑着说道：“狄大人，能走到这儿，说明你破解了大部分谜题，也看到了我留给你的线索，不错，所以，你有劝我的资格，请继续！”

狄仁杰并未说话，迅速地观察着水晶宫内的一切。

整个水晶宫都是由水晶构成，透明度极高，可以观察到侧上方的大坝，也可以观测整个河底。水晶宫内有八根巨大的水晶柱，自顶部到地板延伸到河底。

水晶宫只有一个出入口，内部设置和明堂几乎无异，区别在于水晶宫的一个角上有一个透明的机关室，机关室是独立存在的，由一块巨大的水晶石雕空制成，和水晶宫连接处是一扇巨大的水晶门，水晶门异常厚重、高大，一旦落下，凭借人力很难将其抬起。机关室内有若干组齿轮和绳索，不知下方连接的是什么机关，但齿轮和绳索都在动，水晶门也缓缓地落下。

"你留了线索给大人？"乔忠良知道狄仁杰正在观察，便引开赵安东的注意力。

赵安东眼眉挑了挑："是喜子，当然，还有小六子。"

"给小六子提供洪豹地址的是你？"乔灵儿问道。

"你的反应还不是一般的慢，要不是你父亲，我想不通大理寺为什么会让你做捕快！"赵安东取笑着乔灵儿。

"洪豹那处藏身之地甚是隐秘，你怎么可能知道？"乔灵儿并未在意赵安东的嘲笑。

"狄仁杰有白鸽门相助，难道龙神就不能有自己的信息来源吗？别忘了，龙神无所不知！"赵安东得意地说道。

"是内卫府。也只有内卫府才会拥有这样庞大的信息系统，而你，作为十二地支的龙神，当然可以从内卫府获取信息！"狄仁杰说道。

赵安东得意地耸了耸肩。

赵安东的话触动了乔忠良内心的痛楚："就算你有计划，也没必要杀了救你的喜子！"

"没用的棋子总是作为牺牲品最先离场，不是吗？"赵安东笑着回道。

狄仁杰给袁客师使了一个眼色，随后向赵安东说道："你为什么要这样做？"

袁客师悄悄向机关室的方向移动着，感到距离差不多时，他施展轻功疾速奔向机关室，却见赵安东从随身的百宝囊中掏出一柄飞刀，随手一掷，飞刀如闪电般飞向机关室的墙，墙上有一个拉柄，飞刀的力道很大，直接刺进拉柄中，令整个拉柄完全碎裂。随着轰的一声，厚重的水晶石大门迅速落下，若不是袁客师及时收住了脚，怕是正好被水晶大门压住。

"狄仁杰，你的一切行动都在我的掌握中，别挣扎了。"赵安东看了看齐灵芷和袁客师，又笑着说道，"哪怕是大名鼎鼎的小袁神捕和白鸽门门主来了也不行，你们的武功虽位列江湖一流高手，却比不上汪远洋等人，对我没有任何威胁。"

齐灵芷看到赵安东随手一掷便有如此威力，也不敢大意，缓缓地抽出青霜宝剑，准备以师门绝学回风雪舞剑法对敌。

"先别急着动手，相信狄大人还有一大堆废话要说、有很多问题要问……哦，对了，刚才就问了一个，我为什么要这样做？"赵安东看向狄仁杰。

狄仁杰正要说话，水晶宫却剧烈晃动起来，一根起到支撑作用的水晶柱居然出现了裂痕。随着晃动，宫殿外层一处巨大的龙形雕刻落了下来，虽说有水做以缓冲，还是将机关室的顶部砸开一个豁口，水流顺着豁口瞬间淹没了机关室。

"老乔，那个机关应该控制着支撑水晶宫的柱子，只要让其停住转动，就可以延缓水晶宫的坍塌。"狄仁杰小声地说着。

乔忠良怼了怼乔灵儿，两人后退着慢慢离开。

赵安东并没有要阻拦的意思，反而兴致勃勃地看着二人离去后，才说道："武则天即位之后滥用佞臣，妄杀了多少国之重臣，又有多少贤能因此被罢官，在位的官员战战兢兢，人人自危，不敢决断，边疆镇守的王侯在军备上懈怠，导致异族屡次犯境，侵占国土，百姓和财物被掠夺，整个国家政令不畅、民不聊生。这些事就算我不说，你也应该知道吧。"

"可这也不能成为你阴谋作乱的理由，国有国法。"狄仁杰说道。

赵安东又是一阵大笑："狄仁杰只会说这些官话套话嘛，这好像出乎我的意料了。"

狄仁杰叹了一口气。

"还有，为了权力，武则天甚至连自己的儿女也不放过，更别说其他的李氏诸王了，自打越王李贞讨伐她后，又有多少王侯响应，这不是天下大势所趋吗？唐是李的唐，绝不是武的周，你也是一代名臣，不如你我联手，重造大唐新秩序！"赵安东说到兴奋处，居然手舞足蹈起来。

"一旦你的计划得逞，得有多少人死于这场大水，大水冲毁了洛阳城，又得有多少人流离失所？"狄仁杰厉声喝道。

"牺牲少数换取多数人的幸福，这点难道你不懂吗？战争本身不是为了战争，而是为了和平！在我眼里，用小众的牺牲来换取大众的幸福，换取天下太平，有什么不对？"赵安东反问道。

"歪理邪说！你从一开始便引我入局，帮着我在洪豹和龙神之间周旋，然后通过小六子让我杀了洪豹，再通过一把火，让我看到已经死去的龙神，这样一来，我便破了案立了功领了赏，一切皆大欢喜。你全身而退，在幕后操控着一切，等祭鼎大典之时再启动计划。"狄仁杰说道。

"对，我还给这计划起了一个霸气的名字，叫'龙神怒'。"

"可你疏忽了一点，案子疑点太多了，我不可能就此罢手。现在也是一样，你说得再好，我也会将你擒回大理寺待审！"狄仁杰说道。

赵安东歪着头看向狄仁杰，说道："由不得你了。"

狄仁杰自信地说道："相信此刻皇帝已经带着官员和百姓上山避险了，你的计划只能冲毁洛阳城，让百姓流离失所，对整个朝政变动并无影响。"

"狄仁杰，如果没有你的自负和宗华对你的信任，怕是你说的这些都对，可惜，你带来了无物不破的亢龙铜，有了它，水晶宫会迅速坍塌，他们想逃也来不及！这一切依然还在我的计划内！"赵安东看向狄仁杰手中的亢龙铜。

狄仁杰倒吸了一口冷气，说道："你知道我定不会甘心，会继续破案，而来俊臣一旦知道我冒充他劫天牢，定会全力追杀我，也只有亢龙铜才能令他退却，我便带着亢龙铜来到此，反而成了你的助力！"

"这次差不多正确了，不过你的推理还差那么一点点。"赵安东站起身，一步一步地走向狄仁杰。

袁客师和齐灵芷迎上前："大人，这人交给我们了。"

赵安东冷笑一声，拍了拍手，龙神随从突然从暗处飞奔而出，手中的峨眉刺刺向袁客师和齐灵芷。齐灵芷原想以一人之力挡住龙神随从，怎奈他动作太快，以两人之力亦勉强阻挡。

"让你们看看什么叫实力！"赵安东继续走向狄仁杰。

"你以为狄仁杰只懂得金针之术吗？"狄仁杰挥起亢龙铜扑向赵安东，有了神器在手，虽说武功不强，却也有了三分底气。

第三十五章　亢龙有悔

等狄仁杰挥舞亢龙铜打向赵安东时，他才知道赵安东所说的"差不多正确"是什么意思。

赵安东虽说看起来瘦弱，实际上武功却非常高强。狄仁杰的亢龙铜连他的衣角都碰不到，反而被他利用砸在了水晶壁上。

亢龙铜无物不破，水晶壁立刻出现裂痕，在强大的水压之下，水晶壁开始破裂，河水从缝隙中喷射进来。不大一会儿的工夫，水晶宫中的水就到了脚踝深浅。

无奈之下，狄仁杰只得收起亢龙铜，挥舞着拳头打向赵安东。他心里清楚，以他的三脚猫功夫，绝不可能是赵安东的对手，他寄希望于袁客师和齐灵芷能快速放倒龙神随从，再来对付赵安东。

智慧再高，在强悍的武功面前也显得无力。

令人意料不到的是，毫不起眼的龙神随从的武功却异常高强，齐灵芷和袁客师全力出手也未能占到一点便宜，反而被龙神随从出神入化的招数逼得连连后退，要是没有二人敢于舍命相互掩护，怕是早已败落。

"既然你不帮我，那我就自己来拿亢龙铜，实现我的计划！"赵安东一个闪身来到狄仁杰身边，一个擒拿手把他拿住，随后从他的腰间抽出亢龙铜，再一脚将其踢飞，随后用亢龙铜敲击着水晶壁。

敲击之下，水晶壁的破裂点越来越多，渐渐地，破裂点连成一片，裂开面积越来越大，河水喷涌进来。

最后，赵安东将亢龙铜当做暗器投掷而出，刺中了其中一根水晶柱，巨大的水晶柱竟然被亢龙铜刺穿。

赵安东的动作快如闪电，当他做完这一切，狄仁杰才重重地落在地上，剧烈冲击之下，内脏受损，一口鲜血喷了出来。模糊间，他看到乔灵儿的身影出现在水中，朝着控制室的方向拼命地游来，而那条"黑龙"迅速地追向乔灵儿。

乔灵儿的眼泪已经与河水融为一体，她的泪水是为父亲流淌下来的。

她和父亲准备下水时，遭到了来俊臣数名护卫的阻拦。这几名护卫身手极好，若不是有戏弄乔灵儿的心思，怕是早就将父女二人杀死，幸好赶来的白鸽门门人和大理寺的捕快们及时地救下了父女二人。

为了长时间在水下，乔灵儿毫不犹豫地吃了一颗避水丹，下水后却发现"黑龙"循着动静向她游来，虽说她水性极佳，却也比不过常年在水中的食人鱼们。

眼见"黑龙"就要吞噬女儿，身为父亲的乔忠良怎能袖手旁观，他咬了咬牙，跳进了水中，尽力地扑腾着水花来吸引"黑龙"的注意。

果然，"黑龙"被更大的动静所吸引，调头朝着乔忠良的方向游去。

乔灵儿早已看在眼里，在这一瞬间理解了乔忠良所有的行为。

原本印象中的乔忠良油滑、懦弱、不善决断，原因是他有了牵挂，他的身体已经大不如当年，不再是二十多岁的单身小伙子，可以啥都不怕。他不敢冒险是因为上有老下有小需要照顾，他油滑是他需要保住这份工作，用为数不多的薪水养活家人。不善决断也是因为身处佞臣当道的时代，怕得罪了人，倒霉了自己，牵连了家人。

而他现在敢于下水吸引"黑龙"，完全是处于内心深处对女儿的保护，一种来自本能的、下意识的行为，这一刻父亲的伟岸体现得淋漓尽致。

乔灵儿终于明白了一个中年男人的心境，以及对现实的不满和挣扎，可她现在已经来不及道歉。

在众"黑龙"们尖牙利齿的围剿之下，乔忠良变成一具白骨，慢慢地沉向河底。也许在另外一个世界，身为父亲的乔忠良去守护另外一个女儿——阿萍！

乔灵儿从控制室被砸开的缝隙钻了进去，她看到了躺在地上口吐鲜血的狄仁杰，也看到了满脸都是玩味之意的赵安东。

她用尽全力去扳动机关手柄，手柄拉上来后，震动小了一些，水晶宫的坍塌也变得缓慢起来。可惜的是，当她一放手，机关手柄又会落下，坍塌又会继续加速。

整个机关室是透明的，她看到是坍塌和震动造成一部分制动齿轮脱落，这才导致机关手柄拉上来之后会立刻落下。而机关手柄通过一个巨大的绞盘控制着水晶宫下方的水晶柱部分，机关打开后，水晶桩逐渐倾斜，失去支撑的水晶宫亦会慢慢倒塌。

她咬了咬牙，把手柄拉了上来，双手紧紧地握着，再未松开，她冲着狄仁杰一笑。避水丹能极大地延长人在水下的时间，却不是无限制。经过这么长的时间后，乔灵儿觉得一口气已经用尽，若再不浮出水面，她即将被淹死。要是松开手，控制手柄即将落下，水晶宫已经千疮百孔，若底部的水晶支撑柱再倒塌，顷刻之间便会倒塌。

"狄大人，对不起，灵儿不能再陪你查案了！"乔灵儿想说话，换来的却只是呛了几口水，想用手势比画，却发现双手无法离开机关手柄。

狄仁杰看到有些失去意识的乔灵儿心中焦急万分，不顾伤势爬了起来，冲向机关室的水晶壁，猛地用拳头砸着。狄仁杰的每一拳都会在水晶壁上留下些许血迹，但水晶壁却毫发无伤。水晶壁看起来满是裂痕，但也绝不是拳头能伤到的。

"灵芷，快助我拿到亢龙铜！"狄仁杰吼道。

齐灵芷早已把乔灵儿的事儿看在眼里，但龙神随从武功极高，要是她一退，三招之内袁客师必定会丧命于此。

"姐姐快去！"袁客师身形一晃，使出绝顶轻功倒乱七星步，把速度提到极致，不断地围绕着龙神随从转了起来。

齐灵芷不敢犹豫，飞身来到水晶柱前，双手握住亢龙铜的柄，用力一拔，亢龙铜便随之而出。整个水晶柱亦随之破碎，水晶碎块不断地落下来。

赵安东并未阻止齐灵芷，反而坐在龙椅上笑看着一切。

袁客师的倒乱七星步虽说巧妙，却只在与敌对攻过程中才好用，若是一味闪避，早晚会被人看出破绽，更何况是龙神随从这个等级的高手。

只见龙神随从眼睛随着袁客师的身形转了几圈，嘴角露出冷笑，突然出手用峨眉刺刺中了袁客师的肩膀。

袁客师不顾疼痛，双手抓住对方双手，整个身体腾空，用双腿双脚缠住对方的另一只手臂。这是他和一名外国武人学习到的一种柔术，原本他看不上眼，想不到的是，在危急关头居然救了他一命。

龙神随从从未见过这种招数，被打了个措手不及，与袁客师一同摔倒在地面上。待他反应过来后，便努力挣脱被袁客师双腿双脚控制的手臂，并以峨眉刺不断地刺向袁客师的腿部。

袁客师腿上连续挨了两刺，渐渐地失去了控制能力。

"姐姐，我快挺不住了！"

齐灵芷急忙把亢龙铜投掷给狄仁杰，随后飞身来到二人面前，一剑挑飞了龙神随从手上的峨眉刺，又一剑刺在他的腹部。

龙神随从吃痛之下，潜力突然爆发，摆脱了袁客师的束缚，一个前滚翻躲开齐灵芷的攻击，飞起身踢向齐灵芷的头部。

齐灵芷急忙施展轻功闪避，却见龙神随从立刻改了进攻方向，身体一转，将峨眉刺当做暗器投向袁客师。

袁客师已身受重伤，来不及闪避，眼见峨眉刺就要刺中他的胸口。齐灵芷施展出移形换影的功夫，挡在袁客师面前。峨眉刺刺透了她的左手臂，巨大的力量令她左臂骨折。她闷哼一声，只见她面如寒霜，身上衣袍无风自动，手中青霜宝剑抖动之下发出嗡嗡响声，趁着龙神随从愣神之际，她和青霜剑人剑合一，将回风雪舞剑法的七式化成一招，万千剑气射向龙神随从。

"漫天飞雪！"龙神随从看出齐灵芷已经将此招施展到极致，封住了他的所有退路，只得惨笑一声，将内力疾速运转布满全身要害，硬生生地接下了所有剑气。

"噗噗……"随着几声闷响，龙神随从吐出一口鲜血倒在地上，头一歪，便再无声息。

齐灵芷用光了所有内力，加上左手臂的伤势，身体一软，倒在袁客师身旁。

"哼哼，白鸽门门主和金牌神捕也没什么了不起的，在我眼里，不过是两枚棋子而已。"赵安东站起身，缓缓地走向狄仁杰。

"狄仁杰，你打破水晶壁便可救了乔灵儿，不过，这水晶宫一塌，武则天和那些人就会死，你怎么选？"

狄仁杰已经举起亢龙铜，听到赵安东这样说后，便停了下来，急速地呼吸着："我怎么选？我怎么选？我怎么选？"

声音不停地在他的脑海中回荡着，但他却始终无法做出决定。

水晶宫的崩塌速度远远超过想象，支撑水晶宫底部的基础水晶柱已经大部分倾斜。水晶宫内部的八根水晶柱已经倒了一半，河水从四面八方喷射进来，眼见着水位到了膝盖位置。

看着已经没有气息的乔灵儿，狄仁杰惨笑一声，咬着牙奋力朝着水晶壁砸了下去。

赵安东身形一动，来到狄仁杰身边，伸手接住了亢龙铜，又飞起一脚将他踹飞，哈哈一笑："你想砸，我偏不让你砸！"

狄仁杰艰难地爬了起来，跟跟跄跄地走向赵安东。

赵安东冷哼一声，说道："都说这是降魔神器，狗屁，让你看看什么是真正的实力！"

赵安东从怀中掏出一颗避水丹吞了下去，浑身肌肉暴涨，随着"嘿"的一声，他抓住亢龙铜的两端，双臂一较劲，坚韧无比的亢龙铜居然弯了，再一用力，亢龙铜被他扭成了麻花状，缠在他粗壮的胳膊上。

"嘿嘿嘿……这才是真正的实力！"赵安东把废掉的亢龙铜扔在地上，朝着狄仁杰走了过去："既然你不想与我同谋，那就送你去见阎王吧！"

狄仁杰伸手从怀中掏出装避水丹的瓷瓶，打开塞子后把一瓶避水丹一股脑吞了下去。

赵安东惊讶地看向狄仁杰，叹道："我服用这么多年的避水丹，也仅仅敢吃两颗，你一下吃了一瓶，不用我动手，也会爆体而亡的！"

"吼！"避水丹药力极猛，瞬间后，狄仁杰全身长出角质鳞片，肌肉暴涨，他仰天长啸后，猛地冲向赵安东。

赵安东无论如何也想不到，狄仁杰服用了这么多避水丹居然还没死，而且变得力大无比、不畏疼痛。狄仁杰虽说功夫极差，但现在他的力量已经达到人力不可匹敌的程度，速度亦快了数倍，招数虽简单，却无法躲闪和抵挡。

赵安东结结实实地挨了几拳，倒在地上，正要爬起身，却见一个黑影朝他压了过来。

狄仁杰骑在赵安东的身上一拳又一拳地挥打着，没有招数，没有内力，只有纯粹的肉体力量，但正是这股最原始的力量，令赵安东无计可施，眼见就要被疯狂的狄仁杰打死。

"砰！"水晶壁终于破碎，大量的河水涌了进来，把猝不及防的狄仁杰冲得飞了起来，最后撞到另外一堵水晶墙上。

"不好！"袁客师来不及救援狄仁杰，只好抱着齐灵芷躲开水流，飞身来到出口处，看了一眼狄仁杰。

"快带灵芷离开！"狄仁杰趁着神智还有一丝清明，冲袁客师吼道。

袁客师咬了咬牙，抱着齐灵芷离开水晶宫。

赵安东顺着水势站起身："狄仁杰，你千算万算还是没用，武则天最终还是难逃一死！不过我就不陪你玩了！"

赵安东随着水势来到对面的水晶壁，飞起一脚将水晶壁踹开一个裂口，顺着裂口进入洛水河中。他肆无忌惮的原因在于他服用了避水丹，加上他常年负责水下施工，水性极佳，哪怕在滔天大水的情况下，他也能逃出生天。

因果循环，报应不爽。

赵安东刚离开水晶宫，就被随水而来的"黑龙"覆盖，待"黑龙"离去时，他已变成一具白骨，随着水流沉入河底！

狄仁杰笑了笑，面对如此猛烈的水流，他知道他无论如何逃不过这个劫难。

"也许这就是上天安排好的吧！"狄仁杰叹道。

他看到了乔忠良、小六子、周喜子、乔萍儿、乔灵儿等人在不远处向他招手，一道白光突然笼罩了他，他原本浑身的伤势仿佛痊愈了一般，感受不到任何疼痛，光是温暖的，让他内心感到无比的宁静与祥和……

……

武则天看着天空中显露的破败水晶宫和陷入一片汪洋的洛阳城，整个人变得萎靡不振，双手不住地颤抖着。

"龙神显圣之际便是灾难降临之时！"狄仁杰的话不停地在她的耳旁回荡着。

"陛下，臣已同金吾卫将百姓疏散完毕，可惜洛阳城……"

宗华的声音把武则天带回现实，她看了看宗华，见他浑身都是泥浆，虽穿的是正三品的紫色官服，却显得狼狈不堪，心中一阵心疼，叹了一口气，说道："都疏散了就好，辛苦爱卿了。"

宗华并未说话，看了看一旁干干净净的来俊臣，不禁皱了皱眉头。

"狄仁杰呢？"武则天问道。

宗华只是低下头去，却并未答话。

"你们退下。"武则天明白宗华的意思，冲着大臣们挥了挥手。

等众人离开后，宗华才说道："陛下，狄仁杰身中剧毒，在与罪犯赵安东搏杀中身受重伤，已被大理寺捕快袁客师和白鸽门门主齐灵芷救走，现在在徐莫愁处救治。"

"伤势如何？"武则天关切地问道。

"伤势很重，但性命无碍！"

武则天松了一口气。

"狄仁杰委托臣转告陛下一句话……"

"说，恕你无罪！"

宗华正了正脸色，一字一句地说道："巩固政权之道在于民心所向，而非神迹！"

武则天听后脸色一变："这话是他说的吗？"

宗华深吸一口气，向武则天拜了拜："臣也这么认为！"

武则天一愣，随后仰天大笑起来："好，好，好你个狄仁杰，好你个宗华……"

她笑着笑着，眼泪便不受控制地流了下来……

过了好久，武则天才平静下来："宗爱卿，你告诉徐莫愁，全力以赴保住狄仁杰的性命，朕和他的账也没算完！"

宗华用大袖子抹了抹眼泪，跪地磕头："臣遵旨！"

……

狄仁杰从来没想过自己会在水里待这么久，而且身边还漂着各种各样的中草药。一名小童拎着一桶滚开的水倒进巨大的木桶中，冲着狄仁杰笑了笑，又转身去拎另外一桶水。另一名小童不停地把一些药材加入木桶中。

徐莫愁拿着一本书，一边看一边念叨着药物的名字。

"哎，老毒虫子，我得在这木桶里待多久啊？"狄仁杰冲着徐莫愁喊着。

"我师父叫徐莫愁，以后请你尊重他，叫他徐御医或者莫愁兄。"倒水的小药童不满地说道。

"嘿，这孩子，说话和你的语气真是一模一样啊！"

"哎，我说狄仁杰，你吃我的喝我的，没给我一文钱，怎么叫我一声莫愁兄就那么难吗？另外我问你，当初你答应我的那颗珍珠什么时候兑现？"徐莫愁瞥向狄仁杰。

从破案到现在，狄仁杰根本没机会见武则天，最近这几天头脑才有些清醒过来，早把珍珠的事儿忘了个干净，他脸上一红，急忙岔开话题："哎呀，水这么热，又弄这么多香料，我都快成水煮鱼了！"

"这是药材，不是香料。热水是为了祛除药性中的寒凉，以免你以后得病。我师父又不是厨子，哪会做什么水煮鱼！"弄药材的小药童反驳道。

"啥师父啥徒弟，这话说得一点没错！"狄仁杰摇摇头，叹了一口气。

"你中毒这么深，得下狠药才行！"小药童说话间又撒了一把药材。

徐莫愁突然放下书，走到木桶旁，训斥小药童道："这话我可没说过，罚你去药庐烧十天的火！"

徐莫愁又歪着头看向狄仁杰，思索了一阵后，才说道："但他的话有道理，得下狠药才行！"

说罢，徐莫愁转身朝着放药材的房间走去。

"哎……哎……唉！"

"狄大人，什么事儿让您唉声叹气的？"上官婉儿的声音传来。

狄仁杰正要起身，却发现不能起身，只得双手抱拳："上官大人，罪臣狄仁杰无法起身迎接，还请见谅。"

上官婉儿从大门走了进来："无妨，我就是来告诉你一个消息，有人看到乔灵儿了。"

狄仁杰愣了好一阵，才说道："真的？在哪儿？"

上官婉儿抿嘴一笑，不急不缓地说道："没想到狄大人还挺关心她的。"

狄仁杰哑了哑嘴。

"不逗你了，听说她在青海湖附近出现过，一个叫幽魂谷的地方！"

"青海湖、幽魂谷！"

……

全书完